«Por más de 70 años he escuchado los relatos de las historias de redención de la Biblia sin la emoción y la pasión que indicarían que personas reales experimentaron verdaderamente esos acontecimientos. ¿Quién agotó la vida y la energía de los corazones de aquellos hombres y mujeres? El relato que hace Jerry Jenkins de *Los elegidos: Te he llamado por tu nombre* es una transfusión refrescante que hace recobrar vida a las personas de la Biblia y a su historia de redención. Tendrás la sensación de estar allí, y oirás al Mesías llamarte por tu nombre».

—**Ken Davis**, autor galardonado, conferencista
y consultor de comunicación

«Lo único que existe mejor que la película es el libro, y lo único mejor que el libro es la película. Jerry B. Jenkins ha tomado el brillante proyecto de Dallas Jenkins, esta mirada a las vidas de quienes Jesús *eligió* para ser sus seguidores, sus amigos y su "familia", y ha ido un paso (o varios) más allá. Los lectores se sentirán atraídos rápidamente a las páginas, así como los espectadores fueron atraídos a los momentos melodramáticos del proyecto cinematográfico *Los elegidos*. No puedo hablar lo suficiente de ambos».

—**Eva Marie Everson**, presidenta de Word Weavers International
y autora *best seller*

«La serie cinematográfica me hizo llorar, pero el libro de Jerry me mostró al Jesús que quería conocer. *Los elegidos: Te he llamado por tu nombre* atrae al lector a la humanidad de Jesús. Esta historia capta una mirada auténtica a su personalidad. Su amor, humor, sabiduría y compasión se revelan para cada persona con la que se encontró. Mediante la interacción de Jesús con los personajes de la vida real, también yo experimenté al Salvador que llama a los perdidos, a los pobres, los necesitados y olvidados a tener una relación auténtica».

—**DiAnn Mills**, ganadora del Christy Award y directora,
Blue Ridge Mountain Christian Writers Conference

«Jerry Jenkins es un maestro narrador que ha captado la acción, el dramatismo y la emoción de la serie de videos *Los elegidos* en forma escrita. Mucho más que hacer una mera sinopsis de la temporada, Jerry ha modelado y desarrollado los ocho episodios para convertirlos en una novela vertiginosa. Si te gustaron los videos, saborearás de nuevo la historia a medida que Jerry da vida a cada personaje. Y si no has visto la videoserie, esta novela hará que quieras empezar a verla... ¡en cuanto hayas terminado de leer el libro, por supuesto!».

—**Dr. Charlie Dyer**, profesor independiente de la Biblia, presentador del programa de radio *The Land and the Book*

«Escribiendo con precisión e inmediatez, Jerry Jenkins nos sumerge en la mayor historia jamás contada de una forma fresca y poderosa. Jenkins es un maestro tomando escenas y temas profundos de la Biblia y entretejiéndolos en viajes fascinantes, estén o no centrados en la época de Jesús o en los últimos tiempos. *Los elegidos* amplía la maravillosa serie de televisión y acompaña a los lectores a través de su particular forma de volver a contar la historia del evangelio».

—**Travis Thrasher**, autor *best seller* y veterano de la industria editorial

«Para una niña que creció con las historias de la Biblia, no es una tarea fácil transformar a los archiconocidos personajes en una experiencia que sea fresca y viva. Eso es precisamente lo que ha hecho Jerry Jenkins con su más reciente novela, *Los elegidos: Te he llamado por tu nombre*. Desde el primer capítulo quedé fascinada. Y en el segundo y tercero comencé a ver con nuevos ojos y un corazón más abierto al Jesús que he amado por tanto tiempo. Este libro ofrece al lector algo más que mera diversión. Le ofrece la posibilidad de experimentar una verdadera transformación».

—**Michele Cushatt**, autora de *Relentless: The Unshakeable Presence of a God Who Never Leaves*

«Qué mejor forma de darle vida al evangelio que explorar el impacto que Jesús marcó sobre aquellos con quienes tuvo contacto. Y qué mejor aliento para todos los que hoy tenemos hambre de su presencia transformadora. Recomiendo sin duda alguna tanto el video como el libro para cualquier persona que anhele experimentar su amor transformador de una forma más profunda».

—**Bill Myers**, autor de la novela éxito de ventas *Eli*

«La historia de Jesús ha sido contada una y otra vez, pero con esta hermosa y novelable narrativa, Jerry Jenkins aporta perspectivas únicas y atractivas a los relatos bíblicos de Jesús y sus seguidores, haciéndose eco de los que aparecen en la aclamada serie de videos *Los elegidos* creada por Dallas Jenkins. Como alguien que siempre piensa que el libro era mejor que la película, me agradó mucho descubrir un libro y una videoserie que sean igualmente fascinantes e incluso transformadores».

—**Deborah Raney**, autora de *A Nest of Sparrows* y *A Vow to Cherish*

«*Los elegidos: Vengan y vean* es Jesús en tiempo presente. La historia capta la atención del corazón y te permite experimentar lo que las personas ven, sienten y gustan. Ensúciate los pies con ellos. Transformará *tu* tiempo presente».

—**Chris Fabry**, autor *best seller* de *Cuarto de guerra* y la serie *Dejados atrás: Serie para niños*

Los
ELEGIDOS®

Los
ELEGIDOS®

LIBRO DOS VENGAN Y VEAN

JERRY B. JENKINS

ENFOQUE A LA FAMILIA®

BroadStreet
●●●●ESPAÑOL

A Arthur Taylor,
un ejemplo del creyente en palabra y obra,
y capellán de Welland Canal Mission,
St. Catharines, Ontario, Canadá

Basada en *The Chosen* (Los elegidos), una serie de videos
de varias temporadas creada y dirigida por Dallas Jenkins
y escrita por Ryan M. Swanson, Dallas Jenkins
y Tyler Thompson.

NOTA

La serie *Los elegidos* fue creada por personas que aman la Biblia y creen en ella y en Jesucristo. Nuestro deseo más profundo es que indagues por ti mismo en los Evangelios del Nuevo Testamento y descubras a Jesús.

Natanael le dijo:
—¿Puede algo bueno
salir de Nazaret?
Felipe le dijo:
—Ven, y ve.

JUAN 1:46

PARTE 1

Trueno

Capítulo 1

«... ANTES DE CONOCERME»

Hogar de Juan, Éfeso, 44 d. C.

Tristeza.

El quinto día de guardar la *Shiva*, el periodo de luto por su hermano Santiago el Grande, muerto a espada por orden del rey Herodes Agripa de Judea, Juan intenta distraerse de su sufrimiento. El discípulo que cree que fue el más favorecido por Jesús ha sacado las pocas notas que ha guardado desde los días que pasó con el Rabino. Estimulado por esta última tragedia, está impaciente por complementarlas y detallarlas antes de que sus compañeros y él mismo se arriesguen a seguir el mismo destino. Inquieto por ordenar bien su relato, Juan ha invitado a sus amigos a compartir sus recuerdos, aquellos quienes estuvieron con él y su hermano con Jesús durante tres años que ningún mortal podría olvidar nunca. Las iglesias, el mundo, deben saberlo.

Juan ha llenado de sillas y bancos la sala principal de su modesta casa. Pero ¿llegarán sus amigos, especialmente en una noche como esta? Todos ellos asistieron al funeral de Santiago el Grande, por supuesto, y acompañaron a la madre de Jesús y a Juan la primera noche. No se requiere ni se espera de ellos que regresen una segunda vez durante el periodo de siete días de luto, pero lo cierto es que esta vez él les ha pedido algo más que tan solo consuelo y apoyo.

El cielo se cubrió de nubes negras en la tarde, y ahora aparecen relámpagos distantes en el horizonte. Si sus queridos compatriotas no llegan pronto, les sorprenderá un gran aguacero. Juan abre un poco la puerta principal y un viento frío le obliga a sujetarla con fuerza para evitar que golpee contra la pared.

—Paciencia —dice María, la madre de Jesús, a la vez que levanta su chal para cubrir su cabeza—. Vendrán. Sabes que lo harán. Es apenas la primera hora de la noche.

La mujer de aspecto radiante ha vivido con Juan desde la crucifixión de su hijo hace ya mucho tiempo. Desde la cruz, Jesús le dijo: «Mujer, ¡he ahí tu hijo!». Y también le dijo a Juan: «¡He ahí tu madre!».

En efecto, María inmediatamente fue como una madre para Juan, y él la valora y se siente valorado. Los años, y también la tristeza, han vuelto gris su cabello; sin embargo, él valora cada arruga que ve en su rostro sereno.

—Cierra la puerta —le dice ella, poniendo su mano suavemente sobre su hombro.

Cuando él la cierra, una ráfaga de viento entra por la ventana y apaga una vela que está sobre el alféizar, y comienza a llover.

—Oh, no —exclama él.

—No te preocupes —dice María—. Estos hombres han soportado todo tipo de condiciones meteorológicas…

—Pero la joven María estará con ellos…

—¡Es una mujer adulta! —responde ella con una sonrisa—. Y no hay duda de que está preparada. Tan solo asegúrate de que el fuego arda con fuerza, y prepárate para lavar pies embarrados.

Una hora después, todos han llegado; se han sacudido la lluvia de sus ropas, sus pies están limpios y han tomado turnos para estar delante del fuego. Lamentando haberles hecho pasar por todo eso, Juan se siente aliviado y reconfortado. El estado de ánimo es un poco diferente al que había sido la primera noche de la *Shiva*, pero claramente sus amigos se sienten un poco incómodos, sin saber bien qué decir y cómo actuar.

—Esta noche tan solo quiero conversar —les dice, intentando tranquilizarlos.

Los ánimos son serios, pero él debe levantar la voz por encima del ruido del fuego y el viento que sopla. Se sienta en una mesa delante de ellos, y sus páginas son iluminadas por velas parpadeantes.

—Haré preguntas y tomaré algunas notas.

—¿Sobre tu hermano? —suelta Mateo.

—Él está en mi corazón y mi mente, desde luego —responde Juan—, pero no. Quiero conversar sobre Jesús. Comenzaré contigo, Pedro, si no te importa. Háblame de cuando lo conociste por primera vez.

Pedro sonríe con su barba ya canosa.

—Mucho antes de que me cambiara el nombre. Vaya, ¿la primera vez? Tú *sabes* cómo fue la primera vez, Juan. Estabas allí.

—Quiero oírlo.

Pedro da un suspiro.

—Yo estaba en la vieja barca de Andrés. Había tenido una mala noche —dice, y levanta la mirada—. Al principio ni siquiera sabía que era él. ¿Recuerdas? Creí que era un romano a punto de arruinarme la vida. —Sonríe y menea la cabeza.

—¿Y qué ocurrió después?

Simón Pedro narra toda la historia: que al principio se opuso a la ayuda del hombre, al final siguió su consejo, y poco después casi se hunde por una captura de peces salidos de la nada. Cayó a los pies de Jesús y le suplicó: «¡Apártate de mí! Soy pecador». Pero Jesús le dijo que no temiera, que lo siguiera y se convertiría en pescador de hombres.

Después llega el turno de Tomás. Le dice a Juan:

—Fue en un momento en que pensé que mi carrera y mi reputación estaban a punto de ser destruidas.

No puede evitar reír, y a Juan le resulta en cierto modo consolador en un momento reservado para la tristeza y el luto anotar el relato de Tomás de cuando Jesús salvó una fiesta de boda, y también la reputación de Tomás y Rema, al convertir el agua en vino.

—¿Mi primera vez? —pregunta Natanael—. Felipe solo me dijo: «Ven, y ve». Y lo hice. —Sentado, mira fijamente a Juan—. Mira, no sé cómo describirlo, excepto que... él me conocía antes de conocerme.

Natanael estaba sentado solo y angustiado debajo de una higuera, y el Rabino lo había visto allí y lo conocía por su nombre.

—¿Yo? —dice Andrés sonriendo—. Yo estaba junto a Juan el Bautista...

—Juan el Raro —interrumpe Simón Pedro, quizá olvidando dónde está y por qué.

—Y él pasó por allí caminando. Llegué a conocerlo. Y Juan enloqueció y dijo: «¡He aquí!».

—Me comeré otro insecto —se burla Pedro.

Andrés le da un ligero empujón.

Solo podía ser Simón Pedro, piensa Juan.

Tadeo se sienta delante de Juan y al lado de Santiago el Joven.

—Para mí, la primera vez... Jesús estaba sentado allí almorzando con algunos obreros, conversando y bromeando.

El recuerdo le causa gracia, y después parece entristecerlo.

—Yo iba de camino a Jerusalén —dice Santiago el Joven; pero, de repente, se derrumba—. Lo siento. Todo esto... es difícil hablar de esto. Me recuerda lo mucho que lo extraño.

—Pero tenemos que hacerlo —dice Juan.

—Lo sé. Es que... hablo a otros de él cada día. Pero, con todos ustedes que lo conocieron, es difícil.

Ahora tiene enfrente a la joven María, que es ya una mujer madura y que muestra la misma belleza dócil que él ha visto en ella desde que fue liberada de demonios.

—Cuéntame sobre la primera vez que lo viste —le dice Juan.

Ella sonríe tímidamente.

—Fue en una taberna —dice, asintiendo con la cabeza—. Él puso su mano sobre la mía. —Levanta su mirada rápidamente—. Lo cual no es lo que parece. Quizá debas omitir esa parte, confundirá a las personas.

—Todavía no sé qué voy a incluir —dice Juan—. Solo estoy escribiéndolo todo.

—Está bien —dice ella, y narra la historia del desconocido que se reveló a ella como su creador y redentor llamándola por su nombre y transformando su vida.

A Juan le llama la atención el contraste entre el Mateo que está sentado delante de él y el recaudador de impuestos que era cuando Jesús lo llamó. En ese entonces vestía ropas elegantes que podía permitirse fácilmente, y su rostro juvenil era suave e imberbe. Ahora muestra una barba muy tupida, y sus ropas son tan sencillas y harapientas como las de los otros.

—Fue en la cuarta mañana de la tercera semana del mes de Adar —comienza Mateo—, alrededor de la segunda hora.

El Mateo de siempre.

—No tiene que ser tan preciso —dice Juan.

—¿Por qué no debería ser preciso? —responde Mateo—. Mi relato será preciso.

Esto no sorprende nada a Juan. Sabe que Mateo está trabajando en su propio relato, y tiene muchas ganas de ver cómo refleja al autor tan meticulosamente obsesivo. Por ahora, disfruta de la historia de Mateo cuando respondió asombrado al llamado del Maestro y sorprendió a su guardia romano simplemente al dejarlo todo para seguir a Jesús.

Juan deja para el final a María, la madre de Jesús. Ella se acomoda delante de él; se ve cansada. Él le hace la misma pregunta que ha planteado a los demás.

—Mi respuesta podría no tener sentido —dice ella.

—Inténtalo, madre.

—Casi ni recuerdo un momento en el que no lo conociera. —Hace una pausa y parece estudiar a Juan—. Hubo una pequeña patadita.

Juan mueve una hoja de papiro limpia de su montón y escribe con su pluma de bambú.

—Continúa.

María duda, a la vez que lo mira.

—Hijo mío, ¿por qué estás haciendo todo esto? ¿Por qué ahora?

—Porque estamos envejeciendo, y nuestros recuerdos están…

—Me refiero a por qué ahora, durante la *Shiva*.

—Porque todos están aquí. Necesito escribir sus recuerdos, y así…

—Necesitas llorar a Santiago.

Juan no puede mirarla a los ojos.

—Él no será el último de nosotros a quien le pasará esto. ¿Quién sabe cuándo volveré a ver a los demás, o si es que...? No estoy apurado por escribir un libro entero, pero sí quiero anotar las historias de testigos oculares ahora, mientras estemos juntos.

—¿Mateo también escribirá algo?

—Él está escribiendo solamente lo que vio y lo que Jesús le dijo directamente. Pero yo estuve allí en cosas que Mateo desconoce. Yo estuve en el círculo más íntimo de Jesús. Él me amaba.

—Él amaba a todos ustedes. —María sonríe—. Tú solo sientes la necesidad de hablar más veces sobre eso.

Juan no puede negarlo.

—Yo prefiero atesorar estas cosas en mi corazón —dice María tristemente, y Juan anota incluso eso—. Sabes que, sin intentaras escribir cada cosa que él hizo, el mundo entero no podría contener los libros que serían escritos.

Juan se la queda mirando asombrado.

—Sí. Un aviso. Es bueno, voy a incluir eso. Verás, madre, si no escribo estas cosas se perderán en la historia. Santiago estaría de acuerdo.

Ella vuelve a quedar en silencio. Finalmente, pregunta:

—¿Por dónde comenzarás?

—Por el principio, naturalmente. Solo que no estoy seguro de cuál sería el principio.

—Su nacimiento —sugiere ella.

—Antes.

—¿Sus ancestros?

—Estoy seguro de que Mateo incluirá eso.

—¿Tal vez las profecías? —pregunta María—. ¿La promesa a Abraham?

Juan asiente con la cabeza.

—Pensé en comenzar con Abraham, pero hay aún muchas cosas antes de él.

—¿Qué había antes de Abraham?

—Noé.

—¿Y antes de él?

—El huerto.

—Bien —dice ella—, puedes comenzar ahí.

—Pero quiero que se sepa que él era mucho más de lo que se podía ver o tocar. ¿Qué había antes del huerto? «En el principio... la tierra estaba desordenada y vacía...».

El ruido de los truenos hace que Juan mire por la ventana.

—No puedo oírlos sin pensar en ustedes dos —dice María.

Jesús a menudo se refería a Juan y su hermano como los Hijos del Trueno. Juan menea la cabeza.

—No puedo creer lo mucho que soportó. Otros ni siquiera recordarán el sonido de su voz. Solo serán palabras.

—Él dijo que no eran solo palabras, ¿recuerdas? —dice María—. «El cielo y la tierra pasarán...».

—«Pero mis palabras no pasarán jamás».

—Son eternas —dice ella.

Mientras suenan más truenos en el cielo, María se levanta lentamente.

—Ya pensarás en algo. —Se acerca a él rodeando la mesa y aprieta suavemente sus hombros—. Tómate tu tiempo. —Le da un beso en la cabeza—. Me voy a la cama.

Y mientras Juan mira por la ventana, sus amigos se disponen a recoger sus ropas. El peso del día y el recuerdo de su hermano le abruman hasta el punto de quedarse en silencio mientras todos se van. Tan solo les da un abrazo y asiente con la cabeza.

Juan se sienta otra vez delante de sus hojas de pergamino, sin poder retener la oleada de recuerdos. Piensa en él mismo en la despreciada Samaria años antes, siguiendo el rastro de su hermano mayor por un terreno pedregoso y duro. Con una soga gruesa atada a su cintura, se esfuerza por tirar de una tarima de madera cargada de piedras con largas púas por debajo en un intento por romper la tierra.

Capítulo 2

PERDIDO

Samaria, 13 años antes

Cada paso demuestra ser una experiencia difícil a medida que Juan y Santiago empapan sus túnicas de sudor bajo el implacable calor del sol. ¿Por qué están allí, arando la tierra de quién sabe a quién pertenece y que parece resistirse a cada uno de sus esfuerzos? Por una parte, Juan se siente especial al haber recibido el encargo de parte de Jesús mismo de realizar esa misteriosa tarea. Pero, por otra parte, sigue sin poder entender por qué el Maestro está en esa zona olvidada de Dios, anatema para los judíos durante generaciones. Todos le habían advertido, preguntado y aconsejado que diera un rodeo.

Juan se maravilla ante sus propios pensamientos; desde que comenzó a seguir al Rabino, su mente ha sido llevada a nuevos horizontes. Menea su cabeza al haberse referido a esa región como olvidada de Dios. Piensa: *Ya no está olvidada, ¿no es cierto?*, dado lo que él mismo y todos ellos creen acerca de Jesús. El Mesías está aquí y, por lo tanto, el Divino tiene algún propósito incluso en este lugar. Y, como siempre, al final Jesús aclarará el porqué.

Pero, por ahora, Juan sigue a Santiago, quien maneja una viga de madera que han armado toscamente y que tira de un arado sencillo atado a una soga gruesa, forzándolo a clavarse en la tierra. Y por mucho que le gustaría seguir dando vueltas a pensamientos profundos, del tipo de los que Jesús estimula en él, lo único en lo que puede pensar Juan es en dónde preferiría estar: en cualquier lugar excepto allí.

—¡Preferiría limpiar la captura después de un largo fin de semana de pesca!

—¡Qué asco! —dice Santiago—. ¡Apestarías durante un mes! Yo preferiría remendar cada agujero en las velas de la barca de Abba.

Juan sonríe.

—Y probablemente te coserías las manos en el proceso. —Se inclina para apartar piedras de su camino, lanzándolas más allá de la estrecha franja de tierra que han estado labrando por más de una hora—. Yo preferiría luchar con un pez espada.

Santiago baja su incómodo arado y lanza algunas piedras.

—¿Y lucharías en el agua con el pez?

—Hablaba de un anzuelo. Pero lo sacaría del agua con mis propias manos si eso significara no pasar una noche con estas personas.

—Sabes que tiene una espada en su cara, ¿cierto? —dice Santiago, y los dos se agachan para plantar semillas.

—Tuvimos suerte, hermano. —Juan se ríe—. Estamos plantando mientras los otros intentan seguirle el ritmo al Rabino en Sicar.

—No fue suerte —dice Santiago, que se pone serio de repente—. Él nos eligió. ¿Las semillas a dos pulgadas de profundidad?

—Sí, sí, en filas a tres manos de distancia. —Juan se levanta—. ¿Por qué crees que él hizo eso, que nos escogió para esto?

Santiago parece estudiar a Juan.

—¿Porque somos buenos trabajadores? Y quizá sabe que no nos gustan los samaritanos.

Juan se queda pensando en eso.

—Tal vez a Jesús le agradamos más.

—Sí, debe de ser eso —dice Santiago sonriendo.

Juan intenta mantener un tono distendido, pero está serio.

—Entonces, ¿por qué crees que yo le agrado más?

—Por la misma razón por la que me agradas más: no supones ninguna amenaza para nadie, intelectualmente ni físicamente.

—Gracias, hermano… Un momento…

—Lo que quiero saber es para quién estamos plantando esto. Jesús dijo que alimentaría a generaciones.

—Supongo que viajeros —dice Juan—. Gente que pase por aquí, como nosotros. «La hospitalidad no es solo para los que tienen hogar, Juan» —dice imitando a Jesús, y eso hace sonreír a Santiago.

—Mejor no dejes tu trabajo diario.

—Es demasiado tarde para eso.

—¡Sí! Para mí también. Vamos, continuemos. No quiero perder este trabajo.

Mientras vuelven a esforzarse y tirar del arado, Juan dice:

—Preferiría hablar con Mateo por más de un minuto.

—Yo preferiría escuchar las bromas de Andrés.

• • •

Tomás, Rema (su amiga viticultora y su prometida) y el padre de ella, Kafni, se detienen en una bifurcación en el camino en la Samaria rural. Los tres viajan a pie, y Kafni lleva un burro con una pesada carga sobre sus lomos. Rema estudia el mapa.

—Sicar está al otro lado del monte Ebal —dice ella.

Debaten sobre cuál será la mejor ruta, y Tomás concluye que tienen que virar al sur.

—Porque, si seguimos hacia el oeste, encontraremos la ciudad hostil de Sebastia.

—Es más rápido pasar entre el monte Gerizim y el monte Ebal —dice Kafni.

—Pero más peligroso —responde Tomás.

—No si evitamos las ciudades —dice Rema, y Tomás sonríe.

—No hay modo de evitar ciudades en un camino. Eso es lo que hacen los caminos: conectan ciudades.

—No sacarás a mi hija del camino.

—Kafni, di mi palabra de que protegeré a Rema del peligro.

—¿Puedes incluso protegerte a ti mismo?

Tomás da un suspiro. ¿Cómo expresarlo?

—Con el debido respeto…

—Estás yendo *hacia* Samaria a buscar a un grupo de hombres desconocidos —dice el hombre.

—Y una mujer —dice Rema.

—Una mujer que está con un grupo de hombres. No me contestes, jovencita. Esto es una necedad.

Tomás echa una larga mirada a Rema. Ella señala a un grupo de mujeres samaritanas que están lavando ropa en un arroyo.

—Quizá ellas conozcan el camino.

—¡Shalom! —grita Tomás.

Se acercan dos muchachos adolescentes.

—¡Oye! —grita uno de ellos—. ¿Qué haces hablando a nuestra madre? ¡Judío!

Sin querer buscar problemas, los tres reanudan su camino.

• • •

A la mañana siguiente

En una pequeña posada en la plaza principal de Sicar, Simón tiene noticias para Andrés, Santiago el Joven, María Magdalena y Mateo.

—Tadeo contó cincuenta, y llegan más a cada minuto. ¿Está listo Jesús?

—Está en el cuarto de atrás —responde Andrés.

—Necesitaba un momento a solas —dice María.

Simón sacude su cabeza.

—Pero hay muchos que quieren oír más.

—Ha estado hablando a la gente desde el amanecer —dice Santiago el Joven—. Necesita un descanso.

Andrés dice que llevará un poco de agua a Jesús.

—Creía que la mayoría de personas se habían ido tras el primer sermón —dice María.

—Se fueron para ir a buscar a sus familias y amigos —dice Simón—, y ahora regresaron por triplicado.

Mateo está sentado un poco apartado de los demás, usando una aguja para mover cuentas en un pequeño cuadro de conteo.

—La población de Sicar es de aproximadamente dos mil personas.

—Sin incluir a mujeres y a niños —dice María.

—Hay doce horas de luz al día en esta época del año —continúa Mateo—. Y él dijo que nos quedaríamos dos días aquí, lo cual suma más de veinticuatro horas; por lo tanto, el número de hombres que debemos alcanzar por hora es ochenta y tres punto tres, tres, tres, tres...

—¿Y qué es punto tres, tres, tres de un hombre, Mateo? —pregunta Simón.

—¡Simón! —Andrés lo reprende.

—Hay una multitud aumentando ahí afuera, y necesitamos saber qué hacer.

—¿Por qué no le contamos la situación y que él decida? —dice María.

—Es lo que hará, de todos modos —dice Santiago el Joven.

—Yo se lo diré —dice Andrés, alejándose con una copa de agua.

—¿Cuántos estadios de ancho tiene esta ciudad? —pregunta Mateo, haciendo reír a Simón—. Nos dará una indicación de cuántos codos cuadrados necesitamos cubrir por hora.

Este tipo es incorregible, piensa Simón mientras sacude su cabeza.

—¿Indicación? ¿Codos por hora?

—Su ministerio merece que pensemos cuidadosamente —dice Mateo.

Simón lo mira con una expresión muy seria ahora, todavía batallando con su resentimiento hacia el hombre y su anterior ocupación.

—Nadie está pensando con más cuidado que yo.

Andrés regresa.

—Se ha ido.

—¿De qué estás hablando? —pregunta Simón.

—No está en su cuarto ni en ningún lugar en la casa. Miré en el callejón...

—¿Lo *perdimos*?

—Probablemente no esté perdido —dice Andrés echando una mirada a Santiago el Joven.

—Bien, Santiago —dice Simón—, tú revisa la parte sur. Andrés y yo iremos por el norte. María, dile a Tadeo que vigile a la multitud.

Mateo se levanta.

—¿Y yo?

Sí, piensa Simón. *¿Y tú, que no hace mucho tiempo mantenías a los judíos esclavizados a impuestos despiadados?*

—Quédate aquí —le dice— por si él regresa.

—Regresaré pronto, Mateo —dice María, haciendo que Simón se pregunte por qué ella es tan increíblemente amable con él—. Y no me alejaré mucho —añade.

Mientras ella se da la vuelta para marcharse, Mateo dice:

—Quedarme aquí me da la mayor probabilidad de localizar a Jesús primero.

—Muy bien —dice ella con una sonrisa.

Capítulo 3

ENCONTRAR A JESÚS

Simón se pregunta cómo pudieron llegar a esa situación. ¿Puede alguien realmente perder al Mesías? Ah, él es independiente, sin duda, y calmado ante cualquier cosa que llegue a su camino. Está claro que lo encontrarán, y sin señales de desgaste, pero eso no hace que Simón esté menos frenético por encontrarlo. Simón y Andrés recorren apresurados el mercado de Sicar, lleno a rebosar, preguntando a todo el mundo.

—¿Has visto al maestro de Galilea, el hombre que llegó aquí ayer? Estaba en la plaza. Mi Maestro, es así de alto, con barba y cabello largo. ¿No? ¿Has visto al Maestro?

Santiago el Joven recorre toda la plaza cojeando y preguntando:

—¿Ha pasado por aquí al que llaman Jesús de Nazaret? ¿Has visto a Jesús el maestro?

Simón reconoce a una mujer mercader que había estado entre la multitud el día anterior.

—¿No habrás visto al Maestro pasar por aquí?

—Pasó por aquí hace un rato —responde ella—. ¿Regresará a la plaza?

Andrés escoge sus palabras con cuidado.

—Está haciendo… un encargo. ¿Por dónde se fue?

—Por ese callejón —dice señalando.

Mientras ellos se apresuran a marcharse, ella exclama:

—¡Estaba por ir a verlo otra vez y llevar a una amiga!

—Estará allí —le asegura Simón—. Seguirá enseñando. No te decepcionará.

• • •

En el callejón, Jesús está tumbado de espaldas debajo de una carreta apoyada sobre unas piedras, acomodando cosas en la parte inferior. El dueño, un africano, mira hacia abajo. Jesús presiona las partes, probando su robustez.

—Ya está —dice Jesús—. Todo está bien ajustado.

—Entonces, *era* el eje —dice el africano—. Le dije a mi hermano que era el eje.

—A veces, lo único que se necesita es un nuevo par de ojos. Ahora dame un poco de alquitrán y quedará como nueva.

El hombre le da a Jesús un cubo y una brocha.

—Eres bueno con esto. Deberías quedarte en la ciudad y abrir una tienda.

Jesús lo imagina, y eso le divierte.

—¿Debería hacerlo? —dice, asintiendo con la cabeza—. Una tienda.

Una mujer rebosante de alegría entra en el callejón con un par de amigas.

—¡Rabino! —dice, y se gira hacia sus compañeras—. ¡Rápido, llamen a los demás! —les indica.

Jesús reconoce a Fotina, la mujer que conoció en el pozo de Jacob, la primera persona a quien le reveló su verdadera identidad. Ella se ríe, obviamente emocionada por verlo.

—Esa mujer —dice el africano— te presentará a cada samaritano en el país.

—Eso espero —dice Jesús sonriendo.

Se dirige a ella con una sonrisa, y está claro que ella no sabe qué decir o hacer. Ladea su cabeza, toca los costados de su falda con las palmas de sus manos y después se seca la cara y el cuello.

—Hace calor —dice.

•••

En la posada, Mateo está sentado a solas y se mueve inquieto, recorriendo con sus dedos arriba y abajo la elaborada túnica que le recuerda su época de abundancia. Alguien llama a la puerta y se levanta de inmediato. ¿Será Jesús?

Se acerca apresuradamente y abre la puerta, y se encuentra con tres personas a las que no reconoce: un joven, una mujer joven y hermosa, y un hombre de más edad. El joven dice:

—Shalom.

Mateo frunce el ceño. Hay que responder por educación.

—Shalom —dice sin ninguna emoción.

El hombre joven lo estudia.

—No te conozco —le dice.

—Tal vez estás en el lugar equivocado —le responde Mateo, y comienza a cerrar la puerta.

El joven empuja la puerta y vuelve a abrirla.

—Ah, estamos buscando a Jesús.

—Todo el mundo lo busca —dice Mateo; cierra la puerta y se dirige a sentarse otra vez en el banco.

Pero desde el otro lado de la puerta, oye a María Magdalena.

—¡Ah, están aquí! ¡Tomás! Y Rema, ¿cierto?

Mateo vuelve a abrir la puerta, y esta vez encuentra sonriendo a la joven.

—Sí, ¿María? —pregunta.

—Buena memoria —responde María, y da un abrazo a Rema—. ¡Qué bueno tenerlos aquí!

—Qué bueno verte otra vez, María —dice Tomás inclinando su cabeza.

Kafni se aclara la garganta.

—Él es el padre de Rema, Kafni.

María le sonríe, pero él la ignora y entra en la posada.

—Lo siento —musita Tomás.

Kafni parece examinar el lugar. Mira cuidadosamente a Mateo, pero no lo saluda. Cuando todos están dentro, Rema pregunta:

—¿Dónde están todos?

—Están buscando a Jesús —responde María.

—¿Se perdió? —dice Tomás.

—Él nunca se pierde —responde ella—. Probablemente necesitaba unos momentos. La gente de la ciudad clama por verlo. Ha estado cambiando muchos corazones.

—Sé cómo es eso —dice Tomás—. Entonces, tu amigo no estaba siendo grosero.

María los presenta y Mateo dice:

—Llegaste al hogar de un desconocido y cuando abrí dijiste: «No te conozco». ¿Acaso *eso* no es ser grosero?

Parece que agarra desprevenido a Tomás.

—Tuvimos un viaje complicado —dice finalmente—. No fue fácil. ¡Y los samaritanos! ¡Vaya! Pensé que nos iban a despedazar.

—Samaritanos y judíos son enemigos históricos —dice Mateo.

—Lo sé —responde Tomás—. Sabíamos que el viaje sería duro, pero es como si Jesús estuviera activamente haciendo difícil seguirlo.

—Yo vine solo porque él salvó la reputación de mi viñedo y de sus carreras —dice Kafni—. No es que eso les importe.

Tomás se dirige a Mateo y María.

—Me alegra haberlos encontrado al menos. Pero ¿por qué no están ustedes…?

—¿Buscándolo? —pregunta Mateo—. Yo me quedé. Es probable que él regrese al último lugar donde lo vieron.

—Iba a decir por qué no están un poco más alejados de la ciudad. Pero ¿en qué basas que regresará donde fue visto por última vez? ¿No es más probable que haya ido a su siguiente compromiso?

—Él no sigue un horario.

—¡Ah! —exclama Tomás—. Entonces, tal vez yo pueda ser útil como organizador. Se me dan bien los números, los tiempos. —Mira a Rema, quien asiente con la cabeza—. La precisión es mi especialidad.

Mateo está a punto de responder con sus propias credenciales cuando llegan Santiago el Grande y Juan, sucios de la cabeza a los pies y sudorosos.

—¡Ah, lo lograron! —dice Santiago, y da un apretón de manos a Tomás.

—Me alegra verlos de nuevo —dice Juan, y también le da un apretón de manos.

Tomás entonces mira su mano fijamente.

—Lo siento —dice Juan—. Ha sido un día largo.

—Estuvimos trabajando —dice Santiago el Grande.

• • •

Para entonces, Jesús ha regresado a la plaza, donde una multitud de personas le rodea. Algunos están sentados en peldaños y otros caminan por pasarelas elevadas. Desde un pequeño espacio a la sombra en lo alto, observa y escucha el quinto esposo de Fotina, Nedim, de quien ella intentó divorciarse para poder casarse con un nuevo amante antes de que Jesús se encontrara con ella en el pozo.

—Sabemos que Dios busca a los enfermos más que a los sanos —está diciendo Jesús—. Piénsenlo así. ¿Hay entre ustedes algún pastor de ovejas?

Un joven de cabello largo y que agarra un cayado responde:

—Yo.

—¡Ah! —dice Jesús—. Nos honra tenerte aquí. En mi corazón guardo un lugar especial para los pastores.

Se puede ver ahora que llega Santiago el Joven, cojeando y sonriendo. Desde el otro lado de la plaza llegan Simón y Andrés, casi sin aliento, junto con Tadeo. Simón siente un gran alivio.

—¿Quién cuida de tu rebaño ahora? —pregunta Jesús al joven pastor.

—Mi hermano. Tomamos turnos.

—¿Cuántas ovejas tienen?

—Cien, Maestro.

—Digamos que una de ellas se pierde. ¿Qué harías?

—Saldría a buscarla, por supuesto.

—¡Por supuesto! Pero ¿y las otras noventa y nueve?

—Tendría que dejarlas atrás. No puedo perder una oveja.

—Ya veo. ¿Y si la encuentras?

El joven sonríe.

—La pondría sobre mis hombros y la llevaría a casa. ¡Y probablemente bailaría de alegría!

Jesús se ríe y le pregunta:

—¿Y qué les dirías a tus amigos, que han estado preocupados por ti?

—Les diría que se alegren conmigo ¡porque encontré a mi oveja perdida!

Jesús se dirige al resto del grupo.

—¿Oyeron lo que acaba de decir? Él se alegra más por una oveja que por las noventa y nueve que nunca se perdieron. Por lo tanto, no es la voluntad de mi Padre que una de ellas perezca. Del mismo modo, les digo que habrá más alegría y gozo en el cielo por un pecador que se arrepiente, que por noventa y nueve justos que no necesitan arrepentimiento.

Simón está fascinado por la atención embelesada de la multitud.

—Míralos —susurra Andrés.

—Por el modo en que escuchan —dice Simón— no se podría distinguir a judíos y samaritanos.

• • •

A medida que avanza el atardecer en las afueras de Samaria, Melec, el dueño del campo pedregoso que Santiago el Grande y Juan se pasaron el día arando, les dice a su esposa y a su hija de siete años que debe intentar ejercitar su pierna rota.

—¿Dónde irás? —pregunta su esposa.

—Caminaré por el terreno, Chedva —le responde él, saliendo de su granja destartalada apoyándose en la muleta que él mismo fabricó.

—¿Estás seguro de que puedes hacerlo, padre?

—Estaré bien, Rebeca. Iré despacio.

Abrumado por la vergüenza de su pobreza y ahora su incapacidad de hacer nada al respecto, Melec avanza a medio paso cada vez, con su pierna atada hasta el muslo a una improvisada férula de madera y cuero que hicieron él y su esposa. Sintiéndose indefenso e indigno, se pregunta si es así como se siente el final de la vida. No puede imaginar qué hará de comer Chedva al día siguiente, y mucho menos otros días. Seguramente, su escasísima cena ha agotado sus provisiones de harina y otros productos esenciales. *Ellas estarían mejor sin mí.*

Pero ¿qué es esto? Ante una luz que se desvanece, no confía en lo que ven sus ojos. El último pedazo de tierra que albergaba alguna esperanza de cultivar algo no se ve como estaba el día anterior, cuando se preguntaba si tenía esperanza de contratar a alguien para trabajarla, incapaz de poder pagarle hasta que produjera una cosecha, si es que eso sucedía. Melec entrecierra sus ojos y se acerca un poco más arrastrando los pies.

¡No puede encontrarle ningún sentido! Lo que antes era una escasa franja de tierra seca se despliega ahora ante su vista como una tierra negra rica en humedad que alguien experimentado ha arado. Se obliga a sí mismo a mirar todavía más de cerca. Si no se equivoca, la tierra que ahora parece ser fértil, ¡en realidad ha sido plantada! ¿Quién haría una cosa así?

Levanta su mirada al cielo. *¿Qué hice para merecer esto? ¡Nada! ¡Menos que nada!* Y caen lágrimas por sus mejillas. ¿Se atreve a decirles algo a su esposa y su hija? No. ¿Y si resulta que ha sido un sueño cruel?

• • •

La posada en Sicar

Tomás, Rema y su padre están sentados en medio de un silencio incómodo, bebiendo sorbos de agua en una mesa en la antecámara, cuando entran Jesús y varios discípulos, que regresan tras el largo día de predicación. Están exultantes por todo lo que han visto.

—¿Viste a la mujer y a su hijita? —está diciendo Tadeo.

—Sé que Simón las vio —dice Santiago el Joven.

—Siempre me emociono. —Simón se encoge de hombros.

—Lo sé —dice Andrés—. Crees que no lo harás y entonces…

Los tres se levantan de la mesa y Tomás exclama:

—¡Shalom!

—¡Ah, viniste! —dice Simón—. Lo lograste.

—Claro que sí —dice Jesús sonriendo, y se apresura a dar un abrazo a Tomás—. Qué bueno verte.

—Igualmente, Rabino. ¿Recuerdas a Rema?

—¿Cómo podría olvidarla? Entonces, ¿también te unirás a nosotros?

Ella vacila.

—Bueno, Rabino, este es mi padre, Kafni.

—Ah, sí. ¡El dueño del viñedo que produjo un vino tan bueno para mis amigos! Shalom.

Kafni batalla claramente por mantener la cordialidad.

—Muy amable por decir eso.

—Imagino que querrás hablar conmigo, ¿cierto? —dice Jesús.

—Si tienes tiempo, me gustaría hacerte algunas preguntas.

—No serías un buen padre si no lo hicieras. Me gustaría proponer lo siguiente, si te parece bien. Los dos tuvimos días muy largos, ¿no es cierto? Este lugar tiene cuartos disponibles para ustedes. Entonces, ¿por qué no descansamos un poco y por la mañana hablamos de todo? ¿Te parece bien?

—Yo, pues… supongo que sí.

—Es un plan. Gracias —dice Jesús. Pone una mano sobre el hombro de Kafni y el hombre se pone tenso—. Nos agrada que estés con nosotros —continúa Jesús—. Y ahora, si me excusan por un momento, debo ir a hablar con un par de hombres que hoy realizaron un acto de servicio verdaderamente extraordinario.

Simón da unos pasos al frente.

—Déjanos escoltarte, Rabino.

Jesús parece esbozar una sonrisa.

—Si lo desean.

Aparta una cortina para entrar en la cocina, con Simón, Andrés, Santiago el Joven y Tadeo detrás de él. Allí encuentra a Juan y Santiago el Grande ante una mesa llena de comida, todavía sudados y sucios, y con sus bocas llenas. Ellos levantan la mirada alarmados.

—Hemos llegado —anuncia Jesús.

—¿Qué sucedió? —Santiago el Grande se las arregla para preguntar con la boca llena.

—Les estaba diciendo a todos el trabajo tan extraordinario que ustedes dos hicieron hoy. Deben de estar famélicos.

—Pues sí —dice Juan claramente avergonzado—. Teníamos hambre.

—Coman. —Jesús se ríe—. Recuperen fuerzas. Y cuando terminen, por favor, describan el trabajo a los demás. Espero que todos tomen nota de lo que hicieron Juan y Santiago el Grande. Buenas noches, amigos.

Al pasar al lado de los otros discípulos, Jesús da a Simón unas palmaditas en el hombro. Simón echa una mirada a Andrés y da un suspiro. Ellos dos han sido distinguidos una vez más. Los hermanos levantan sus copas y fingen miradas de humilde orgullo, como para decirle a Simón: «Eso es. ¿Oyeron eso?».

Lo último que quiere Simón es escuchar todo aquello. Lo cierto es que sabe que probablemente nunca oirá el fin de la historia.

Capítulo 4

LA TAREA

Sicar, a la mañana siguiente

Jesús ha encomendado otra tarea a Juan y Santiago el Grande, indicándoles que lleven con ellos al resto del grupo. Simón, a quien no le gusta no saber las cosas, y francamente disgustado por no estar a cargo, se encuentra entre el grupo de discípulos. Siguen a los dos hermanos subiendo y bajando escalones de piedra de la ciudad, atravesando callejones que conducen a calles estrechas.

—¿A dónde vamos? —pregunta Mateo a Andrés.

—No sé más que tú. Jesús les dio una tarea y dijo que vayamos con ellos. Yo tampoco lo entiendo.

—Describieron que movieron piedras y cavaron. ¿Ahora ellos son líderes?

—No lo sé —dice Andrés con una sonrisa—. No sonaba más difícil que pescar, pero…

—Yo nunca he hecho trabajo pesado —anuncia Mateo.

Andrés se le queda mirando, aparentemente incapaz de imaginarlo.

—Supongo que tendrás que adaptarte, como todos nosotros.

Simón le dice a Tomás:

—La lista de cosas que él podría hacer es larga. Primero, hay una colonia de leprosos al oeste, y le están rogando que vaya.

Desde detrás de Simón, María explica:

—No se les permite entrar en la ciudad, de modo que no pueden oírlo.

—Las leyes de pureza judías y samaritanas prohíben acercarse a cuatro codos de un leproso —dice Andrés.

Santiago el Grande, que dirige el camino al lado de Juan, exclama por encima del hombro:

—¿Qué distancia tenemos que mantener de estos samaritanos?

—Ya estuvimos a cuatro codos de un leproso antes, Andrés —dice Juan.

—Solo digo que, si él quebranta la ley, podría causar una revuelta.

—Y para la cena, nos han invitado a la casa del tesorero de la ciudad —le dice Simón a Tomás—. Y tenemos otra invitación a cenar en la casa del sumo sacerdote de Sicar, y eso podría ser problemático.

—¿Por qué problemático? —pregunta Mateo, cubriéndose la boca con un pañuelo mientras se mueven por la ajetreada ciudad.

—Las creencias samaritanas están en conflicto con las creencias judías —dice Andrés—. Quizá quiera enredar a Jesús en sus palabras.

—No creo que él tenga miedo de quedar atrapado por sus palabras —dice Santiago el Grande.

—Yo solo digo…

María muestra una mirada cómplice a Rema y dice:

—Podríamos estar en otro lugar, con personas que realmente *quieran* escucharlo y no discutir.

—Si convence al rabino de la ciudad —dice Mateo—, su mensaje será predicado mucho después de que salgamos de esta aldea.

—Déjalo en manos del Jefe, ¿sí? —dice Simón, y se gira hacia Tomás—. ¿Qué opinas? ¿Cena con el tesorero o con el sumo sacerdote?

—¡Con ninguno! —dice Juan.

—Cena ¿con quién, entonces? —pregunta Tomás.

—Mira —dice Simón—, hay mucha gente que quiere hablar con él.

—Sí —interviene Juan girándose para mirar al resto—, pero *él* quiere preparar la cena.

—Esa es la tarea —proclama Santiago el Grande mientras los demás se acercan en círculo.

—¿Ah, sí? —dice Simón, entretenido y cruzando los brazos—. ¿Esa es la tarea? Ustedes sí que disfrutan esto de saber las cosas, ¿no?

—¡Vaya! —dice Juan señalándolo—. ¿Lo dices tú, Simón?

—¿Qué quieres decir?

—Nos dijo sus planes a *nosotros* —dice Santiago el Grande—. Entonces, Mateo, distribuye el dinero como corresponda; Tadeo, compra pan suficiente para doce...

—Trece —dice Juan.

—Trece personas.

—¿Con levadura? —pregunta Tadeo—. ¿Sin levadura, de centeno, germinado, espelta?

—Variado —dice Juan—. Tú eliges.

Mientras Mateo le entrega monedas, Simón pregunta:

—¿Trece? ¿Quiénes son los otros?

—Santiago el Joven —continúa Santiago el Grande—, compra una pata de cordero que incluya codillo y solomillo; no, no, dos patas de cordero.

—Solo tenemos... —dice Mateo.

—¡Andrés! Uvas, grosellas, cerezas si encuentras.

—A este ritmo —insiste Mateo—, no tendremos suficiente para...

—Al inicio de este viaje —le dice Juan— no esperábamos encontrar una bolsa de oro, ¿no es cierto? ¡Le estamos dando un buen uso! Simón...

—Sí, maestro —dice él, rebosante de un sarcasmo que hace pausar a Juan.

—Tres odres de vino.

Simón piensa en una réplica, pero la reprime.

—Hecho.

Mateo le entrega monedas, pero Simón se detiene antes de aceptarlas. ¿*Recibir* dinero de Mateo, para variar? Todavía no puede entender por qué Jesús quiere a este hombre como parte del grupo.

—Mateo, pimienta negra, cebollín, sal y aceite de oliva.

—Con estos gastos no llegaremos a Judea —dice Mateo.

—Ten fe, Mateo —le dice Juan—, en él. María, busca puerros, ajo y cebollas, ¿de acuerdo?

Cuando los otros parten para realizar sus tareas, Simón se queda.

—¿Y ustedes que van a hacer?

—Saldremos de las calles —responde Juan.

—¿Por qué?

—El mayor problema de Samaria…

Santiago el Grande termina el pensamiento de Juan:

—Demasiados samaritanos.

• • •

Simón se dirige a la mesa de una viticultora y pide tres odres de vino.

—¿De qué tipo? —le pregunta ella. Él hace una pausa.

—¿Tinto? Algo con clavo de olor, supongo.

—¡Simón!

Él se da la vuelta y ve que se acerca Fotina.

—¡Estás aquí! —le dice—. Estuve buscándolos a todos.

—Por suerte para ti, todos estamos en este mercado.

—¿Y qué están haciendo? ¿Él va a enseñar aquí?

—Estamos de compras, aunque no lo creas.

Ella se dirige a la viticultora.

—Este hombre me dijo…

—Todo lo que hiciste, sí, nosotros mismos lo escuchamos. Por sus palabras, creemos que él es el Ungido. No tienes que seguir repitiéndolo, Fotina.

Pareciendo avergonzada, como si no pudiera contenerse, Fotina levanta sus hombros.

La viticultora entrega los odres a Simón, y entonces agarra otro más.

—No —dice él—, solo necesito tres.

—Este es por cuenta de la casa —dice ella—. Lo que sea por él.

—Simón —dice Fotina—, necesito que entregues un mensaje. —Sonríe mientras le entrega un pequeño rollo y le insta a que lo lea.

Es una invitación a cenar con ella y su esposo Nedim. Ella está entusiasmada.

—¿Todos?

—¡Sí! —dice casi con lágrimas en sus ojos.

—Pero somos diez personas.

Ella menea su cabeza como si eso no importara.

—¿Por favor?

Capítulo 5

SINCERIDAD

Más tarde esa misma mañana

Kafni está sentado en la zona de cocina común de la posada, manteniendo una mirada desesperada sobre las sombras que se mueven afuera.
Necesita estar de camino a su casa pronto, y se siente tratado rudamente
por el predicador itinerante. El hombre le había prometido una conversación en la mañana, aunque Kafni tiene que admitir que nunca fijaron
una hora exacta.

Su hija se fue temprano con los otros seguidores del supuesto
rabino, aventurándose a ir a la plaza del pueblo para realizar una tarea
misteriosa. Mientras, él espera, con hambre y a la vez sin prestar atención
a panes y platos de fruta. Tiene una prioridad, y no es comer. Rema ha
estado en su corazón desde el día que nació. Y aunque ya es mayor de
edad, él no se siente menos responsable de ella. Está claro que está enamorada de Tomás y también de este profeta tan aclamado, y Kafni no
puede decidir qué relación le inquieta más. Conoce a Tomás y lo admira
en muchos aspectos, pero, sin embargo, él es quien realmente tiene la
intención de seguir a Jesús. ¿Por qué no podría quedarse en su casa ese
joven y planear un futuro convencional para Rema?

Kafni no puede marcharse, no debe, antes de hacer lo que vino a
hacer aquí, pero lo único que puede hacer es quedarse quieto. Ya debería

estar en el camino desde hace mucho tiempo; sin embargo, sigue sentado sin hacer nada y enojado.

Por fin aparece Rema. Se siente aliviado, y será mejor que eso signifique que Jesús no tardará en llegar. Normalmente, él se levantaría cuando ella entra, pero se queda sentado mirándola con expectación.

—Lo siento, Abba —dice ella—. Fue una mañana ocupada. Te prepararé un poco de avena.

Mientras ella se pone a trabajar, Kafni dice:

—¿Qué crees que está haciendo? Solo necesito unos momentos con él.

—Dijo que sería una caminata corta. Estoy segura de que pronto estará aquí, Abba.

—Tengo cosas que decir —dice Kafni elevando su voz—. Tienes suerte de que te acompañé hasta aquí. Podría haber decidido no hacerlo. Yo no puedo decidir lo que hace Tomás, él puede tomar sus propias malas decisiones. Pero tú… tengo cosas que decir.

—Lo sé —dice ella mientras mezcla ingredientes—. Estoy muy agradecida.

Él estudia sus movimientos.

—Avena —le dice inexpresivamente—. Pronto sabrás todas las formas de hacerla, porque eso es lo que comes cuando no tienes un empleo o no vives con tu familia.

Ella eleva una ceja como si quisiera responder, pero Jesús aparece en la puerta.

—Kafni, buenos días. Gracias por tu paciencia.

Kafni se levanta, sintiendo de todo menos paciencia.

—Tenía que ver a algunas personas antes de nuestra importante charla —continúa Jesús—. ¿Estuviste cómodo anoche?

¿Cómo responder?

—Sí. Aunque debo decir que no pude dormir muy bien. —Echa una mirada a su hija.

—Sé lo que es preocuparse por alguien de quien uno se siente responsable —dice Jesús—, pero yo no soy padre. Me imagino que todo esto te pone nervioso.

Kafni preferiría mantener esta conversación en privado. Asiente con su cabeza hacia la puerta.

—¿Podríamos…?

—Claro.

Jesús ofrece a Rema una mirada tranquilizadora mientras Kafni y él pasan a la otra habitación.

—Permíteme decir en primer lugar por qué estoy aquí —dice el hombre—. Quiero agradecerte por lo que sea que hiciste en la boda. Mantuviste la reputación de mi negocio y evitaste que mi hija y Tomás sufrieran. Rema y Tomás insisten en que hiciste un milagro. Bueno, ya soy un hombre de edad. Necesito emprender mi viaje, y no tengo tiempo para no ser claro. Creo que esto raya en la blasfemia, y no tengo el hábito de creer que un hombre de Naz… que un hombre hizo un milagro. Y no acostumbro a dar mi bendición para que mi hija abandone nuestro hogar. Pero estoy en deuda contigo, y por eso estoy ahora en esta habitación contigo.

—Gracias por tu sinceridad.

—No puedo darte mi fe o mi devoción —continúa Kafni—, de modo que creo que mi sinceridad es lo único que puedo dar después de renunciar a mi hija. —Su voz se rompe al decir eso, y aparta la mirada mientras tiemblan sus labios.

Jesús asiente con la cabeza, y sus ojos también se llenan de lágrimas.

—Lo entiendo. Yo pido mucho de aquellos que me siguen; pero pido poco de quienes no lo hacen.

Kafni se recompone.

—No quiero ser grosero, pero ya he dicho todo lo que quiero decir.

Se da media vuelta y se dirige otra vez a la cocina, donde pone en la mano de Rema una pequeña bolsa de monedas. Ella intenta rechazarla, pero él insiste. Kafni toma sus manos, toca con su frente la de ella, pone las manos sobre sus hombros y después se aparta para agarrar su bolsa y su bastón.

Rema lo sigue mientras sale de la posada hacia la plaza, donde está Tomás con el burro ya cargado del hombre. Kafni añade su bolsa y mira a Tomás.

—Por mucho tiempo te he admirado por tu duro trabajo —le dice al joven—, y te ha ido bien a pesar de la pérdida de tu padre. Pero esto es una necedad, y no fingiré que no lo es. Te veré otra vez cuando pidas la mano de mi hija.

Tomás menea su cabeza.

—Kafni, yo…

—No, no soy estúpido. Tal vez tú sí —añade riendo entre dientes—, pero yo no. Y cuando llegue ese día, no sé lo que diré. —Hace una pausa, abrumado por la emoción—. Mantenla a salvo.

Tomás asiente.

—Shalom —dice Kafni, tirando del burro y dejando atrás a Tomás y después a Rema, quien lo mira con anhelo. Entonces mira a Tomás y llora.

Capítulo 6

EL MAL SAMARITANO

En las afueras de Sicar, al atardecer

Mientras que Simón extraña dolorosamente a su esposa Edén, que está en Capernaúm, lo que no extraña es la pesca; al menos, la pesca de peces. Era interminable y agotadora, por no mencionar que es un trabajo que huele apestoso. Y a pesar de lo experto que había llegado a ser, el éxito parecía depender de los caprichos de la naturaleza.

Jesús prometió hacer de él un pescador de hombres, y no puede negar que la aventura ha sido todo lo que él habría podido soñar, y más aún. Ah, tuvo sus momentos, y esta incursión en Samaria le ha sacudido en muchos aspectos hasta lo más hondo de su ser.

Mientras el Rabino conduce a los discípulos, a María Magdalena y a Rema al terreno donde los hermanos Juan y Santiago el Grande trabajaron el día anterior, Simón tiene sentimientos mezclados. Por una parte, todavía sigue disfrutando de la enseñanza que el Maestro dirigió en la plaza de la ciudad, haciendo hábilmente que uno de los pastores locales participara en su lección de que un pecador perdido significa tanto para Dios como una oveja perdida para un pastor. Brillante. Pero, por otra parte, a Simón le resulta difícil reconciliar un par de cosas: por qué Jesús parece favorecer a

Santiago el Grande y a Juan cuando Simón mismo es, obviamente, el más comprometido con la causa. Y también la aceptación aparentemente descuidada de Jesús de un perro sucio: el recaudador de impuestos.

Sí, Mateo sorprendió a todos, los romanos incluidos, al renunciar al instante a su vida lujosa, reconociendo en cierto modo a Jesús como alguien digno de su devoción. Pero ¿se ha arrepentido este hombre verdaderamente de su trato cruel a sus compatriotas judíos, conspirando con Roma para imponerles impuestos que casi los dejan sin vida? ¿Cómo podría un hombre llamarse a sí mismo judío cuando trata a su propio pueblo como si fuera escoria a cambio de llenar sus propios bolsillos?

Aun así, Jesús tiene que ser más sabio. Simón tiene cero dudas de que él es el Mesías, de modo que espera que todo se aclarará pronto, y eso incluirá hacer rendir cuentas a Mateo. ¿Está siendo hipócrita Simón? Él no lo cree. Reconoce quién era él antes y lo que ha hecho. Incluso se arrodilló ante Jesús y le rogó: «¡Apártate de mí! ¡Soy un pecador!».

¿Ha hecho Mateo algo parecido? Seguramente es tan pecador como Simón, si no más aún. Simón solo puede desear ser tan perdonador como Jesús, y eso le deja malhumorado. Con los emocionantes milagros de los que ha sido testigo y la enseñanza divina que ha disfrutado, debería estar por encima de rivalidades triviales con los hermanos y de compararse con un exrecaudador de impuestos.

Ahora, ahí están todos ellos con Jesús, ocho discípulos y las dos mujeres, cargados con todas las provisiones que reunieron esa mañana, mirando un terreno hermosamente labrado.

Jesús suelta un silbido.

—Este es un trabajo de expertos, muchachos. Excepcional.

—Debiste ver este lugar —dice Santiago el Grande—. Hierbas y ramas por todas partes.

—Lo limpiamos y sembramos en una sola tarde —añade Juan.

—Eso nos contaron —dice Andrés con ironía.

Jesús da unas palmaditas en el pecho a Santiago el Grande.

—Bien hecho. —Agarra el brazo de Juan—. Muy bien hecho. —A Simón le parece que los hermanos están a punto de explotar.

Jesús se aleja caminando, y Simón señala a los demás que lo sigan. Los dirige atravesando un tramo de hierba hasta un claro donde una granja ruinosa y destartalada parece estar en las últimas.

—¿Qué estamos haciendo aquí, Rabino? —pregunta Simón.

—Aquí es donde cenaremos esta noche.

—¿Alguien vive aquí? —dice Juan.

Simón piensa que Jesús debe de estar bromeando.

Cuando se acercan hasta unos cincuenta pies del lugar, un hombre vestido con ropas harapientas sale de la casa apoyado en una muleta.

—¡Tú debes de ser Melec! —grita Jesús.

—Lo soy —dice el hombre, claramente receloso—. ¿Tú eres el maestro?

—Soy Jesús de Nazaret, y estos son mis alumnos. —Jesús se detiene delante del hombre.

—Creo que tengo una deuda de gratitud contigo —dice Melec—. Me inclinaría, pero como puedes ver...

—Fueron Juan y Santiago el Grande —dice, señalando a los hermanos— quienes hicieron el esfuerzo y sudaron.

—Gracias.

—¿*Tú* eres el dueño del campo? —pregunta Santiago el Grande mirándolo fijamente.

¡*Un samaritano!* Juan no puede ocultar su indignación.

—Creímos que era para los viajeros —dice.

Jesús les sonríe, como para recordarles que se acostumbren a lo diferente.

Melec muestra una mirada de comprensión.

—Está bien, dilo entonces —dice Melec—. ¿Cuál es la trampa?

—¿Trampa? —pregunta Jesús.

El hombre parece frustrado ahora, al tener que explicarse.

—Tú no me conoces, y eres judío. Vienes desde Galilea para predicar en la ciudad y envías a tus alumnos a labrar mi tierra...

—Fotina nos dijo que necesitabas ayuda.

—Ya, ella me contó todo sobre ti. Entonces, ¿qué quieres de mí?

Jesús se limita a mirarlo.

—No tengo dinero —dice Melec meneando la cabeza y gesticulando—. No puedo darte un donativo. Ni siquiera puedo alimentar a mi familia.

Jesús le señala.

—Eso es lo que quiero.

—¿Qué?

—Me encantaría que compartieras una comida conmigo y mis amigos.

Melec parece decaído.

—Realmente lo siento mucho, pero no tenemos comida, ni siquiera para nosotros.

Jesús sonríe.

—Eso lo tenemos resuelto —dice, girándose a quienes tiene a sus espaldas. Simón y el resto, excepto Juan y Santiago el Grande, claro está, muestran sus provisiones de comida. Jesús cubre su pecho con sus propias manos—. Por favor. Me honraría.

¿Honrado por ofrecer un festín abundante a un samaritano? ¿Después de haber labrado el campo del hombre gratis? Simón sacude su cabeza.

• • •

Simón está entretenido con el perplejo Melec, quien presenta tímidamente a su esposa Chedva y a su pequeña hija. Los tres parecen disfrutar y comen hasta saciarse en mesas al aire libre, cerca de una fogata. Jesús ha pedido a Simón que le hable a la familia del día en que él y Simón se conocieron. Simón cuenta cada detalle, hasta decir:

—¡El bote casi se vuelca! Entonces, la red estaba tan tensa y estirada que creí que me arrancaría los brazos.

Los demás se ríen.

—Y Santiago y Juan —añade Andrés— ¡se tomaron su tiempo para acudir a ayudarnos! —Echa una mirada a los hermanos, pero está claro que ellos no se divierten. Los imita haciendo fuerza y refunfuñando.

—¡Sí! —exclama Simón—. ¡Tuve que pedir ayuda cinco veces para que se movieran!

Jesús y los demás parecen disfrutar de la plática, pero Juan se levanta de repente y se marcha, llevándose su plato.

Los otros cuentan sus historias sobre cómo conocieron a Jesús. Melec parece asombrado.

—Entonces, ¿lo siguieron todo el camino hasta Samaria?

Mateo, como siempre, siente la necesidad de explicar.

—De hecho, sugerimos la ruta alternativa siguiendo el Jordán.

—¿No pensaste que podría ser peligroso para ti? —pregunta Melec a Jesús.

—Por supuesto.

Melec parece a punto de contar él mismo una historia, pero Chedva se aclara la garganta.

—Cuando era una niña —dice Chedva—, mi padre me dijo que el Mesías pondría fin al dolor y el sufrimiento. Si tú eres quien la gente dice que eres, ¿cuándo harás eso?

Tras una larga pausa, Jesús dice:

—Estoy aquí para predicar las buenas noticias del reino de los cielos, un reino que no es de este mundo, un reino que llegará pronto y donde, sí, la tristeza y el sufrimiento desaparecerán. Yo abro un camino para que las personas tengan acceso a ese reino. Pero en este mundo, huesos aún se quebrarán y corazones aún se romperán; pero, al final, la luz vencerá a la oscuridad.

Chedva parece abrumada, y se encuentra con la mirada de su esposo.

Jesús le sonríe, y entonces se dirige a Melec.

—Hablando de huesos rotos, ¿cuál es la historia?

—Me caí de un caballo.

—No vi ningún pasto.

—Es que no era mío.

—Ah, el caballo de un amigo. Eso siempre es peligroso.

—No, no… no exactamente.

—Ah.

—Mira —dice Melec, susurrando—, ya has hecho mucho por mí que no merecía…

—Vamos, Rebeca —dice Chedva—, es hora de dormir. Despídete de tus nuevos amigos.

La pequeña da las buenas noches tímidamente y todos responden igualmente. Mientras se marcha, Chedva mira comprensivamente a su esposo, ¿tal vez como aviso? Melec parece inquieto, y Simón se da cuenta de que solamente se puede oír el ruido del fuego y el sonido de los grillos.

Melec se inclina hacia Jesús y le dice en un susurro:

—Si supieras quién soy, nunca me habrías ayudado.

Jesús parece estar mirando al alma del hombre.

—Eso no es cierto. Esto es lo que hacemos los judíos. Contamos y escuchamos historias. Nuestras historias nos conectan. —Asiente con la cabeza—. Cuéntame tu historia.

Melec parece pensarlo, estudiando el rostro de Jesús y después mirando a Simón y a los demás. Agacha su cabeza.

—Nos quedamos sin dinero —comienza a decir— y sin comida. Mi pequeña Rebeca, podía ver sus costillas pegadas a su piel. Y Chedva, sus ojos se volvieron grises. Hubo una sequía, de modo que no había trabajo en la ciudad. Yo tenía un amigo en Tiratana que también lo estaba pasando mal. Viajamos al sur pasando Efraín y nos quedamos esperando en el camino de Jerusalén a Jericó. Atacamos a un judío que viajaba solo. Lo tiramos de su caballo y le quitamos todo su dinero y sus ropas. Él se resistió, así que Disón lo derribó y se golpeó la cabeza con una piedra. Creí que estaba muerto. Disón debía tomar las pertenencias del judío y venderlas en tiendas de empeño en Anatot. Yo debía cabalgar al norte y vender el caballo en un puesto romano; pero no llevaba viajando ni diez minutos cuando el caballo se puso a dos patas, me lanzó y me rompí la pierna. Tuve que arrastrarme sobre mis codos y antebrazos hasta la ciudad más cercana y rogar por un viaje de regreso a Sicar, estando peor que antes. —Se queda en silencio y mira a Jesús—. Así que ahora ya sabes lo que has hecho, el tipo de hombre al que ayudaste. Cada día pienso en ese judío, desnudo y solo en el camino, probablemente muerto. Yo podría ser un asesino.

Jesús lo mira con compasión.

—Él no murió.

El hombre lo mira fijamente, sin decir ni una palabra. Jesús menea su cabeza.

—Alguien pasó por el camino y le ayudó.

Melec hace un gesto, llorando.

—¿Cómo lo sabes?

—Melec, lo sé. Te lo prometo; no murió.

El hombre se agarra la cabeza con sus manos y llora, resollando de alivio. Entonces vuelve a mirar a Jesús.

—¿Por qué yo? ¿Por qué viniste hasta este lugar? ¿Acaso no están todos en la ciudad cayendo a tus pies?

—El pastor deja a las noventa y nueve en la montaña para ir a buscar a la que se perdió.

—¿Qué es lo que quieres?

—Cree en mis palabras. Regresa a la sinagoga. Estudia la Torá.

—Nunca aprendí a leer.

—Entonces escucha la Palabra leída en voz alta y deja que toque tu corazón. Después ve lo que sucede.

—Y entonces, ¿qué?

—Cuéntale a otros.

—Tú sabes el crimen que cometí a sangre fría. ¿Ayudarías a alguien como yo?

—Él lo haría —dice Simón.

—Duerme y piénsalo —dice Jesús levantándose—. Estaremos en la ciudad un día más.

Chedva regresa.

—Ya está dormida.

—Será mejor que regresemos a la ciudad antes de que se haga demasiado tarde —dice Simón.

—Sí —dice Jesús haciendo un guiño—. Nunca se sabe qué tipo de hombres pueden estar esperando al lado del camino, ¿no?

Melec y Chedva parecen sorprendidos.

—¿Demasiado pronto? —pregunta Jesús riendo, y Melec también se ríe.

—Le contaste —dice Chedva.

—Creo que él ya lo sabía.

—¿Puedo? —pregunta Jesús, y da un abrazo a Melec—. Que duermas bien esta noche, amigo —le susurra.

Capítulo 7

HIJOS DEL TRUENO

Sicar

Simón no puede negar que poseer el rollo de la invitación de Fotina le hace sentirse en cierto modo a cargo otra vez, aunque solo sea temporalmente. Es obvio, al menos para él, que Jesús tiende a favorecer a Juan (si es que favorece a alguno), y Santiago el Grande se beneficia también de eso. Pero Simón dirige al pequeño gentío hasta la ciudad y hacia una casa que se ve modesta por fuera, pero parece ocupar mucho terreno.

Los viajeros cansados se juntan detrás de Simón mientras él mira el rollo y estudia la puerta frontal, flanqueada por antorchas en la pared, y entonces llama tímidamente. *Por favor, que sea el lugar correcto.*

Tadeo se acerca a él furtivamente.

—¿Estás seguro de que es aquí?

Simón estira su cuello para calcular la altura de la morada.

—No lo sé. Esta es la dirección que me dieron.

Inmediatamente se abre la inmensa puerta. El esposo de Fotina, resplandeciente con una túnica de noche, ocupa todo el marco de la puerta, y examina a todos los hombres y las dos mujeres que están en su patio.

—Seré sincero desde el principio —dice él—. Solo tengo cinco cuartos extra, y dos de ellos tienen corrientes de aire.

Fotina aparece a su lado.

—¡Nedim! —lo reprende. Mira y sonríe como si estuviera a punto de estallar—. Ellos duermen normalmente en el suelo. Creo que estarán bien.

—¿Seguro que esto no es un problema? —pregunta Simón.

—De todos modos me estoy muriendo —anuncia Nedim—. Ya no necesito la casa. Eleva la barbilla y pregunta: —¿Dónde está Jesús?

Desde la fila de atrás, Jesús levanta una mano.

—No hay duda de que tú animaste las cosas por aquí —dice Nedim—. Me tienes de buen humor para integrarme.

Fotina se ríe.

—¡Pasen! —añade Nedim.

Mientras van pasando al lado de la pareja, Nedim dice:

—Uno de los cuartos está embrujado, por mi abuela muerta.

—Oh —dice Jesús—. ¡Yo tomaré ese!

—¿Sabes quién es él? —le dice Fotina acercándose—. No tiene miedo a los fantasmas.

—Puede que *yo* sí —interviene Andrés.

• • •

Casa de Melec, al amanecer

La pequeña Rebeca se despierta de repente por un golpe que oye en el cuarto de sus padres. Su padre grita «¡Ah!» y respira entrecortadamente.

Rebeca sale apresurada y ve a su padre moviéndose en el piso a los pies de la cama.

—¿Melec? —dice Chedva, levantándose de la cama enseguida—. ¿Qué sucede?

—¿Abba? —gimotea Rebeca.

—¿Qué sucede? —insiste Chedva, acercándose a él.

—¡Mi pierna! —dice exultante—. ¡No hay dolor! ¡No, no, no, no!

Se pone de pie forzadamente y salta varias veces, haciendo gritar a su esposa y su hija. Va saltando hasta Rebeca y la levanta del suelo, dando vueltas con ella.

—¡No tengo dolor! ¡No hay dolor!

Deja a la muchacha en el suelo y se acerca a su esposa. Ella se queda mirando su pierna, que la noche antes seguía estando horriblemente rota y retorcida, tan sensible que él casi ni podía apoyar ningún peso sobre ella. Risueño, él le da un fuerte abrazo. Chedva lo aparta un poco.

—¡Melec, Melec! ¡Fue él! —Ahora ella está llorando—. ¡Fue él! Rebeca se junta con ellos y ríen con fuerza.

• • •

¿Cuándo se llegó a esto? Juan se lo pregunta cuando se despierta en uno de los cuartos de invitados más grande de la casa de Fotina. Santiago el Grande y él han pasado la noche en el mismo cuarto que el Mesías, y cada uno tuvo su propia cama y mantas lujosas. Santiago sigue dormido al lado de donde Jesús está tumbado de espaldas, mirando al techo y riéndose ligeramente. Juan se incorpora y se apoya sobre uno de sus codos, y cuando Jesús vuelve a reír, Juan le pregunta:

—¿Qué es tan chistoso?

—Ah, es que sé de una familia que está teniendo una mañana inesperadamente buena —responde Jesús.

Juan no puede ocultar una mirada de perplejidad. Jesús usa dos dedos e imita caminar sobre su antebrazo.

—¿Quién? —pregunta Juan—. ¿Melec?

Santiago el Grande se despierta mientras Jesús asiente con la cabeza.

—¿Qué sucede? —pregunta Santiago.

—¿Ni siquiera tienes que estar presente para hacer milagros? —dice Juan.

—No te sorprendas tanto, Juan —responde Jesús—. Un día se te dará autoridad para hacer las cosas que yo hago. Incluso cosas mayores.

Santiago el Grande pone toda su atención ahora.

—Un momento, disculpa —dice—. ¿Puedes repetir eso?

Jesús se ríe.

—Bueno, ¿cómo durmieron?

—Yo tardé un tiempo en dormirme —dice Juan—. Me asustó un poco lo que dijo Nedim de que este cuarto estaba embrujado.

—Vamos —dice Jesús—, no está embrujado.

—¿Por qué no lo corregiste cuando lo dijo? —pregunta Santiago.

—No hablo de todo a la vez con los nuevos convertidos, Santiago. Bien, estoy listo para el desayuno.

Los tres se sientan al borde de sus camas y apoyan las palmas de sus manos sobre sus regazos. Jesús dice:

—Estoy agradecido ante ti, Rey vivo y eterno… —Y los hermanos dicen la oración junto con él—. Porque has restaurado mi alma con tu misericordia. Grande es tu fidelidad.

• • •

En el desayuno, Simón se castiga a sí mismo en silencio porque le importa que los hermanos compartieran cuarto con Jesús. Se siente contento cuando el Rabino se sienta directamente enfrente de él en la inmensa mesa de Fotina, donde todos se han reunido, algunos sirviéndose de un bufet lleno de frutas, pan y verduras. Alegre al menos por ser conocedor de la situación, le dice a Jesús:

—La invitación del tesorero sigue en pie.

—Y la del sacerdote —dice Andrés.

—La del sacerdote es de riesgo —pronuncia Juan.

—Solo si él quiere pelear por cuál Torá es mejor —dice Andrés con una uva en la boca.

Mateo se da la vuelta desde el bufet.

—Pero sería una gran recompensa si cree —dice.

Lo único que Simón puede hacer es mirar a Mateo. Una cosa es ser capaz de tolerar a los samaritanos, aunque él lo intenta, especialmente bajo el ejemplo de Jesús. Pero ¿un recaudador de impuestos? Seguidor de Jesús o no, el hombre aún tiene que reconocer la grave traición a su pueblo.

—No olvidemos la colonia de leprosos —añade María.

Jesús se levanta de la mesa repentinamente.

—¿A dónde vas? —pregunta Juan alarmado.

—A caminar.

Frustrado, Simón dice:

—Pero aún no hemos planeado las cosas.

—Sean cuales sean los planes —dice Jesús—, estoy seguro de que será un día largo, y necesito un tiempo a solas.

Santiago el Grande se levanta de la mesa.

—Necesitas protección —le dice a Jesús, que se detiene y se da media vuelta.

—Basta ya de protección. Estaré bien. No será mucho tiempo.

—Pero ¿dónde podemos encontrarte? —pregunta Simón.

Jesús se detiene en la puerta.

—Busquen y encontrarán. —Y sale tras decir esas palabras.

Santiago el Grande, pareciendo avergonzado, vuelve a sentarse a la mesa.

Simón menea su cabeza ante los demás.

—Sus acertijos —dice Simón.

—A mí no me sonó como un acertijo —dice Rema.

—Si lo buscas, lo encontrarás —dice Santiago el Joven.

—No es eso lo que yo oí —dice Juan.

Este tipo, piensa Simón.

—Ah, ¿sí? ¿Qué oíste?

Juan mira a Simón, muy serio.

—Oí que lo buscaste y *no pudiste* encontrarlo —le dice.

—Mateo dice que lo perdieron durante casi todo un día —añade Santiago el Grande.

Simón se voltea lentamente para mirar con furia a Mateo, quien parece estar fingiendo estar absorto con algo que hay en el techo.

Sin poder ahogar su enojo, Simón dice:

—Él va donde quiere y cuando quiere.

—Sí, bien —dice Santiago el Grande—, pero necesitamos tener más cuidado.

Simón mira espantado a su hermano Andrés.

—¿Puedes creer lo que dicen? Cavan en la tierra y de repente son quienes dirigen.

—Solo pensamos que necesitamos liderazgo —dice Juan—, ¿de acuerdo? Aparte de la seguridad, necesitamos un plan.

—Independientemente de lo que suceda hoy —dice Santiago el Grande—, la verdadera pregunta es: ¿dónde iremos después de irnos de aquí?

—Ya llegaremos a eso —dice Simón.

—Por eso, Santiago y yo hemos trazado un plan para el próximo mes —dice Juan.

—¡Un mes! —exclama Simón.

—Comenzando con una visita al Templo —continúa Juan—. Su primera aparición allí desde sus señales públicas.

—¡Vaya, vaya!

—Una visita a los escribas en Qumrán —dice Santiago el Grande.

—Dos días predicando en Hebrón —añade Juan.

—Esperen.

—Él dijo que éramos excelentes planificadores —dice Santiago el Grande acercándose a Simón. —Creo que dijo «plantadores» —dice Santiago el Joven.

—¡Aplaudió nuestra ejecución! —exclama Juan.

—Los envió a la granja para enseñarles una lección —dice Simón con una sonrisa.

—Y causamos una gran impresión —dice Santiago el Grande.

—¡Votemos! —dice Andrés.

—Claro —dice Juan—. De acuerdo.

—¿Los que están a favor del plan de Juan y Santiago el Grande?

Juan y Santiago el Grande se ven expectantes, esperanzados. Cuando nadie responde, Simón se ríe disimuladamente.

De repente, Mateo levanta su mano, y Simón sabe que es con la intención de fastidiarlo.

—Estoy de acuerdo en que sería prudente tener una agenda —dice Mateo.

—Yo no votaré —dice María.

—Yo tampoco —responde Tomás.

—¿Por qué no? —demanda Juan.

—Soy nuevo —dice Tomás.

—Miren —explica María—, no importa lo que yo creo que él debería hacer o lo que ustedes piensan.

—¿Todos se oponen? —pregunta Andrés.

Simón, Santiago el Joven, Tadeo y Andrés levantan sus manos. El resto parece inquieto, avergonzado.

—Lamento que piensen de ese modo —dice Juan levantando los hombros—. Pero, por mi parte, no me gusta perderlo por largos periodos de tiempo. Tampoco me gusta discutir a dónde vamos cada día.

—Entonces, no discutas —dice Tadeo.

Juan deja su servilleta en la mesa de un golpe y se levanta. Santiago el Grande sale rápidamente tras él.

• • •

—¡Oye! —dice Santiago el Grande—. ¿A dónde vas?

—¡A contarle a Jesús nuestro plan! —responde Juan.

—El grupo dijo que lo dejáramos.

—También dijeron que él toma sus propias decisiones. Entonces, dejemos que él decida. ¿Por qué crees que nos escogió para plantar ese campo?

—Comienzo a preguntarme eso mismo. Si hubiera sabido que era el campo de un samaritano…

—Vamos —dice Juan—, Jesús lo resolverá.

Encuentran a Jesús a las afueras de la ciudad, y Juan se acerca.

—¡Rabino!

A él no parece agradarle mucho la situación.

—No pudieron esperar, ¿cierto?

—Discúlpanos. Solo queríamos aclarar algunas cosas, si te parece bien.

—Claro que sí.

Pero antes de que Juan pueda seguir hablando, se acerca una caravana de mercaderes samaritanos.

—¡Ustedes, muchachos judíos, están lejos de casa! —grita uno de ellos.

—Sí, de hecho estamos lejos —dice Jesús—. Shalom para ustedes también.

—Este es nuestro saludo tradicional judío para ustedes —dice el hombre, y otros dos lanzan piedras a los tres hombres. Entonces se escabullen.

Juan y Santiago el Grande avanzan enseguida hacia ellos, pero Jesús los retiene.

—No levanten un dedo —les dice.

—Eso fue una advertencia —dice el hombre.

—Inténtalo otra vez, ¡y verás qué sucede!

—Tranquilo, Santiago —dice Jesús.

—¡Shalom a ustedes también! —dice el hombre mientras pasa, y le escupe a Juan.

—¡Perros asquerosos! —grita Juan.

—¡Dije tranquilos!

Los mercaderes sonríen mientras avanzan.

—¡Hagamos algo! —le dice Juan a Jesús situándose frente a él.

—¿Y qué lograría eso?

—Defender tu honor —responde Juan.

—Te insultaron y humillaron —añade Santiago el Grande.

Juan le señala.

—¡Merecen que les caigan rayos y los incineren!

—¡Sí! —dice Santiago—. ¡Fuego de los cielos!

—¿Fuego? —responde Jesús.

—Dijiste que podíamos hacer cosas así —dice Juan—. Di la palabra y sucederá.

—¿Por qué no? —demanda Santiago—. Sabíamos que no podíamos confiar en esta gente. No debimos venir aquí en un principio. ¡Ellos no te merecen!

Jesús parece estudiar a los hermanos.

—¿Por qué creen que les hice labrar el campo de Melec? ¿Qué intentaba enseñarles?

Juan y Santiago se miran y se encogen de hombros.

—¿A ayudar? —se aventura a decir Santiago.

—¿Creen que fue solo para que sean más útiles? ¿O para que sean mejores granjeros? Fue para mostrarles que lo que estamos haciendo aquí durará por generaciones. Lo que le dije a Fotina en el pozo, y lo que ella dijo después a muchos otros, está sembrando semillas que tendrán un impacto duradero por generaciones. ¿No pueden ver lo que está sucediendo aquí? Estas personas a las que odian tanto están creyendo en mí sin ni siquiera ver milagros. Es el mensaje, la verdad que les estamos dando. ¿Y se interpondrán en el camino porque algunas personas de una región que no les gusta fueron groseras con ustedes? ¿Es que ellos no son dignos? ¿Qué? ¿Son ustedes mucho mejores? ¿Son ustedes más dignos? Bien, les diré algo: no lo son. ¡Ese es el punto! Por eso estoy aquí.

Juan y Santiago el Grande agachan sus cabezas y se miran el uno al otro.

—Lo siento —dice Santiago.

—Lo siento, Rabino —dice también Juan.

—A medida que reunimos a otros —dice Jesús—, necesito que ayuden a mostrar el camino. A ser humildes.

Santiago da un apretón a Juan en el brazo.

—Lo haremos.

Jesús asiente con la cabeza, le agrada su respuesta. Pero los mira con una expresión irónica.

—¿Querían usar el poder de Dios para hacer descender *fuego* y quemar a esas personas?

Los hermanos se miran tristemente el uno al otro.

—Bueno —dice Juan—, suena mucho peor cuando lo dices de ese modo.

Jesús se ríe.

—Ustedes dos son como una tormenta en el mar. Vamos. —Se da media vuelta y después pone sus manos sobre los hombros de los dos—. Explotan truenos de sus pechos en cada paso. De hecho, así voy a llamarlos de ahora en adelante: Santiago y Juan, los Hijos del Trueno.

—¿Es eso algo bueno o malo? —pregunta Juan con una mueca.

—Hoy no fue algo bueno. Pero una fuerte pasión puede ser algo bueno cuando se canaliza para justicia. Tal vez tenga que retrasar darles esa autoridad de la que hablamos antes, o hacerlo en dosis más pequeñas hasta que los dos se calmen un poco.

Al acercarse a la ciudad, se encuentran con el resto de los discípulos y las mujeres, acompañados por un desconocido.

—Santiago, Juan —dice Simón—, se ven terribles. ¿Qué pasó?

—Lo que pasó —dice Jesús— es que Santiago y Juan necesitaban que les recordara que estamos aquí en Samaria para plantar semillas, no para quemar puentes.

—Maestro —dice Simón—, hemos traído a alguien que quería hacerte una invitación personalmente.

—Rabino —dice Mateo—, él es Gersón, el sacerdote de Sicar.

—Ah, sí —dice Jesús mientras un hombre de piel morena y bien parecido da un paso al frente—. He oído mucho sobre ti.

—Y yo he oído mucho sobre ti —dice el sacerdote—. Has bendecido esta aldea mucho más de lo que merecemos.

—Es un placer para nosotros estar aquí.

—Pero nos enteramos de que hoy podría ser tu último día en Sicar.

—Las noticias viajan rápido.

—Así es, Rabino, así es. ¿Nos harías el gran honor de leer del rollo de Moisés en nuestra humilde sinagoga?

—Por supuesto.

• • •

Juan está avergonzado y se siente llamativo entre sus compatriotas. Piensa: *Hijo del Trueno, así es. Culpable.* Estaba claro que Jesús se había decepcionado. ¿Perdería ahora el favor con el Rabino, como sabe que merece? Jesús le ha hecho sentirse muy especial, muy honrado; y Juan ha presumido de su estatus entre sus compañeros. Ellos no se merecían eso, y ahora él se merece que lo hayan puesto en su lugar. Al haberse sentido parte del círculo íntimo de Jesús, junto con su hermano y el impetuoso Simón, no se sorprenderá de perder cualquier estatus que imaginó.

El resto del grupo y él encuentran la sinagoga de Sicar llena hasta rebosar de lugareños. Todos los discípulos y las mujeres dirigen a la multitud hacia sus asientos: los hombres en su sección, y las mujeres en la de ellas. A Juan le agrada ver a Fotina y Nedim, y él parece extrañamente tímido e inseguro para ser un hombre tan grande e imponente. Su esposa le insta a que avance, y Andrés le indica que entre. Fotina, como siempre, está rebosante de gozo en la presencia de Jesús.

Gersón dirige a Jesús hacia el cuarto de lectura de la Torá, pero poco después sale y hace una indicación a Juan con un dedo.

—He mostrado a tu maestro los rollos santos, desde Bereshit, que, como sabes, significa «En el principio», hasta Shemot («Nombres»), Vakira («Y Él llamó»), Bamidar («En el desierto») y Devarim («Palabras»). Está decidiendo qué texto escoger y solicita tu presencia.

—¿Yo? ¿De veras?

Gersón hace un gesto indicándole el cuarto.

Vacilante, Juan entra calladamente y se sitúa al lado de Jesús.

—Los cincos libros de Moisés y nada más —dice Jesús, con un tono de tristeza en su voz.

—Se están perdiendo mucho al limitarse solamente a estos —dice Juan.

—Sí —dice Jesús—, pero tenemos que empezar por algo. ¿Qué crees *tú* que debería leer?

¿Qué creo yo? ¡Vaya pregunta! No hace tanto tiempo Juan era un pescador, y estaba casi tan lejos como un pastor de ovejas de ser un erudito. Había estudiado la Torá, como todos los muchachos judíos, pero

sin duda no había dedicado su vida adulta a la memorización y el resto de cosas. Y muy recientemente se había puesto en vergüenza delante de Jesús y lo había decepcionado.

—Tal vez —continúa Jesús, pareciendo sentir las dudas de Juan—, ¿cuando Moisés golpeó la roca en lugar de hablarle? O Balaam golpeando a su burro cuando se enojó.

¡Como si yo debiera aconsejarlo!

—No me atormentes —se burla Juan con una sonrisa.

—¿Y cuando Moisés rompió las tablas? O Jonatán corriendo enojado de la mesa de la cena. Sansón derribando a los hombres de Ascalón. Ah, espera, no tienen esos rollos.

—Lo entiendo, lo entiendo —dice Juan, haciendo reír a Jesús. Entonces vuelve a ponerse serio.

—Realmente, estoy abierto a sugerencias para la lectura.

Juan lo mira fijamente.

—No podría. Después de hoy. Tras lo de ayer. No me siento muy digno.

—Ah —dice Jesús—, ¿quién es digno de algo?

Una pregunta para los siglos.

—Tú —dice simplemente Juan—. Pero ningún hombre, aparentemente.

—Yo soy un hombre, Juan.

Sí, claro, pero…

—Y aun así…

Jesús lo mira y espera que se establezca contacto visual.

—Yo Soy el que Soy.

En cierto modo, eso hace que Juan vuelva a sentirse amado, y se queda en silencio.

El sacerdote dice desde fuera del cuarto:

—¿Ya hizo su selección, Rabino? —Se produce una pausa—. ¿Rabino?

—¡Casi! —grita Juan, perturbado.

La mirada de Jesús le recuerda que rebaje el tono.

—Lo siento —susurra, e intenta decirlo más agradablemente—. Casi.

Le dice a Jesús que la multitud debe de estar inquietándose.

—Entonces, ¿tienes un pasaje favorito de los primeros cinco?
¿Por qué no podría preguntarme sobre velas, redes, cebos?
—Mmm... *¿y tú?*
—No sé. Me gustan todos.
—No me sorprende —dice Juan sonriendo—. Creo que adoro el principio. Adoro cómo Dios simplemente habló y el mundo comenzó a existir.
—Sí. Como escribió David: «Por la palabra del Señor fueron hechos los cielos».
—¿Sabes? —dice Juan—. Los griegos usan «palabra» para describir la razón divina: «lo que da al mundo forma y significado».
—Me gusta eso —dice Jesús—. Y es un recuerdo favorito.
Jesús alcanza el rollo.
¿Quién si no él podría referirse a crear el mundo como un recuerdo?, se pregunta Juan.

• • •

Juan conduce a Jesús hasta el santuario y él ocupa su lugar en el atril. Llega Melec caminando sin cojear, y Mateo se levanta enseguida de su asiento para que el hombre pueda sentarse. Jesús le guiña un ojo a Melec.

Jesús usa el yad, el puntero ritual, para señalar el texto, y mientras Juan escucha con su corazón rebosante y lágrimas en sus ojos, el Maestro comienza a leer.

—Lectura del primer rollo de Moisés —dice—. «En el principio creó Dios los cielos y la tierra. Y la tierra estaba desordenada y vacía, y las tinieblas estaban sobre la faz del abismo. Y dijo Dios: Sea la luz; y fue la luz. Y llamó Dios a la luz Día, y a las tinieblas llamó Noche».

• • •

Hogar de Juan, Éfeso, 44 d. C.

El discípulo amado acerca las primeras páginas de su Evangelio hacia la luz de las velas. Ahora está a solas, pues María ya se ha ido a dormir y sus preciosos amigos se han marchado. Continúa lloviendo.

Estudia lo que ha escrito y lo lee suavemente en voz alta.

«En el principio era la Palabra, y la Palabra estaba con Dios, y la Palabra era Dios. Este era en el principio con Dios. Todas las cosas por él fueron hechas, y sin él nada de lo que ha sido hecho, fue hecho. En él estaba la vida, y la vida era la luz de los hombres. La luz en las tinieblas resplandece, y las tinieblas no prevalecieron contra ella».

PARTE 2

«Te vi»

Capítulo 8

ARRUINADO

Cesarea de Filipo

Natanael sabe que debería estar emocionado, bendecido por haber conseguido, con veintipocos años, un trabajo de arquitectura nada menos que de los romanos, en una ciudad importante. Ha diseñado una estructura magnífica, eso se dice a sí mismo, la primera de su clase desde que estudió y trabajó con algunos de los mejores diseñadores del imperio.

Sus padres y hermanos, judíos devotos de Caná en Galilea, parecen ambivalentes con respecto a toda esa situación. Él sabe que les emocionan sus logros, pero ¿trabajar para los romanos? ¿Acaso cualquier estructura que construyen no rinde homenaje en cierto modo a su panteón de supuestos dioses? Natanael les ha asegurado que sigue comprometido con su sueño, el trabajo de toda su vida que anhela, que es mostrar su amor y devoción a Dios construyendo sinagogas impresionantes, casas de adoración que emocionen los corazones de los fieles y los lleven más cerca del Señor. Naturalmente, ha tenido que guardarse para sí ese anhelo. Sus mentores mostrarían cualquier otra cosa menos empatía y comprensión hacia su fe en el único Dios verdadero de Abraham, Isaac y Jacob.

Mientras que Natanael considera este edificio neutral, en el mejor de los casos, cree que lo establecerá a él como un experto, alguien a quien los líderes religiosos puedan encargar sus edificios. Pero como el hombre más joven en este trabajo, y el único que no es romano, hasta ahora le ha resultado principalmente una pesadilla. Los obreros parecen ofenderse por su juventud, pero el capataz (ah, el capataz) Leontes lo considera obviamente una persona molesta.

¿Es que ese hombre no puede ver que lo que ya se ha levantado refleja los hermosos dibujos de Natanael? Su petición no es algo tan extraordinario: agua de mar para añadir al cemento, algo evidente. Leontes se muestra contrario, diciendo que tomará tres días transportarla hasta el lugar de la construcción.

—¡No podemos detener la construcción durante tres días! —exclama Natanael—. ¿Es porque soy judío?

Ambos caminan por el lugar, Natanael detrás del hombre fornido y esquivando a los obreros que transportan piedras inmensas y cubos de cemento. Leontes rechaza la petición.

Entonces, ¿por qué?

—Te lo he dicho a ti y también a quien quiera escucharme. Se lo dije incluso al *primi*. Necesito esa agua de mar ¡o el cemento no se endurecerá al máximo!

Sigue a Leontes hasta su oficina y se paran el uno frente al otro ante el escritorio del capataz; Leontes se dispone a hacer cosas como si quisiera que Natanael se fuera. El hombre habla con lentitud, como si estuviera enseñando a un niño.

—El agua de mar es pesada. Es difícil de transportar, ¿entiendes?

—Es difícil dibujar planos y es difícil llegar a la roca firme —dice Natanael—. Todo es difícil, ¡pero tu incompetencia lo hace aún más difícil!

—Ten cuidado —dice Leontes señalándolo.

—Bueno, solo digo las cosas como son.

Es obvio que el hombre ya ha tenido suficiente; por fin, presta toda su atención a Natanael.

—Tres días. No estás en posición de hacer demandas. Tienes suerte de tener este trabajo.

¿Suerte?

—Por eso tengo que demandar lo que necesito, Leontes. ¿Sabes cuánto tuve que esforzarme para conseguir un cargo romano? ¡Siendo judío!

—¡Eres un niño que se saltó la fila! Los hombres no te respetan por eso.

Natanael se estremece.

—¿Me salté la fila? Solo porque fui lo bastante inteligente como para ir a la escuela en lugar de transportar lodo.

—Llegan veinte hombres todos los días —dice Leontes—. ¿A quién le importa lo que piensen?

—¡A mí me importa! Necesitan compartir mi visión.

—Necesitan hacer su trabajo. Los obreros, los artesanos —se señala a sí mismo—, el capataz y el arquitecto.

Ahí está, esa es la verdadera visión que tiene ese hombre de Natanael. Tan solo un diente de engranaje en la rueda.

—Sí —dice Natanael—, en concierto conmigo.

—¿Quién te crees que eres? —le pregunta Leontes—. Yo soy el capataz aquí. ¿Crees que, si todos lo hacen a tu manera, todo saldrá bien?

Exactamente, así es.

—Eso creo.

—Pues bien, ¡cada uno tiene sus propias ideas!

Leontes está a punto de continuar con su diatriba cuando un fuerte crujido afuera hace gritar a los hombres, y un inmenso golpe levanta una nube de polvo que comienza a entrar por la ventana. Leontes sale apresuradamente, y Natanael tras él.

Natanael se detiene en seco, horrorizado por el desplome de toda la estructura: los pilares, el andamio, todo. Leontes ayuda a sacar a un hombre de debajo de los escombros y grita pidiendo ayuda. Ve que Natanael está paralizado y lo señala.

—¡Estás arruinado! —grita—. ¿Me oyes? ¡Se acabó!

Aliviado sin medida al saber que no ha muerto nadie, Natanael entiende enseguida que Leontes tiene razón. Un proyecto así era meramente una prueba. El éxito seguramente habría dado como resultado muchos otros trabajos parecidos, una reputación excelente y una carrera larga y exitosa haciendo lo que tanto le gustaba. Pero el fracaso, especialmente uno tan atroz como este, significa todo lo contrario. Todos conocerán al diseñador de una estructura que ni siquiera pudo sobrevivir a su construcción.

¿Cómo puede Dios permitir eso cuando el mayor deseo de Natanael es solamente agradarlo a él? En un instante ha pasado de ser un joven con un futuro sin límite a ser alguien que no tiene nada delante de él sino sufrimiento. Con sus motivos puros, creía que Dios estaba con él, le mostraría su favor y le bendeciría. Ahora siente que el Señor le ha dado la espalda y ni siquiera lo ve.

A Natanael le resulta imposible orar. ¿Qué palabras quedan por decir? Lo único que puede hacer es demandar un porqué, pero Dios no debe ser cuestionado. Ayer mismo, incluso esa misma mañana, había sido fácil alabar al Señor y buscar su rostro, aun con las frustraciones del trabajo. Pero todo eso parece nada ahora. *Arruinado* es la palabra perfecta para lo que ha sucedido. Con el desplome de todo lo empleado en esa estructura se derrumbaron también las esperanzas y sueños de Natanael; y su devoción.

Capítulo 9

EL DESCONOCIDO

Campos de Basán

Observar a Jesús relacionarse con las personas, decide Simón, es la parte divertida de todo eso: predicar, sanar, relatar parábolas y sorprender a todos con su sabiduría. El modo en que él parece ver en las almas de las personas y escuchar, oyéndolas realmente, les ablanda. La mayoría se aleja de su presencia a regañadientes, pero se marcha sonriendo o incluso llorando de alegría.

A pesar de cuán vigorizante e inspirador puede ser presenciar tales encuentros, no aplacan el anhelo de Simón de su amada Edén: su preciosa sonrisa, sus besos y abrazos, y sí, incluso su conversación directa. Una cosa que él nunca tuvo que preguntarse era qué estaba pensando su esposa. Ella es lo primero que hay en su mente cada mañana y lo último que hay en su corazón cada noche.

Los días entre el intenso ministerio de Jesús a las multitudes, sin embargo, han demostrado ser rutinarios, incluso tediosos. Hoy, Simón está haciendo un recado con Tomás, Juan y Santiago el Grande: buscar leña para la fogata. Si le asignan una labor manual aburrida, no tiene problema en hacerla; está más que dispuesto a llevarla a cabo como servicio a su Rabino, pero preferiría que fuera la pesca. Al menos, esa es una profesión que conoce.

Ha llegado a apreciar a Tomás, un joven inteligente y sincero que tiene cabeza para la precisión, parecido a un Mateo pero sin el feo equipaje. Ha conocido desde siempre a Juan y Santiago el Grande, pero se siente extrañamente alejado de ellos ahora. A pesar de cuán cercanos fueron por años, pescando en el mar de Galilea, Simón entiende que está resentido por el estatus de ellos con Jesús. Es como si el Maestro ni siquiera intentara ocultar su favoritismo. Incluso invitó a Juan al cuarto de estudio de la Torá en la sinagoga en Sicar.

Por eso, Simón estuvo más que contento cuando Santiago el Grande admitió que su hermano y él habían sido disgustados, humillados en realidad, porque Jesús los reprendió por algo que habían dicho y hecho en Samaria. Simón se siente ruin por disfrutar de esa disciplina y por sentir como si estuviera compitiendo constantemente con ellos por ocupar cierta posición ante el Mesías. Son amigos, después de todo, compatriotas en una causa que durará por generaciones. Pero, aun así, desearía que Jesús reconociera su lealtad feroz, su compromiso absoluto con la seguridad y el bienestar del Rabino.

Mientras avanzan hacia el desierto desde su campamento temporal, Simón mira por encima de su hombro, esperando que Andrés los alcance pronto. La carretilla que empuja Santiago el Grande está medio llena de fajinas y un hacha.

Tomás pregunta a Simón a qué cree él que se refería Jesús al decir «para dos días».

—Dijo que dejáramos leña suficiente para el próximo viajero cansado. ¿Escuchaste eso, Juan?

—Sí.

—¿Y si no es suficiente? —dice Tomás—. Ya utilizamos todas las ramas secas.

Ah, piensa Simón. *Otra oportunidad para provocar a los hermanos.*

—Por eso es bueno tener cerca cuerpos fuertes, como estos Hijos del Trueno.

Juan da un codazo a Santiago en el brazo.

—¿Le contaste?

—No te preocupes —dice Simón con una sonrisa—. Su relato le dejó en un lugar tan malo como a ti.

Juan menea la cabeza, pero Santiago se detiene repentinamente y se queda mirando.

—Miren —dice.

Un hombre ha salido del bosque y se acerca caminando por la llanura seca y cubierta de maleza. Para Simón se parece a Jesús, pero quizá no es tan alto y su ropa es más harapienta. Santiago agarra el hacha que lleva en la carretilla.

—¿Quién es? —pregunta Juan.

—Tal vez sea un explorador de, ¿dónde estamos? ¿Seleucia?

Tomás se mantiene detrás de Simón, con los brazos cruzados sobre su pecho.

—Quizá simplemente está caminando.

—Nadie simplemente camina en el Basán —dice Juan.

—Nadie excepto nosotros —dice Tomás.

A medida que el hombre se acerca, Simón hace callar a los otros y da un paso al frente.

—¡No te atrevas a acercarte más! —grita, y hace el movimiento de agarrar el cuchillo que lleva enfundado en su cintura. Juan hace lo mismo.

El desconocido se detiene; lleva un tallo de trigo en su boca. Saluda y grita:

—¡Shalom!

—Es judío —dice Santiago el Grande.

—¿Eso crees? —pregunta Juan.

El hombre se aproxima de nuevo.

—¿Qué quieres? —demanda Simón.

—Que los romanos se vayan —responde él con ironía—. Una esposa linda algún día. ¡Una vez comí un ganso engordado! Me encantaría probarlo de nuevo. —Ahora sonríe—. ¿Son ustedes seguidores del Rabino Jesús de Nazaret?

—No digan nada —susurra Simón—. Podría ser un espía.

—Espía ¿de quién? —pregunta Tomás—. ¿Para qué?

—Hay espías —dice el hombre, deteniéndose a unos pocos metros de distancia y sacándose de la boca el tallo. Hace un gesto con él—, pero no son lo bastante inteligentes para vestir así. ¿Tú eres Simón, hijo de Jonás?

¿Cómo es posible que pueda…?

—¿Quién eres tú?

—Tú eres nuevo en esto —dice el hombre—. Lo entiendo. Cuando hayas seguido a tu rabino mucho tiempo, ni siquiera parpadearás cuando un desconocido como yo salga caminando de la nada con un mensaje que solo puede dar a Jesús directamente.

—Sí —dice Santiago—, somos bastante nuevos.

—Pero eso no nos hace tontos —musita Juan.

—No podemos dejarte ver al Rabino sin saber lo que quieres —dice Simón.

—No puedo decirlo. Si quieren despedirme, está bien. Sin embargo, saluden a mi amigo Andrés en mi nombre.

Eso hace que Simón se detenga. ¿Este hombre conoce a su hermano? ¿Quién será?

—¿Qué piensan? —pregunta Tomás a los otros.

—No lo sé —responde Juan—. Llevarlo, ¿supongo? Y que Jesús lo resuelva.

Santiago menea negativamente la cabeza.

—Algo no le parece bien a Simón.

—¿Andrés tiene amigos? —dice Simón, haciendo que Juan se ría disimuladamente y el desconocido esboce una sonrisa.

—¡Felipe! —grita Andrés, que se acerca corriendo desde detrás de ellos. Pasa al lado de Simón.

—¡Hola! —grita Felipe—. ¡Aquí estás! —Los dos se dan un abrazo entre risas.

—¡Vaya! —exclama Andrés—. Hueles horrible.

—Bueno, ¿qué esperabas? ¿Eh?

—¡Vamos! —dice Andrés, acompañándolo y dejando atrás a los otros mientras se dirige al campamento—. ¿Qué estás haciendo aquí?

—Bueno, espera a que lo descubras.

De nuevo en el campamento, Simón aparta a un lado a Andrés y se entera de que ese amigo es de Betsaida, un discípulo del Bautista.

—Nunca mencionaste a un Felipe cuando estábamos allí.

—Esto te parecerá asombroso —dice Andrés mientras se sirve una copa de agua—, pero tengo toda una vida que no gira en torno a ti.

—¿Qué problema tienes? Tan solo te pregunto sobre este chiflado.

—¡No es un chiflado! Mira, podrías ser un poco menos… *tú* todo el tiempo.

Es culpable, y Simón lo sabe. Tal vez ha reaccionado en exceso.

—Está bien.

Andrés levanta la copa y se la entrega a Simón.

—Llévale esto. Y sé amable.

Simón sabe que eso es lo correcto que debe hacer.

Pero a medida que se acerca al recién llegado, ve que está sentado de espaldas a la fogata, dormitando. María y Rema lo miran con curiosidad, y también Tomás y los hermanos. ¿Cómo pudo dormirse ya?

—Regresamos hace cinco minutos —dice Simón—. ¿Felipe?

Ninguna respuesta.

—¡Felipe!

El hombre abre sus ojos lentamente y Simón le entrega la copa.

—Ah —dice él—, nunca sabes cuándo podrás volver a dormir o cuándo tendrás agua fresca. —Da un sorbo de agua—. Aprovechen cuando tengan esas cosas. Gracias.

—Parece que estás en guerra con el Raro, con Juan el Bautista.

—Ah, no. La guerra tiene reglas.

• • •

Felipe está allí para conocer a Jesús, desde luego, pero también se siente aliviado al descubrir que podrían caerle bien esas personas, y tiene ganas de llegar a conocerlos. ¿Qué les hizo decidir seguir a Jesús? ¿O acaso tuvieron opción? Cuando oyó predicar por primera vez a Juan el Bautista, Felipe no supo qué pensar. Lo único que sabía era que quería escapar otra vez del trabajo; quería hacer algo con su vida, cualquier cosa, excepto la pesca en Galilea.

Ese mar estaba atestado de hombres y sus hijos, o de hermanos cuyos padres ya habían fallecido y que se habían criado en botes, remendando redes, lanzando anzuelos y anclas. Ellos vivían para ese trabajo. Felipe sencillamente no. Intentó convencerse a sí mismo de que ni siquiera le gustaba el olor, pero lo cierto era que sí le gustaba. El olor a pescado fresco lo atraía, especialmente si lo estaban asando.

Lo que más le gustaba era memorizar la Torá. Llegar a ser sacerdote o rabino no era su meta, pero las Escrituras le hacían ser introspectivo, lo forzaban a querer hacer con su vida algo significativo para Dios. Pero ¿qué? Lo último que quería era convertirse en un predicador itinerante, algo de lo que las personas se reían y hablaban a sus espaldas. Hasta que oyó que había un hombre al que valía la pena escuchar.

Muchos se referían al Bautista con nombres despectivos, con epítetos, y lo convertían en el objeto de sus bromas. Felipe siguió primero a un pequeño grupo solamente para ver de qué se trataba todo ese escándalo. Cometió el error de quedarse a favor del viento de donde estaba el hombre, que predicaba a pleno pulmón delante de una pequeña masa de agua. Felipe podía oler al hombre desde veinte pasos; pero al menos podía oírlo.

Juan, como se llamaba a sí mismo, sermoneaba a la multitud con pasajes memorizados del Libro Santo: pasajes que Felipe también conocía. Juan llamaba a las personas al arrepentimiento y los persuadía a ser bautizados. Las ropas que el hombre llevaba consistían en pieles de animales, y estaba flaco como un palo, como si comiera muy poco.

Pero ¿apasionado? Hablaba con autoridad y llamaba pecado al pecado. Felipe olvidó dónde estaba y lo que se suponía que debía hacer. No se perdió ni una sola sílaba de sus palabras, y se encontró acercándose cada vez más a ese desconocido.

Alguien gritó y preguntó si Juan afirmaba ser el Mesías.

—¡No lo soy! —respondió gritando—. ¡Vengo a preparar el camino para él! ¡Lo conocerán cuando lo vean!

Cuando terminó la predicación y los bautismos, Felipe se acercó tímidamente.

—El curioso —dijo Juan, más tranquilo—. Te he visto. —Sacó de un morral un panal de miel cubierto de langostas muertas—. ¿Quieres un bocado?

—Gracias —dijo Felipe—, pero solo quiero conversar.

—Sírvete tú mismo —dijo el Bautista, llevándose a la boca el panal—. Nunca sabes cuándo podrás volver a comer.

Lo único que tengo que hacer si quiero comer es regresar a casa, pensó Felipe.

Pero tras una larga conversación con Juan, regresó a su casa solamente una vez más, para dar la noticia a sus padres y sus hermanos de que iba a ser un discípulo de Juan el Bautista. A pesar de los obvios recelos que ellos mostraron, él podía ver por sus miradas que sabían que no podrían disuadirlo. Le desearon buena suerte y le aseguraron que siempre sería bienvenido si el hombre demostraba ser un charlatán.

—Si lo es —dijo Felipe—, soy el peor juez del carácter que existe.

Seguir a Juan le proporcionó un nuevo grupo de amigos, compañeros discípulos que no querían otra cosa sino pasar sus vidas ayudando a Juan a preparar la escena para el Mesías y su reino. Andrés, que también era pescador y vivía solo a unas pocas millas al sur, se convirtió rápidamente en un amigo. Y mientras que Andrés seguía pescando, Felipe y él estaban allí el día en que Jesús de Nazaret llegó para ser bautizado y Juan lo identificó como el Hijo de Dios.

El recuerdo quedó grabado en la mente de Felipe. Se sintió celoso cuando Juan liberó a Andrés para que siguiera a Jesús; pero ahora, mucho tiempo después, Juan finalmente había enviado a Felipe a convertirse en discípulo del nazareno. La cuestión era, naturalmente: ¿lo aceptaría Jesús?

• • •

Mateo se acerca tras realizar su tarea de recoger leña, llevando un hacha con cautela.

—¿Qué encontraste? —pregunta Santiago el Grande.

Mateo parece avergonzado.

—Nada que sirva.

—Es obvio que no encontró nada —dice Simón—. ¿Dónde buscaste?

—Al este, casi a dos kilómetros.

Típico. Un idiota.

—Ese es el barranco. Cualquier cosa que encuentres allí estará…

—Mojada —dice Mateo—. Sí. Descubrí eso.

—Pero ¿había leña? —dice Felipe.

—Estaba mojada —dice Simón—. Así es Mateo. Busca leña en los barrancos. Y probablemente peces en el desierto también.

Otros se ríen, pero Felipe no.

—Pues, buen trabajo, Mateo.

—Gracias. ¿Quién eres?

—Bueno —dice Felipe mientras se pone en pie—, soy el que seca la leña. Ahora bien, si tuvieras un arsenal de armas, podríamos hacerlo a la manera de Ezequiel.

—¿Cómo secó Ezequiel su leña? —pregunta Mateo.

—No —dice Andrés—, es...

—La profecía contra Gog y Magog —dice Juan.

Felipe comienza a citarla.

—«Y los moradores de las ciudades de Israel saldrán, y encenderán y quemarán armas». —De repente, Andrés y Santiago el Grande, Juan, Tomás y Simón la recitan al unísono—. «Escudos, paveses, arcos y saetas, dardos de mano y lanzas; y los quemarán en el fuego por siete años. No traerán leña del campo, ni cortarán de los bosques...».

María, Rema y Mateo observan asombrados. Felipe termina él solo.

—«...sino quemarán las armas en el fuego». —Sonríe a Mateo y le indica que le acompañe otra vez al barranco—. Oigan —dice a los otros—, mantengan el fuego encendido.

Capítulo 10

ACERTIJOS

Cesarea, esa tarde

Natanael nunca ha estado tan abatido. Ha llegado a su límite, y hace algo que nunca antes ha hecho. Visita una taberna en mitad del día. Es pequeña, oscura y sucia, y encaja perfectamente con su estado de ánimo. Camina fatigosamente hasta la barra y suelta su túnica y su bolsa de cuero, donde guarda sus dibujos.

—Lo más fuerte que tengas —le dice al camarero—, y lo más barato.

El hombre le sirve una copa.

—¿Algo va mal, amigo?

—Sí.

—¿Murió alguien?

—Sí.

—Lamento tu pérdida. ¿Fue repentino?

—Creo… que se veía llegar para él. Pero pareció repentino.

—Vaya. Cuéntame de él.

El dolor, la devastación en realidad, está tan fresco que Natanael ni siquiera ha pensado en contárselo a nadie. Podría habérselo guardado por el resto de sus días; sin embargo, ese hombre, ese desconocido, lo mira con compasión y parece tener un interés genuino. Tal vez ese enfoque con los clientes simplemente es bueno para el negocio; sin embargo, Natanael necesita un oído compasivo.

—Era arquitecto —dice, y hace una pausa—. Es lo que quiso ser toda su vida.

—Es triste.

—Empezó desde abajo. Avanzó con esfuerzo. Amaba a Dios.

Expresar ese sentimiento casi lo detiene; después de todo, sigue en una ciudad romana. Pero su amor por el único Dios verdadero de Israel es lo que le hace sentirse tan mal. ¿Dónde está Dios en todo esto? Aparta la mirada, pero está claro que el camarero no se desalienta. Natanael halla su voz de nuevo y continúa.

—Quería construir sinagogas con el tiempo. Sé que eso no es muy popular por aquí. —Solo pensar en sus sueños y, sí, probablemente el alcohol que hace arder su garganta, lo inspira—. Unas con columnatas que cantan. Parapetos que prácticamente oran. Salas elogiosas que elevan el alma a Dios. Para eso lo creó Dios, o eso creía él.

—Parece que era un hombre ambicioso. ¿De qué murió?

Es la pregunta de los siglos, pero la respuesta llega de inmediato a Natanael.

—De arrogancia. —Da un trago—. Soy yo, por cierto. Yo soy el hombre muerto de la historia.

—Sí —dice el hombre—. Me di cuenta.

—Tan solo quería ser sincero.

• • •

Campos de Basán

Mateo sigue sintiéndose cohibido, pero está intrigado por este recién llegado, Felipe, quien no parece sentirse repelido por él. Han partido hacia el barranco, y Mateo lleva con él un hacha. Ya no se siente tan fuera de lugar, ni demasiado arreglado. Sus ropas de telas lujosas importadas se han desgastado por todo el tiempo bajo el sol y el desierto, muy diferente a sus días en Capernaúm metido en una caseta de recaudación.

Aun así, va mejor vestido que Felipe, cuyo olor demuestra que el hombre no ha aprovechado toda el agua que debió de rodearlo cuando era un discípulo del Bautista.

—¿Aprendiste a secar leña antes o después de comenzar a seguir a Juan?

El silencio de Felipe indica a Mateo que, aparentemente, ha vuelto a entender mal algo. ¿Ha sido metafórico el comentario sobre secar madera? Descifrar tales cosas no era una de sus habilidades.

Felipe cambia de tema abruptamente.

—¿Qué ocurre entre Simón y tú?

Entonces es muy obvio, incluso para personas nuevas.

—No le caigo bien. Me ve como un enemigo.

—¿Por qué?

—Yo era recaudador de impuestos.

—Ya.

—Era enemigo de todos. ¿No te sorprende?

—Yo también *era* otra persona antes. Cuando conoces al Mesías, *soy* es lo único que importa. La próxima vez que Simón te critique, recuérdale que las personas ahí afuera quieren definirnos por nuestro pasado. Por nuestros pecados.

—Ahí afuera, ¿dónde?

—Con los que duermen. Pero nosotros somos diferentes. Estamos despiertos.

Mateo está frustrado. Ahí está un hombre que sencillamente lo acepta y no lo menosprecia. Le habla a Mateo como si fuera un amigo, pero Mateo no puede llegar a entender lo que dice Felipe.

—No lo entiendo.

—Bueno, no has sentido ningún alivio excepto con él, con tu rabino, ¿no es cierto?

El hombre ciertamente tiene la razón en eso.

—No.

Felipe sonríe.

—No esperes otro modo.

Mateo siente que esas palabras contienen sabiduría útil para él, pero aun así lo elude. Habla de lo que sucedió en el campamento antes de que se fueran.

—¿Cómo memorizaste las profecías?

—En la escuela hebrea, como todos los niños judíos. ¿Tú no?

—Comencé —dice Mateo—, pero después me adelanté.

—¿Adelantarte? Nunca oí que adelanten a nadie. ¿Para qué lo hicieron?

—Me enviaron a ser aprendiz bajo un contable.

—¿Eras tan bueno con los números o tan malo con la Torá?

Como siempre, Mateo se toma la pregunta al pie de la letra.

—Era competente en ambas cosas.

—No, estoy bromeando. ¿Cuántos años tenías cuando te adelantaron?

—Ocho.

—¡Ocho!

—Mostraba un potencial inusual.

—Apuesto a que sí —dice Felipe riendo—. ¿Cómo es que nunca volviste a estudiar la Torá?

—Me exhibieron ante el magistrado. Roma me ofreció un salario mayor que el ingreso anual de mi padre y tres de sus hermanos juntos. Compré mi primera casa cuando tenía trece años.

—¿Por qué necesitabas comprar una casa?

El doloroso recuerdo regresa a su mente.

—Mi padre…

—Te echó.

Mateo asiente con la cabeza.

—No lo culpo —dice Felipe.

Mateo no esperaba esas palabras.

—Creí que dijiste…

—Es un hombre, y actuó según estándares humanos. Todos en tu vida pasada están viviendo de modo diferente a ti ahora. ¿Lo entiendes?

Mateo comienza a asentir, con muchas ganas de poder entenderlo. Pero expresa la verdad.

—¡No!

Eso hace que Felipe se detenga y se sitúe frente a él. Parece estar preparado para que Mateo hable con sinceridad y diga lo que piensa.

—¡Todos hablan en acertijos! —dice Mateo, con voz más alta de lo que pretendía—. ¡Puedo entender ideas esotéricas! ¡No escapan a mi comprensión!

—Claro que no —dice Felipe—. Probablemente lo entiendes más rápido que el resto de nosotros. Lo siento, amigo, no pretendo sonar como otro oráculo. Es la fuerza de la costumbre. Pasas todo tu tiempo con un solitario predicador en el desierto y llegas a ser un poco… obtuso. Son ideas sencillas para personas complicadas.

Eso no está ayudando. ¡El hombre suena obtuso mientras explica por qué es obtuso!

—Yo solo… —Mateo da un suspiro y aparta la mirada—. En tu lenguaje obtuso. —Dibuja en el suelo con su hacha—. Aquí hay un círculo. Representa todo en el mundo y a todas las personas que han existido. —Clava el hacha en el suelo fuera del círculo—. Y ese soy yo. Así me siento.

Entrecierra sus ojos y hace un gesto de vergüenza, evitando la mirada de Felipe hasta que el hombre habla.

—Bien dicho. Bien por ti. Y sí, yo he vivido literalmente fuera de ese círculo con Juan el marginado por un par de años, así que me puedo identificar. —Felipe estrecha la distancia entre ellos y habla con suavidad—. Estás bien, Mateo. Quédate. —Empuja suavemente el hombro de Mateo—. Estarás bien.

Felipe comienza a caminar otra vez hacia el barranco. Mateo todavía tiene la sensación de que sigue sin entenderlo bien, pero, sin embargo, en cierto modo se siente alentado.

Capítulo 11

CENIZAS

Cesarea de Filipo

Al no ser nunca un hombre dado a la bebida, Natanael se detiene responsablemente después de tomar una copa. Agradece al camarero por haberlo escuchado con amabilidad y sale fatigosamente a la luz del sol. Mientras recorre su camino desde la ajetreada ciudad hasta el desierto, se pregunta si otra copa o dos podría haber sido lo que necesita.

Menea su cabeza al recordar la última carta de su madre, que le hablaba de los rumores en su ciudad natal. Le dijo que algunas personas que estuvieron en una fiesta de bodas local no dejaban de hablar de un desconocido que, por algún medio, produjo un vino delicioso partiendo solo de agua. Había escrito: «Está claro que yo no lo creo, pero algún día me gustaría ser testigo de un milagro verdadero. No es que necesite uno, como los patriarcas de antaño, para mantener mi fe en Yahvé».

Yahvé. ¿Dónde *está* Dios en todo esto? Natanael nunca se ha sentido tan solo.

¿Cuánto tiempo ha pasado desde que se ha sentido tan claramente sin destino? Está en movimiento, pero sin dirección. Toda su vida ha sentido ímpetu: aprendiendo, creciendo, logrando cosas, apuntando a un futuro de promesa y éxito. Ahora, Natanael ni siquiera puede pensar en una alternativa para la carrera profesional que había imaginado para su vida.

Ojalá pudiera hablar con su viejo amigo Felipe. Él siempre sabía qué decir. Pero también se ha ido; parece que abandonó a su familia en Betsaida y su profesión en la pesca para recorrer el desierto galileo con cierto vagabundo chiflado que afirma estar preparando el camino para la venida del Mesías.

Natanael siempre ha sabido que Felipe es un hombre de sentido único, expresivo y considerado. Devoto. ¿Se convertirá algo como lo que él hizo en el destino de Natanael ahora? ¿No tener otra opción sino la de convertirse en el adulador de un artista itinerante? Es demasiado inteligente para eso, aunque sea un fracasado. Y, sin embargo, Felipe...

Maleza y llanuras se extienden ante Natanael. El paisaje estéril es una imagen de su propia alma. Se encuentra agotado de repente bajo el calor del día, cada vez más intenso, pero ¿qué ha hecho él para producir esa fatiga? Incluso su discusión con Leontes se produjo en una jornada de trabajo.

En lo alto de una ligera subida se levanta una frondosa higuera. Al menos, puede resguardarse del sol. Anhela conversar con Dios, pero siente que el Señor ya ha dicho lo que quiere decir, permitiendo lo que sucedió ¿por qué motivo? Si es para enseñar alguna lección a Natanael, no la está captando. O quizá sea que Dios ha apartado su mano de bendición.

Natanael se da cuenta de que, un día antes, podría haber apreciado la belleza de este lugar, con sus montañas bajas en la distancia y suficientes nubes esponjosas para compensar el color azul brillante del cielo. Pero ¿qué es eso para un exartista, que ayer apreciaba el paisaje impoluto pero hoy es solo un profano?

Natanael se sienta y se acomoda debajo del árbol, con su espalda apoyada en el tronco. Saca de su bolsa los dibujos de un edificio ahora derribado que iba a ser la clave para su futuro sin límite. Se queda mirando el dibujo. Que los trazos sean exquisitos, porque invirtió todo su esfuerzo en cada uno de ellos, solamente hace que su sufrimiento sea más profundo. Mira hacia los cielos y levanta las páginas.

—Esto lo hice para ti —susurra llorando—. Bendito eres tú —intenta decir, derramando muchas lágrimas—. Bendito eres tú, Señor nuestro Dios, Rey del universo. —Vuelve a mirar las páginas—. Escucha, Israel, el Señor es nuestro Dios, el Señor uno es.

Natanael se siente espantado por sus propios pensamientos, incluso mientras ora, pero no puede evitarlo. Deja las páginas sobre la tierra, el mejor trabajo que ha hecho nunca, y saca de su bolsa un pedernal y una piedra.

—Oye mi oración, oh Señor. —Solloza mientras acerca la chispa a los pergaminos, la cual hace que se prendan—. Suba hasta ti mi clamor. —Vuelve a mirar al cielo mientras se queman los dibujos—. No escondas tu rostro de mí en el día de mi angustia. —Ahora no ve otra cosa sino nubes oscuras—. ¡Inclina a mí tu oído! —grita—. Respóndeme pronto el día en que a ti clamo.

Sin embargo, Natanael no oye nada excepto el sonido del fuego, ni siquiera una brisa.

—¿No? ¡Esto lo hice para ti! ¡No escondas tu rostro de mí! —dice ahora gritando a los cielos—. ¿Me ves?

Natanael está tan alejado en esa zona agreste que su voz no encuentra ningún lugar donde hacer eco.

—¿Me ves? —susurra.

• • •

El campamento en Basán

Mateo no puede negar esa sensación, aunque le resulta difícil catalogarla. ¿Orgullo? ¿Cuánto tiempo ha pasado desde que sintió eso? Cuando finalmente dirige a Felipe hasta el barranco, donde anteriormente se había desesperado por encontrar solamente leña húmeda, su nuevo amigo está exultante.

—¡Esto funcionará! ¡Y mira cuánta encontraste!

—Pero Simón dice que la leña tan húmeda como esta…

—Y yo te dije que se puede hacer que funcione. ¡Pero mira nuestra falta de fe! Necesitaremos una carretilla. Dame el hacha y ve a buscarla. Hay tanta leña aquí que, cuando la hayamos cargado, uno tendrá que empujar y el otro ir sujetando la carga.

Durante el camino de regreso, Mateo piensa en contarles a los demás (¿presumiendo?) que Felipe y él llevarán una carga de leña tan grande como la de cualquier otro, si no mayor. Pero los únicos que están allí son Tomás, a quien no parece importarle Mateo mucho más que a Simón, y María y Rema, la amada de Tomás. Presumir delante de ellos no parece prudente, de modo que Mateo se siente agradecido por encontrar la carretilla y dirigirse otra vez al barranco.

El camino le resulta duro. Se han burlado de él sin piedad por lo que Andrés describió como sus «manos de seda». Al menos, Andrés parece bondadoso al respecto al añadir:

—Unas semanas más de dificultad y comenzarás a desarrollar algunos callos.

A Mateo le gustaría tener esos callos, por no mencionar más músculos, mientras lleva la carretilla hasta donde está Felipe. Incluso vacía, le resulta poco manejable y más pesada de lo que esperaba. Parece que la carretilla sigue queriendo desviarse del sendero, y mantenerla recta requiere toda su fuerza.

Cuando llega, Felipe ha cortado mucha leña, una carga que hará más que llenar el artilugio, y Felipe comienza a cargarla de inmediato. Mateo sabe que debería hacer algo, pero otra vez siente que se pone en evidencia al intentar apartar su túnica mientras trata de hacer los mismos movimientos que Felipe. Su amigo trabaja fácilmente tres veces más rápido que él, apilando un tronco tras otro, mientras que Mateo apenas si maneja uno, lo sitúa en su lugar y regresa a buscar otro. A Felipe parece entretenerle la situación, y Mateo está agradecido de que él no diga nada.

Cuando la carretilla está llena a rebosar, Felipe dice:

—¿Quieres empujar o sujetar la carga?

—No podría empujar —responde Mateo—. Y no sé si puedes confiar en que mantendré la carga en su lugar.

—Bueno, tendrás que hacer una cosa o la otra —dice Felipe con una sonrisa.

Por lo tanto, durante toda la caminata de regreso, Felipe se encorva y gruñe al empujar la carretilla mientras Mateo da pasos delicados a su lado e intenta evitar que la leña se caiga. Falla dos veces y tienen que reponer varios troncos, pero, afortunadamente, Felipe no lo reprende.

Mateo se decepciona al ver que aún no hay nadie en el campamento para verlos llegar con la carga. Tomás está ocupado con algo, y las mujeres están conversando en una tienda.

Felipe encuentra dos machetes y muestra a Mateo cómo sentarse cerca del fuego, apoyando cada tronco en un tocón pesado y sujetándolo entre sus rodillas, quitando la corteza y lanzándola a la fogata. Debería ser fácil; al menos Felipe hace que eso parezca, llegando hasta la parte inferior de cada tronco y tirando del machete con destreza.

Pero a Mateo le cuesta hacerlo. No puede conseguir que el acero se clave en la corteza más que superficialmente, sin importar si usa una mano o las dos, o si araña hacia sí mismo o hacia afuera. El esfuerzo le hace sudar, y teme que pronto olerá tan mal como los demás. Gruñe y suspira, frustrado. ¿Por qué todo es mucho más fácil para los otros?

Sabe que Felipe no puede evitar observarlo. El recién llegado clava su machete en el tocón que tiene delante y saca de su bolsa una tira de arpillera.

—¿Para qué es eso? —pregunta Mateo.

—Convierte una cuchilla en una navaja para troncos. —Rodea con ella las palmas de sus manos, agarra su machete y araña con vigor—. Protege tus manos. —Se la quita y se la lanza a Mateo.

Cuando Mateo intenta imitar el modo en que Felipe la enrolló en sus manos, Felipe le dice que le dé dos vueltas.

Aplicándola a su machete, Mateo intenta tirar de la cuchilla hacia él y corta un pedazo grande de corteza de una sola pasada. ¡Un éxito! Muestra una gran sonrisa.

—Nunca he hecho un trabajo manual antes.

—Debes de haberte esforzado mucho para evitarlo. Pero eso ya queda atrás. Tienes que inclinarte hacia delante. Deja que alguien te enseñe algo. Ríete de las bromas de alguien y después cuenta tú un chiste. ¿Conoces alguno?

—¿Algún qué?

—Chiste.

Mateo no sabe qué decir. Ahora trabajan casi al unísono.

—Entonces —dice Felipe—, ¿fue difícil dejar todo atrás?

—No —responde Mateo—. Debería de haberlo sido. Estaba cómodo. Tenía un perro.

—Qué valiente —dice Felipe—. Me gusta.

—Eso era una fuente de entretenimiento para los otros, que a menudo se referían a mí como un perro. Mi casa la compré con dinero de sangre. Mis padres y yo no hemos hablado mucho en años. Y los números ya no le daban sentido al mundo.

—Lo entregaste todo…

—Pero es incómodo cuando no agrado a nadie.

Felipe hace una pausa; parece pensar.

—Si este rabino, Jesús de Nazaret, te llamó, significa que ya tienes todo lo que necesitas ahora. Y te dará el resto a su tiempo.

—Es que no sé lo que él ve en mí. Es un maestro religioso y yo sé muy poco de religión.

—Por lo que yo sé —dice Felipe—, a Jesús no le gusta todo de la religión. Mateo, lo que crees que sabes no importa. Solo que Jesús te eligió a ti. De ahí viene tu confianza ahora.

—Sé que él sabe lo que hace. Y a mí me gustaría saberlo.

—Te adelantaron de la escuela hebrea a los ocho años; creo que lo entenderás.

Mateo suelta una risita y Felipe cambia de tema.

—Aquí tienes uno fácil. Si alguien te pide que cuentes un chiste, dile que sabes uno de vegetales, pero que está muy trillado.

Mateo se le queda mirando inexpresivamente.

Felipe se ríe entre dientes.

—Trabajaremos en ello.

• • •

Cesarea de Filipo, al anochecer

A Natanael no le quedan más lágrimas. Ha estado sentado por tres horas con su espalda sobre la higuera, y sus dibujos son un montón de cenizas a su lado. Agarra un puñado y levanta su mano sobre su cabeza, soltando las cenizas al aire. *Adecuado*, piensa, y la arenilla se mezcla con su sudor y cae sobre sus ropas, que antes estaban impolutas.

Una y otra vez, deja que las cenizas llenen su cabello. Finalmente, se pone de pie con dificultad, agarra su bolsa de cuero vacía y se aleja caminando lentamente; a dónde, no tiene ni idea.

• • •

Campamento de Basán, esa noche

Al ser el nuevo, Felipe tiene asignada la primera vigilia y está sentado ocupándose del fuego. Había esperado poder conversar con Jesús a esas alturas, al haberlo visto solo una vez mientras seguía a Juan el Bautista. Pero los otros le han dicho que el Rabino se ha ausentado por unos días, una práctica habitual suya.

Cuando Felipe acerca una rama a las ascuas y saltan chispas, solamente oye grillos y el sonido del viento en una acacia. Todos los demás estarán profundamente dormidos tras un día largo, pero solamente Mateo duerme fuera de la tienda.

Felipe se alarma al oír pasos en la oscuridad y se levanta rápidamente, preparado para hacer lo que sea necesario para proteger a sus nuevos compañeros. Pero el hombre que se acerca no hace ningún esfuerzo por ser sigiloso, y cuando se aproxima a la luz de la fogata, Felipe lo reconoce. Para su sorpresa, Jesús parece reconocerlo a él también, y no muestra ningún miedo ante un desconocido que está tan cerca de sus seguidores.

—Shalom —susurra Jesús—. Me alegra verte aquí.

—Soy Felipe.

Jesús asiente con la cabeza, como si ya lo supiera.

—Un momento, ¿Juan te lo dijo?

—No. Recuerdo tu rostro. Estabas de pie con Andrés el día en que fui bautizado por Juan.

—Ah.

—¿Cómo está el viejo de mi primo? No debería decirle viejo. Somos de la misma edad.

—Su reputación ante Roma está mal, pero tiene buen ánimo.

Jesús sonríe.

—Suena bien.

—Él me envía con un mensaje. Quiere que te diga algo, en mi nombre.

—Eso es bueno, porque yo también tengo algo que decirte.

—Es un mensaje muy breve —dice Felipe—. Solo dos palabras.

—El mío también es breve —dice Jesús—. Sígueme.

—Lo haré —dice Felipe.

Se sonríen el uno al otro.

—Entonces —dice Jesús—, Juan cree que estás listo.

—Sí. Habló con alguien.

Jesús señala hacia la fogata y se sientan. Felipe continúa hablando.

—Juan habló con alguien la última vez que estuvo en la cárcel.

—¿Alguien?

—Un fariseo. Había estado perplejo por un milagro del que fue testigo en el Barrio Rojo en Capernaúm.

—Ah, sí —dice Jesús—. Conozco a ese hombre.

—¿Lo conoces?

—Sí, incluso podría llamarlo amigo.

Felipe ríe entre dientes y menea su cabeza.

—Juan me dijo que esperara cualquier cosa, que no esperara nada, pero creo que le inquietaría saber que tienes amistad con un fariseo.

—Lo superará.

—Bien, después nos enteramos de lo que hiciste en Caná. Eso fue todo lo que Juan necesitaba oír. Te envía su cariño.

—Y te envía a ti.

—Una ofrenda escasa —dice Felipe.

—Nada escasa. Tú serás el más experimentado de todos mis seguidores.

—Juan no sigue un estándar.

—Mejor aún —dice Jesús, con una risa de satisfacción.

—Si puedo atreverme, ¿cuáles son tus intenciones aquí en Basán?

—Solo estoy de paso.

—¿Hacia Cesarea de Filipo?

—Cesarea por una noche, y después continuaremos al norte, hasta Siria.

—Oí que estuviste en Samaria, y ahora Siria. Juan y tú están cortados por el mismo patrón. Si no lo supiera, diría que los dos desean la muerte.

—Yo no lo llamaría exactamente un deseo —dice Jesús.

—Pero ¿cómo? Una muerte, ¿cómo?

Jesús menea negativamente su cabeza.

—No es nada. Todavía reflexiono en cómo hablar de ello. Por eso me fui por un par de días. Tengo mucho en lo que pensar.

—Sí, me imagino. En Siria, ¿iremos a Damasco? ¿Antioquía?

—No, a las ciudades grandes no. A lugares más pequeños.

Mateo se mueve mientras duerme.

—Lo despertaré más tarde. Deberías dormir un poco, Felipe. Mañana tenemos por delante un largo camino. Yo me ocuparé del fuego.

Felipe se levanta.

—Rabino, una última cosa. Si hay tiempo, tengo un amigo en Cesarea a quien no he visto desde hace bastante tiempo.

—¿Tu amigo vive en una ciudad romana?

—Es arquitecto. Si hay tiempo, me gustaría…

—Por supuesto, por supuesto.

—Solo si hay tiempo.

—Escucha —dice Jesús—, si no hacemos tiempo para los amigos, no tendremos ninguno.

Capítulo 12

EL AGRADECIMIENTO

.

A la mañana siguiente

Los discípulos se despiertan, se visten y organizan el campamento para pasar otro día. Se ríen y bromean, y se lisonjean unos a otros.

En la tienda de las mujeres, Rema entrecierra los ojos debido a un rayo de sol que se cuela entre la tela de la tienda, y se da cuenta de que María ya se ha levantado y está preparando su bolsa. No entiende cómo puede verse tan radiante su nueva amiga siendo tan temprano.

—¿Dormí hasta tarde? —pregunta Rema.

—Apenas está saliendo el sol —responde María.

Rema se incorpora; solo hay una manta entre el suelo y su cuerpo.

—Ah, mi espalda.

—Se hace más fácil… un poco. Te acostumbras.

María está llenando su bolsa.

—¿Estás empacando? —dice Rema.

—Sí. Ahora empaco cada mañana. Nunca sé si estaremos en un lugar por una noche o por una semana.

—Eso suena difícil. No pensé en cómo funcionaría esto realmente.

—Creo que todos batallan con eso mismo —dice María—, de alguna forma.

—¿Y tú?

Los pensamientos de María parecen estar en otro lugar.

—¿María?

María vuelve a prestarle atención.

—¿No fue emocionante ayer cuando los hombres comenzaron a recitar las profecías?

Rema no puede negar eso.

—Y también un poco intimidante.

—Sí. Necesitamos ponernos al día.

—Bueno —dice Rema—, ¿cómo? Yo no sé leer.

—Te enseñaré a leer y escribir.

—¿Dónde conseguiremos materiales?

—Déjalo en mis manos. Sé a quién preguntar.

Desde luego que lo sabe, ¡y qué emocionante es esa expectativa!

Mientras María termina de empacar, Rema comienza su oración matutina:

—Estoy agradecida ante ti, Rey vivo y eterno, porque has restaurado mi alma con tu misericordia. Grande es tu fidelidad.

• • •

Simón, Andrés y Tomás están de pie al lado de la nueva provisión de leña cerca de la fogata.

—Es más que para dos días —dice Tomás.

—Está mojada —dice Simón.

Se acerca Felipe.

—¡No! Está húmeda. Todo eso echará un humo terrible si la prendes ahora, pero para el anochecer…

Simón tiene que admitirlo.

—Lo hiciste bien.

—Yo no lo hice —dice Felipe.

—¿No? Entonces, ¿quién?

—Nuestro joven amigo inteligente.

—¿Tomás? —pregunta Simón.

—No. Mateo. ¿Quién es Tomás?

Simón lo señala.

—Ah, lo siento, Tomás —dice Felipe—. Todavía estoy aprendiendo los nombres de todos. Eso me recuerda una vez con Juan...

—Simón lo llama Juan el Raro —dice Andrés.

Simón mira furiosamente a su hermano.

—Yo, bueno...

—¡Vaya! —exclama Felipe—. ¡Esa es buena! Me gusta. Entonces, el grupo estaba evadiendo las patrullas romanas, moviéndose por el Jordán.

—¿Estaban huyendo? —pregunta Tomás.

—Un día, Juan comienza a llamarnos por nuestros nombres. «¡Zacarías, Tobías, Mical!». Todos nos miramos unos a otros como pensando: «¿A quién le está hablando?». Y entonces nos dimos cuenta de que no conocíamos los nombres de los demás. Habíamos estado allí por meses y solo conocíamos nuestros apodos o alias.

—¿Cómo está Juan? —pregunta Andrés.

—El mismo Juan de siempre. Está orgulloso de ti, eso puedo decirte. Orgulloso como un padre. —Aparta la mirada—. ¿Saben? Creo que es hora de una siesta. Despiértenme si hay trabajo que hacer, muchachos.

Simón se queda perplejo. *¿Hora de una siesta? ¿Al amanecer?*

Está a punto de preguntar a Felipe de qué está hablando, pero ese hombre tiene un aire de confianza. No de arrogancia. De inocencia.

—Ah, Simón —dice Felipe—, agradece a Mateo si lo ves.

No hay nada que Simón querría menos que hacer eso; sin embargo, algo en su interior le dice que Felipe tiene razón. Andrés sonríe.

—Juan se acuerda de mí —susurra.

• • •

Mateo está sentado con su espalda apoyada en un árbol, a solas con sus pensamientos y escribiendo en su diario. Tadeo se acerca.

—Ah —le dice—, pensé que estarías haciendo eso.

—¿Escondiéndome? —dice Mateo sin levantar su mirada.

—No, escribiendo. ¿Te estás escondiendo?

—Felipe dice que ya no tengo que hacer eso —dice Mateo, concentrado en su trabajo.

—¿El nuevo? —pregunta Tadeo—. Ya me cae bien.

—A todos les cae bien. Es como Simón, pero no… como Simón. — Los dos se ríen.

Tadeo se sienta al lado de Mateo.

—¿Qué estás escribiendo? —le pregunta.

—Tan solo tomo notas de lo que veo. —Echa una mirada al campamento—. De esto. Me acostumbré a escribir diariamente ahora. Comenzó como una tarea, pero se ha convertido en un hábito.

—Creo que la oración es así —dice Tadeo—. Al menos al principio, y del modo en que el Rabino me enseñó. Ahora amo orar.

Mateo mira finalmente a Tadeo.

—En el poco tiempo que he sido seguidor, la gente ha discutido por cosas que dijo Jesús, recordaban cosas de forma diferente y disputaban sobre su significado. Yo creo que es mejor tener un relato escrito al que poder recurrir.

Llega Simón.

—¿Todo lo que él dice y hace? —pregunta.

—Sí —responde Mateo.

—No es una buena idea.

—¿Por qué? —pregunta Tadeo, sorprendido.

—Tenemos enemigos —responde Simón—. Hay personas que intentan enredar a Jesús en sus palabras. Podrían torcer algo que él dijo para difamarlo. ¿Has pensado en eso?

—Les resultará más fácil torcer algo que *se dice* que él dijo que si está confirmado por escrito —responde Mateo.

—¡Así no funciona el mundo! La gente puede torcer las palabras como quiere.

—Pero si está escrito claramente…

—Sí, apuesto que tan claro como la última vez que te vi escribiendo en tu diario, ¡espiándome para los romanos! Y pensar que vine aquí para agradecerte…

Eso le da un respiro a Mateo, agradecido por lo que Felipe le enseñó el día anterior.

—Las personas quieren definirnos a todos por nuestro pasado; pero hacemos las cosas de forma diferente por causa de él.

Simón parece desconcertado. ¿Realmente le ha dejado sin palabras Mateo? No.

—Para que conste, es una mala idea. Escribe *eso*. —Hace una pausa y entonces se aleja un poco ofendido—. Nos marchamos en una hora —dice por encima del hombro.

Mateo se siente un poco avergonzado. Por una parte, ha hecho frente a un abusón. Por otra, evitar tales confrontaciones, como ha hecho toda su vida, era mucho más fácil.

Tadeo parece estudiarlo.

—No se equivoca —dice Tadeo—. Solo ten cuidado.

Capítulo 13

PRONTO

El Basán rural

Simón, sintiéndose otra vez el líder, o al menos asumiendo ese papel, camina al lado de Santiago el Grande mientras los siguen María y el resto de los discípulos. Santiago empuja la carretilla más grande y más pesada, que contiene la mayoría de las pertenencias y las provisiones.

—¿Estás cansado? —le pregunta Simón.

—No me importaría un descanso, si te ofreces a relevarme.

—Es el turno de Andrés. Iré a buscarlo.

Simón va recorriendo el grupo a medida que el séquito se extiende, en parejas o individualmente, a lo largo del sendero. Pasa al lado de Tadeo, que empuja la segunda carreta, una que puede manejar fácilmente él solo. Le da una palmadita en el hombro.

—¿Todo bien?

Mientras Simón pasa al lado de Felipe y Mateo, saluda solamente a Felipe. Después van María y Rema.

—Damas.

Tomás les sigue a unos diez pies, y Simón lo agarra juguetonamente. Finalmente, llega a los dos últimos en la fila: Andrés, que mordisquea una manzana, y Jesús.

—¿Te está atrasando mi hermano?

—Siempre —responde Jesús.

—¡Vaya! —protesta Andrés, y Jesús se ríe efusivamente—. Si hacemos Simón y yo una carrera, resolveremos esto de una vez por todas.

—Entonces corre hasta adelante —dice Simón—. Santiago pide que lo releven en esa carretilla.

—¿Ya? Pensé que lo llamábamos Grande por una razón.

—Sí, y por eso su turno es el más largo. Vamos, es tu turno.

—Yo haré el siguiente después de ti, Andrés —dice Jesús.

—No, no —dice Simón—, no necesitas…

—Quiero hacerlo.

—No deberías —dice Andrés.

—Les diré algo —continúa Jesús—. Algunos días extraño el trabajo manual. Menos preguntas, menos especulación, sudor honrado.

Simón agarra por los hombros a su hermano desde atrás.

—Hora de ser honrado, Andrés.

Andrés se adelanta corriendo.

Finalmente a solas con Jesús, Simón va pensando en algo, pero el Rabino habla primero.

—Mira, es chistoso, habría pensado que la coordinación de turnos sería tarea de Mateo, no tuya.

¡Mateo! De entre todos ellos.

—¿Por qué lo dices?

—Él piensa en divisiones, cálculos, orden.

—Sí —musita Simón—. Lo he notado. Hablando de Mateo, quería decirte que… está anotando todo lo que haces.

—Claro que sí —dice Jesús con una sonrisa.

—¿Y te parece bien?

—Sí.

—Está bien, es bueno saberlo.

—Simón, me parece que eres alguien que actúa por instinto, por sentimiento.

—Sí, pero también pienso. Pienso todo el tiempo. De eso esperaba conversar contigo.

—¿Eso esperabas?

—Sí, he estado pensando. El grupo crece cada día. Y, con más personas, hay más opiniones y perspectivas.

—Claro.

—Y todos estamos unidos detrás de ti.

Jesús eleva una ceja.

—¿Están todos unidos?

—Bueno, todos estamos de acuerdo sobre ti. Pero algunas veces tú no estás, y durante esos momentos no podemos recurrir a tu autoridad.

—Tienen mis instrucciones.

—Sí, tenemos un objetivo, o instrucciones, o algún lugar donde ir; pero cómo llegamos ahí, o cómo lo logramos, a veces hay muchas voces.

—Entonces, ¿qué sugieres?

—Bueno, sugiero que formalicemos una estructura.

—¿Para qué?

—Para cómo se toman decisiones, para planificar y fijar el proceso para plantear objeciones a esos planes; cuándo y cómo expresarlas, y a quién. Como cuando enviaste a Santiago el Joven y Juan a Siria con antelación para hacer preparativos. Podemos agendar eso con antelación. O, por ejemplo, todas las ideas contrarias tal vez pueden filtrarse por Santiago el Grande, y después traerlas a mí para su consideración. Solo estoy pensando en voz alta.

Jesús da un suspiro.

—Simón, me encanta que trates de mejorar las cosas para todo el grupo. Podrías ser un poco más amable algunas veces, pero eres un líder. Siempre lo has sido y siempre lo serás. Valoro eso en ti, y lo necesitaré. Lo necesitaré… a su tiempo. He llamado a cada una de estas personas por una razón. Cada una de ellas aporta algo único e importante al grupo. Quiero que todas las voces sean oídas y ninguna silenciada. Todos pueden aprender los unos de los otros.

La mente de Simón vuela, avergonzándose del comentario de ser *más amable* pero emocionado por la etiqueta de *líder*. Entonces dice:

—Sí, pero algunos se preocupan por cosas pequeñas y nos retrasan a todos.

Jesús se voltea hacia Simón y se detiene, haciendo que Simón también se detenga.

—No te preguntaré a quién te refieres con eso; pero diré que, si alguien está pensando en cosas que *tú* sientes que retrasan a todos, tal vez *tú* necesitas ir más lento. —Simón agacha la cabeza y siguen caminando—. Algún día, Simón, se necesitará más estructura; y te veo a ti desempeñando un papel muy importante en eso.

—Con toda humildad, Rabino, ¿por qué no ahora? ¿Por qué no tener más estructura hoy?

—Porque todavía estoy aquí.

—Sí, desde luego que estás aquí. —Eso le hace pausar—. ¿Estás diciendo que algún día no estarás?

—Esa es una conversación para otro momento.

—Pero ¿hablaremos de ello?

—Creo que sí —responde Jesús.

—¿Pronto?

—Ah, ahí está la palabra *pronto*. Es la palabra más imprecisa del mundo. ¿Qué es pronto? ¿Unas horas? ¿Unos días? ¿Años? ¿Cien años? ¿Mil años? Pregunta a mi Padre en el cielo cuánto tiempo es mil años y entonces háblame de «pronto».

Jesús comienza a correr hacia delante.

—¿A dónde vas? —le grita Jesús.

—A relevar a Andrés en la carretilla.

—¡Pero no es tu hora!

Jesús ríe de satisfacción y se gira de cara a Simón otra vez, con sus brazos abiertos.

—Eso intenté decirle a mi madre en Caná. ¿Y qué logré?

• • •

Mateo camina solo, pues Felipe ha ido más adelante para acompañar a Jesús mientras alivia a Tadeo en su carretilla. Mateo oye pasos cuando las mujeres se ponen a su altura, una a cada lado. *Qué amables*, piensa, pero también se siente receloso.

—María, Rema —les dice—, ¿ocurre algo malo?

—Nada malo —dice María—. Quería pedirte un favor.

—Por supuesto.

—¿Puedo pedirte prestada una tableta?

Eso podría ser una trampa, una forma de que Simón vea lo que él ha estado escribiendo.

—¿Simón te mandó hacer esto?

—¡No! Voy a enseñar a leer a Rema. Queremos estudiar la Torá.

—Eso es lo que yo quiero hacer —dice Mateo.

—Bueno —continúa María—, no permiten a las mujeres estudiar en el *bet midrash*. ¿Cómo puedo conseguir los rollos?

—Yo podría copiarlos para ustedes.

—Mateo, son muy largos.

—Tal vez podríamos preguntar a Felipe cuál es la parte más importante —dice él.

—Estoy segura de que todo es importante —dice María.

—Ni siquiera sabemos por dónde empezar —añade Rema.

—Preguntaré a Felipe —dice Mateo.

—¿Por qué a Felipe? —pregunta María.

—Es amable conmigo. Tadeo también.

María se ve alicaída.

—Lamento que ellos sean la excepción, Mateo.

Ella lo mira con tal compasión que a él le gustaría poder darle un abrazo. En cambio, se adelanta unos pasos.

—Hablaré con Felipe.

• • •

Tomás camina deprisa para ponerse al lado de las mujeres. Extraña pasar tiempo con Rema, y casi siente envidia de la conexión que ella tiene con María. Se aclara la garganta para captar la atención de Rema.

—¿Todo bien por aquí?

—Vamos a estudiar la Torá —le dice Rema.

—¿Quién? ¿María y tú?

—Y Mateo —responde Rema, haciendo reír a Tomás.

—Mateo no sabe nada acerca de la Torá —dice.

—¿Cómo sabes lo que Mateo sabe? —dice Rema.

—Ese es el punto —dice María—. Por eso quiere aprender.

—Tú no sabes leer —le dice Tomás a Rema.

—No me enviaron a la escuela hebrea como a ti, así que eso es exactamente lo que aprenderé de María primero. No es que tratemos de ser maestras, ni nada parecido. Solo queremos aprender más.

Tomás desearía poder argumentar, pero no sabe qué decir. Se siente un poco presuntuoso bajo su mirada. Y ella lo tensa un poco más.

—¿Has hecho ya tu turno con la carretilla?

Eso es incómodo. Y está fuera del tema. Él quiere ser su guía, su fuente de conocimiento.

—Cualquier cosa que necesites saber, me puedes preguntar siempre. Me alegraré de responder cualquier pregunta. Sabes eso, ¿no?

—Por supuesto.

—Bien. Es mi turno con la carretilla. —Y se adelanta corriendo.

• • •

Mateo se acerca a Felipe y le hace la pregunta.

—Un pasaje para memorizar —repite Felipe.

—Cualquier cosa para comenzar. Para compensar el tiempo perdido.

—No, Mateo. No perdiste tiempo. Solo fue reorganizado, y ahora lo estás recuperando.

—Pero, mientras tanto, quiero entender las mismas cosas que tú y que todos los demás.

—Ah. No sucede de la noche a la mañana.

Desde el frente y caminando al lado de Jesús, que va empujando la carretilla, Santiago el Grande grita a los demás por encima del hombro:

—¡Ahí está!

Mateo ve la ciudad en el horizonte.

—Cesarea de Filipo —dice Felipe—, ¡se llama así por mí!

—¿De verdad? —dice Mateo, asombrado. Felipe sonríe.

—No. Se llama así por Felipe el Tetrarca, hermano de Herodes Antipas, una familia que no recibe bien a mi antiguo rabino.

—¿Por qué?

—Bueno, Juan los critica por cosas como matar a sus propios hijos y casarse con sus sobrinas, cosas como esas.

Mateo está aprendiendo a evaluar si su nuevo amigo habla en serio o en broma. Eso parece serio.

—Supongo que él debería criticarlos.

—Bienvenido al imperio —dice Felipe con un tono irónico—. Está claro que tú conoces más sobre eso que cualquiera de nosotros, sin ofender. —Da un tironcito a la costosa tela del atuendo de Mateo. Mateo asiente con la cabeza, entendiendo por fin alguna sutileza. Y, extrañamente, no se siente ofendido.

Felipe pone una mano sobre su hombro.

—Voy a adelantarme. Un pasaje para memorizar; pensaré en eso.

Capítulo 14

VEN Y VE

Cesarea de Filipo

Felipe ha descubierto que Jesús es más fascinante incluso de lo que él esperaba. Juan el Bautista había profetizado la aparición del Mesías durante años antes de que al final lo identificó un día. Pero, aun así, Felipe no había sabido qué esperar. Las Escrituras parecían indicar que sería un libertador, un conquistador, un héroe para Israel, y que arreglaría las cosas entre ellos y Roma.

En el breve tiempo que Felipe ha estado con él, Jesús demuestra ser mucho más: un maestro, un ejemplo, un mentor, un consejero, un amigo. Felipe nunca ha conocido a nadie tan profundo y tan compasivo. Es como si Jesús pudiera mirar el interior del alma de cualquiera y entender la necesidad más profunda de esa persona; y también su potencial.

El grupo entra en la ciudad, y el triunvirato formado por Juan, Santiago el Grande y Simón compite para ver quién puede conseguir el alojamiento más apropiado, por no mencionar una comida abundante tras todo un día en el camino. Jesús pide a Juan que lleve con él una cena que pueda comer en el camino y vaya a comprobar cómo están las cosas en Siria. Después toma aparte a Felipe.

—Después de la cena sería el momento perfecto para que busques a tu amigo.

—¿Esta noche?

—Esta noche. No estaremos aquí mucho tiempo. De hecho, nos iremos mañana. Así que márchate en cuanto hayas cenado.

Renovado por la cena y satisfecho por la conversación en torno a la mesa, siempre más civilizada con Jesús presente, Felipe se escabulle para volver a conectar con su viejo amigo.

El humilde apartamento de Natanael está a menos de un kilómetro caminando, pero las rodillas cansadas de Felipe le recuerdan el viaje de ese día. Sin embargo, solo pensar en ese reencuentro hace que su fatiga se desvanezca. Natanael fue siempre quien tenía mayor potencial entre sus viejos amigos, el que lo lograría, tendría éxito y se haría un nombre. Y ahora es arquitecto, ¡vaya logro!

Es propio de Natanael alojarse en albergues diminutos. Al joven le importa su trabajo por encima de todo, y su devoción a Dios. Felipe tiene un gran deseo de hablarle acerca de Jesús. Pero cuando llega a la dirección donde ha estado muchas veces antes mientras seguía al Bautista, no recibe respuesta cuando llama a la puerta. Entre las rendijas de la puerta ve velas y lámparas encendidas, de modo que Natanael tiene que estar dentro. Es demasiado meticuloso y cuidadoso para irse sin apagarlas.

Felipe golpea más fuerte la puerta y llama a su amigo. Llega a aporrearla con su puño. Es demasiado temprano para irse a dormir, y también ve el escritorio de Natanael y su plato de pergaminos enrollados. Felipe va hasta la parte de atrás y llama a través de la ventana. Es extraño. Se cuela por la ventana, con preocupación.

Apresurándose a la cama de Natanael, Felipe lo encuentra tumbado sobre las mantas, todavía vestido con las ropas que lo distinguían de los obreros. Si Felipe no lo conociera bien, se habría preguntado si su viejo amigo estaba borracho.

Intenta hacer el ruido suficiente para despertar a Natanael y no asustarlo, pero el hombre sigue sin moverse. Felipe toca suavemente los hombros de Natanael.

—¡Oye! —dice, mientras Natanael trata de incorporarse y enfocarse aturdidamente—. ¡Oye! ¿Estás enfermo? ¿Qué sucede?

—¿Felipe?

—¡Sí! ¿Por qué estás en la cama? ¿Qué ocurrió, amigo? ¿Estás bien?

—Claro —dice Natanael, pero su aspecto es horrible.

Felipe agarra con sus manos el rostro de su amigo y abre uno de sus párpados. Ojos enrojecidos. Tal vez *sí* ha estado bebiendo.

—Oye, necesitas un poco de agua.

Felipe sirve agua de una jarra y, cuando regresa a su lado, los dos se sientan apoyando la espalda en el catre de Natanael. Espera, sabiendo que Natanael se abrirá y hablará cuando esté listo. Finalmente, le cuenta toda la historia: el derrumbe del edificio que él diseñó y la ruina de su reputación. Felipe sacude negativamente su cabeza.

—Lo siento de veras, amigo.

Natanael se encoge de hombros.

—No murió nadie. Podría haber sido peor; podría estar en la cárcel.

—Sigo estando orgulloso de ti —dice Felipe sonriendo, y Natanael le lanza una mirada como si dudara—. He vivido a través de ti a veces, ¿sabes eso? —añade Felipe.

—¿A través de *mí*?

—Sí.

—Yo estoy viviendo a través de ti, amigo —dice Natanael.

—Lo digo en serio.

—¿Qué parte? —demanda Natanael—. ¿Ir a clases sin parar? ¿Tratar con burócratas un día sí y otro también?

—Me salté esa parte. Me refiero a la parte de construir algo con tus propias manos. Yo tenía un llamado, y no lo lamento. Pero mientras tú estabas en la ciudad siendo validado por profesionales de alto rango, yo estaba en el desierto. En medio de muchos gritos. No niego que, en ocasiones, estaba celoso de que tú tuvieras una evidencia física real que mostrar por tus esfuerzos.

Natanael aparta la mirada.

—Un montón de escombros.

Felipe estudia su expresión.

—No sabes cuál fue tu impacto, o cuál será.

—¡Tengo una buena idea de cuál será! Un día frío en Gehena antes de que contraten a otro judío.

Respetando la angustia genuina de su amigo, Felipe se queda en silencio, orando para encontrar las palabras adecuadas. Finalmente, dice:

—Yo también creí que sabía dónde me había puesto Dios.

—Entonces, ¿qué estás haciendo aquí? —dice Natanael, sonriendo por fin—. Pensé que estabas haciendo enemigos por todas partes.

—Estoy a punto de hacer muchos más enemigos. El Bautista me envió con alguien nuevo.

—Tú sí que sabes escogerlos.

—Él no es solo cualquiera, Natanael.

—Eso es lo mismo que dijiste acerca de Juan.

—Y tenía razón. Pero este... es más.

—Vaya.

—Este es para quien el Bautista nos ha estado preparando.

—Ya veo. —Natanael asiente, y está claro que no le cree.

—Natanael —dice Felipe, serio como un centurión. Su amigo lo mira y Felipe entrecierra sus ojos—. Es el Elegido.

—¿El Elegido?

—Aquel a quien anunció Moisés y que los profetas dijeron que vendría.

—¿*El* Elegido?

—Sí. Jesús de Nazaret, hijo de José.

—¡Nazaret! —dice Natanael, riendo con fuerza—. ¿De Nazaret puede salir algo bueno?

—Ven y ve.

—Ah, un pequeño basurero en una colina escarpada.

—Lo digo en serio.

—Sin caminos pavimentados ni edificios públicos; ¡apenas tienen una sinagoga!

—No puedes decir eso. Realmente no puedes.

—Oye —dice Natanael—, digo las cosas como son. ¿Por qué no puedo hacer eso?

—Porque eres malo.

—Las familias: obreros y campesinos analfabetos, por cierto, ¡que duermen bajo el mismo techo que su ganado!

—Escúchame...

—Sinceramente, Felipe, decir que el Elegido es un nazareno es prácticamente una herejía.

—Solo ven y ve.

Natanael da un suspiro y sacude su cabeza.

—Yo...

—¿Qué? ¿Vas a llegar tarde al trabajo?

—Vaya —dice Natanael—. Eso es cruel. Muy cruel.

Está bien, piensa Felipe, *ya no más frivolidades.*

—Toda tu vida has querido servir a Dios, conocer al Hijo de Dios, el Rey de Israel. Te prometo que no lo lamentarás. Y si lo haces, te compensaré por tu sufrimiento. Pero te conozco. Y sé que no pierdes el tiempo. Querrás unirte a él. No es como ningún otro rabino que haya existido o existirá.

Eso hace pausar a Natanael.

—Nunca te he visto hablar así. —Mantiene la mirada de Felipe—. Todavía sigo pensando en lo de ser de Nazaret.

Pero a Felipe no le causa gracia.

—Ven y ve.

Capítulo 15

COMO JACOB

Media hora después

Mientras Felipe y él caminan fatigosamente hacia la posada donde se alojan ese Jesús y los demás, Natanael se pregunta en qué se ha metido. Será cordial, desde luego, pero no va a creerse simplemente lo que le diga un supuesto profeta. Su propia carrera profesional tal vez ha terminado, pero eso no significa que tenga que conformarse con convertirse en un vagabundo radical.

Cuando pasan por debajo de un paso elevado, Felipe abre sus brazos de repente.

—¡Rabino!

¿*Este* es el famoso hacedor de milagros? No es nada espectacular, tiene una expresión agradable, pero no llega a ser bien parecido. Y va vestido sencillamente, como cualquiera de Nazaret.

—¡Bueno! —dice el hombre—. Esta es una buena noche, Felipe. ¿Sabes quién está ahí a tu lado?

—Es mi amigo Natanael.

—Sí —dice Jesús—. El que dice la verdad.

Natanael ladea la cabeza.

—¿Disculpe? —*Sí* es alguien que dice la verdad, pero...

Jesús parece taladrarlo con su mirada.

—El hombre a menudo engaña, e Israel comenzó con Jacob, que era un poco engañador, ¿sí?

Natanael mira a Felipe. Solo porque este hombre conozca la Torá…

—Sí —dice con indecisión.

—Pero una de tus grandes cualidades es que eres un verdadero israelita, en quien no hay engaño.

Ese hombre habla con mucha confianza, con mucha autoridad, pero ¿cómo puede saber eso? Natanael se dirige a Felipe.

—¿Qué le contaste acerca de mí?

Felipe menea negativamente su cabeza. Natanael se voltea otra vez hacia Jesús.

—¿Qué es esto? ¿Cómo me conoces?

—Te conocí mucho antes de que Felipe te llamara para venir y ver.

Natanael mira de nuevo a Felipe, pero Jesús le dice:

—No lo mires a él. Mírame a mí. —Jesús se acerca un poco más—. Cuando estabas en tu momento más bajo y te encontrabas solo, no escondí mi rostro de ti.

Los ojos de Natanael se llenan de lágrimas. No ha contado a nadie ese momento, ni siquiera a Felipe.

—Te vi debajo de la higuera —continúa Jesús.

Natanael apenas si puede respirar. No había ni un alma a la vista cuando estaba allí sentado languideciendo por el sufrimiento.

—Rabino —susurra.

—Eso es —dice Jesús.

—Tú *eres* el Hijo de Dios. El Rey de Israel.

Felipe ríe y levanta sus manos.

—¡Lo sabía!

—Bueno —dice Jesús—, fue rápido.

—Natanael no pierde el tiempo.

Entre risas, Jesús dice:

—¿Porque te dije «Te vi debajo de la higuera» ¿creíste?

¿Cómo podría no creer? Natanael asiente con la cabeza.

Jesús pone una mano sobre su hombro, y Natanael cree que el Mesías mismo lo está tocando.

—Verás muchas cosas mayores que esa —dice Jesús—. Como Jacob, verás el cielo abierto, y a los ángeles de Dios ascendiendo y descendiendo sobre el Hijo del Hombre. —Hace una pausa—. Ese soy yo, por cierto.

—Sí —dice Natanael riendo—. Lo entendí.

—Bien. Sé que te gusta ser sincero.

—¡Rabino!

Todos se voltean y ven a Andrés corriendo desde la posada.

—Siento interrumpir —dice, casi sin respiración—, pero Juan acaba de llegar con un mensaje de Siria.

Aparece Simón y se une a ellos.

—Dijo que la gente ya se está reuniendo para conocerte, muchos con padecimientos para ser sanados. Tu fama se extiende. ¡Buena fama!

—Deberías descansar, Rabino —añade Andrés—. Deberíamos marcharnos temprano.

—Gracias, muchachos.

Los hermanos regresan corriendo y Jesús se voltea otra vez hacia Natanael.

—Entonces, querías ayudar a construir algo que inspirara oración y cantos, algo para acercar a las almas a Dios, ¿cierto?

Sin poder pronunciar palabra, Natanael asiente con la cabeza. No hay nada más que quisiera hacer.

—¿Puedes comenzar mañana?

PARTE 3
Todo

Capítulo 16

LA FILA
INTERMINABLE

Campos de Siria

Para Mateo, Jesús parece inusualmente deseoso de llegar al lugar que han preparado Juan y los otros para ver y sanar a cientos de personas. Y no es una exageración. Se ha difundido la noticia y se han oído reportes de que muchas personas, la mayoría con padecimientos grandes y pequeños, se han estado juntando durante toda la noche esperando su llegada.

Al haber oído que es una caminata de cuatro horas, Mateo está inquieto porque Jesús no parece moderar el ritmo. Normalmente, él camina en la parte de atrás del grupo, o cerca de allí, y deja que los demás marquen la velocidad. Pero esta no es una de esas ocasiones en las que él necesita soledad para preparar su mensaje. No, les ha dicho a varios de ellos que hoy va a conocer a los individuos uno por uno, cara a cara, alentándolos, llamándolos al arrepentimiento y sanándolos.

El Maestro camina rápidamente, varios metros por delante de las carretillas que contienen las tiendas y las provisiones de los discípulos. Han planeado quedarse en ese lugar hasta que él haya ministrado a todos, y se refiere a *todos*. Entonces se retirarán a descansar en la noche y reanudarán la marcha en la mañana.

Mientras Mateo y los demás tratan de seguir el ritmo de Jesús, relevándose para empujar las carretillas con más frecuencia para evitar el agotamiento, Juan, Santiago el Grande y Simón recorren la fila, arriba y abajo, indicando a cada uno cuál será su función ese día. Muchos tienen asignada la construcción de las tiendas para el campamento; otros tienen la tarea de prender y mantener las fogatas. Y aún hay otros que deben preparar la comida. Algunos levantarán un cobertizo donde Jesús recibirá a la multitud, una o dos personas cada vez. Se espera que todos los discípulos tomen turnos para dirigir a la multitud y mantenerse lo bastante cerca de donde estará Jesús, de modo que puedan ayudar en cualquier cosa que él necesite.

Cuando llegan a su destino, Mateo se agrada al verse con la tarea del control de la multitud junto con Felipe. ¿Qué tan difícil podrá ser eso? Agradecer a las personas por su paciencia, decirles que pronto verán a Jesús; en esencia, evitar que se impacienten. Eso debería dar bastante tiempo a Mateo para obtener de Felipe lo que necesita; y tendrá la oportunidad de entrevistar a las personas tras sus encuentros con Jesús para así poder documentar todos los sucesos en su diario.

Un poco después, con la tienda ya levantada y Jesús comenzando a ministrar a las personas, Simón grita desde un poco más lejos y sin que puedan verlo desde la fila.

—¡Felipe! ¡Mateo! ¡Es su turno!

Mateo agarra su bolsa y sigue a Felipe varios metros hasta la tienda de sanidades, que es básicamente un cobertizo con mantas para proteger del sol. Jesús está dentro, saludando a cada persona, y algunas veces a un miembro o dos de una familia acomodada, y los tranquiliza de inmediato. Los alienta, los escucha y los sana. A todos ellos.

Mateo y Felipe recorren la fila de quienes esperan. Es casi como si estuvieran en fila esperando comida, pero está claro que no hay comida física; solo espiritual. Las personas reconocen que él y Felipe son parte del grupo de Jesús y los miran para recibir instrucciones. Mateo está totalmente fuera de su elemento. Cuando era recaudador de impuestos, tenía una autoridad que, a pesar de su timidez, le permitía supervisar una fila diaria. Aquí no sabe qué decir, y hace principalmente lo que observa hacer a Felipe, a quien en cierto modo le sale de forma natural. Hace avanzar la fila, inclinándola hacia un lado u otro para lograr la mejor eficacia. Su aire de autoridad hace que las personas obedezcan sin cuestionar. Sorprendentemente para Mateo, la fila sigue aumentando, aunque los que llegan más tarde deberían poder ver que podrían estar de pie bajo el sol por horas.

Cuando las cosas parecen estar bajo control y mientras espera para entrevistar a quienes ya han visto a Jesús, Mateo pregunta a Felipe dónde sería un buen lugar para comenzar a memorizar la Torá.

—¿La Ley de Moisés? ¿Las profecías de Isaías? ¿La sabiduría de Salomón?

—Para ti, creo que los salmos de David serían un buen comienzo.

Mateo saca una de sus tabletas y su instrumento de escritura.

—Estoy listo.

—Por ejemplo: «Al músico principal. Salmo de David. Si subo a los cielos, allí estás tú; si tiendo mi cama en las profundidades del abismo, allí estás tú».

Mateo anota rápidamente.

—¿Y qué más?

—Solo eso. —Se voltea hacia la multitud—. Solo unos minutos más. Gracias por su paciencia, amigos. Gracias.

—Pero no planeo subir a los cielos ni tender mi cama en las profundidades —dice Mateo.

—Pediste un pasaje.

—Sí, pero uno que pudiera ayudarme a entender cómo tú y todos los demás saben más.

—Eso es lo que yo sé, y lo que debes llegar a creer si quieres estudiar seriamente la Torá.

—No entiendo.

Pero antes de que Felipe pueda explicarle, una mujer emocionada sale apresurada del cobertizo de sanidades.

—¡Disculpe! —exclama Mateo.

—¿Sí?

—¿Puede decirme qué sucedió con Jesús?

—¡Él me sanó! —dice ella.

—Le sanó ¿de qué?

—¡De epilepsia!

Mateo vuelve a anotar en su tableta.

—Sí, ¿y por cuánto tiempo había…? —Pero ella ya se ha ido.

—Repítemelo —le dice Felipe.

Mateo trata de recordar, pero echa un vistazo a sus notas. «Si subo a los cielos, allí estás tú; si tiendo mi cama en las profundidades del abismo, allí estás tú».

Felipe sonríe y le explica.

—No hay ningún lugar donde puedas ir. No hay altura que puedas escalar con tu mente intelectual, ni profundidades a las que puedas llegar en tu alma donde Dios no esté contigo. ¿Lo entiendes?

Mateo no está totalmente seguro, pero tal vez.

—Creo que sí —dice.

Felipe continúa:

—Ninguna cantidad de aprendizaje puede acercarte más a Dios o hacerte más o menos precioso para Él. Él siempre está aquí, en este momento, contigo y a tu favor.

Eso suena magnífico, y Mateo anhela creerlo.

—No lo siento —tiene que admitir.

—Los sentimientos no siempre llegan primero —dice Felipe—. A veces hay que creer primero.

Mateo sabe muy bien eso.

—Creer una cosa no hace que sea verdad.

Felipe parece estudiarlo.

—Eso es sabiduría —continúa Felipe—; pero estas no son solo palabras. Son de David, en la Escritura.

—Pero ¿cómo sabes si David estaba hablando solo de sí mismo y no de todos los demás? Dijo: «Si subo», no «si *las personas* suben».

—Casi parece que no quieres que sea verdad.

Un hombre sale rápidamente del cobertizo.

—¡Disculpe! —grita Mateo—. Por favor, ¿puede decirme qué sucedió con Jesús?

—¿Están con él? —pregunta el hombre.

—Sí —responde Felipe—. Sí, somos sus alumnos.

Entonces, el hombre se acerca apresurado y abraza primero a Mateo y después a Felipe antes de alejarse corriendo. A Mateo se le cae su tableta, un poco molesto, y después la recoge.

—¿Estás bien? —pregunta Felipe.

—Estoy bien. Entonces, el pasaje de David, estoy tratando de entender.

—Intentarlo es lo importante —dice Felipe—. Medita en él unos días y vuelve a verme. Siempre estás anotando cosas. Prueba a escribirlo varias veces. Hay algo en escribir que ayuda mucho.

—¡Eso es lo que yo digo también!

—Mateo, creo que recién hemos comenzado a saber todo lo que puedes hacer.

Se dirigen de nuevo al campamento mientras otras personas pasan corriendo, gritando que han sido sanados.

—¡Tadeo! ¡Santiago el Joven! —grita Felipe—. ¡Es su turno!

Tadeo se pone de pie enseguida.

—¿Cómo va la fila? —pregunta.

—Es cada vez más larga —responde Felipe—. Regresaré pronto y te ayudaré. No tomaré todo mi descanso.

Santiago el Grande se acerca con una carretilla cargada totalmente.

—¿Dónde está Natanael? —pregunta—. Me toca relevarlo.

—Dice que se queda más tiempo. No quiere que lo releven.

Santiago el Joven se aleja cojeando de una tabla de juego con Tomás.

—Felipe, toma mi lugar. Ve si puedes avanzar. Él es tan bueno que da miedo.

Mateo lee sus notas a cualquiera que quiera escuchar.

—Ya hubo más de sesenta personas, y ahora quedan cincuenta esperando en la fila, sin incluir a leprosos y otros que todavía siguen en la fila.

—¿Dijiste que hay más de cincuenta en la fila ahora? —pregunta Santiago el Grande—. ¿Cuánto durará esto?

Como siempre, Mateo se toma su pregunta literalmente.

—Bueno, depende de la duración de cada encuentro…

—No importa. Lo entiendo.

Capítulo 17

FAMA

Mientras Santiago el Joven se aleja, se acercan María y Rema.

—¡Mateo! —exclama Rema—. ¿Te dio Felipe algunas ideas?

—Sí, de los salmos de David, el pasaje a estudiar antes de aprender más. —Y lo cita para ellas.

A sus espaldas, Santiago el Grande y Juan cargan pesadas piedras para rodear la hoguera principal a medida que el sol comienza a descender de su cénit. Santiago mira su mano.

—Aún sangra.

—¿Qué? —dice Juan—. ¿Es por la leña de antes?

—Sí, y despúes cuando empujé al hombre que estaba apurando la fila, se abrió más con su bolsa. Dame ese trapo.

—Ese mismo hombre del que hablas —dice Felipe, sentado y jugando con Tomás— se chocó conmigo cuando se marchaba, después de que Jesús sanara a su esposa. Creo que es uno de los hombres que llegó aquí anoche.

Santiago el Grande sacude su cabeza.

—Una caminata de casi cuatro horas esta mañana —dice—, y despúes no tuvimos ni siquiera un momento para acomodarnos. Digo que lo que Jesús está haciendo es estupendo, obviamente, pero me gustaría que hubiera sucedido mañana.

—Así son las cosas. ¿Qué *está* pasando? —pregunta Tomás—. ¿De qué somos parte?

—¿Está mal decir que no tengo ni idea? —dice Juan.

—¡No! —responde Tomás—. Me hace sentir mejor.

Rema se aleja un poco de Mateo y María.

—Creo que no he tenido tiempo para pensar en ello —dice ella—. Todo este tiempo, sé que mis padres lo aborrecen. Aparte de eso, pensé que Tomás y yo tendríamos respuestas del resto de ustedes.

—El mensaje ya se está extendiendo muy rápido —añade Tomás—. No esperaba eso. —Se levanta y se acerca a los otros—. ¿Han pensado en la fama por todo esto?

—No me importaría ser famoso —dice Juan.

Santiago el Grande se ríe de su hermano.

—No me sorprende.

Mateo se pregunta si Juan sabe lo que dice. Mateo mismo ha sido famoso, pero por los motivos equivocados. Ahora preferiría seguir siendo invisible.

—No es tan divertido como podrías pensar —dice Felipe.

—No puedo recordar un momento en el que no pensara en el Mesías al menos una vez por semana —dice Juan—. Toda mi vida oraba y oraba para que él viniera en este tiempo, y esperaba que al menos pudiera llegar a verlo. Pero ¿estar cerca de él así? ¿Un don nadie como yo? ¿Qué parte de eso no es divertida?

Santiago el Grande parece perplejo.

—¿Hoy te pareció divertido?

—Tal vez no divertido, pero sí bueno —dice Felipe—. Aunque con esta fama llegan enemigos. Ustedes serán odiados también.

Finalmente, piensa Mateo, *sabiduría de alguien que lo ha experimentado.*

—Estoy acostumbrado a eso —dice.

—Bueno —dice Felipe—, estabas protegido. Y tus enemigos no eran poderosos.

—Hablando de enemigos —dice Santiago el Grande—, si alguien te hubiera dicho cuando eras pequeño que *tú* serías un alumno del Mesías, estarías cerca de él y lo ayudarías en su misión, ¿qué habrías pensado?

Rema responde lentamente.

—Yo habría dicho: «Lo siento, soy mujer. Pregunta a mi hermano».

—Me parece justo —dice Santiago el Grande—. Pero, en serio, Tomás, ¿qué habrías pensado tú?

—Habría pensado que no tengo entrenamiento militar. Eso sigue siendo un problema, en realidad.

—Exactamente —dice Santiago el Grande—. Cuando yo era niño, solía pensar lo increíble que sería ver al Mesías matar a todos los romanos en mi calle. Y yo quería ayudarlo. Me entrenaba cada día con una espada de madera.

Juan asiente con la cabeza y se sube la manga para mostrar su codo.

—Sí, y tengo esta cicatriz que demuestra que era bastante bueno.

—Yo solía imaginar que los romanos entraban por la fuerza en nuestra casa —dice Rema—, y yo me escondía debajo de la cama con un cuchillo. Y cuando llegaban para atraparme, el Mesías me rescataba en el último momento.

Santiago el Grande agacha la mirada.

—No pensé que pasaríamos el tiempo sanando; bueno, viéndolo *a él* sanar. Y nunca dejarán de llegar. Cuanto más escuchan, más personas llegan, y estaremos haciendo esto los próximos cinco años, y nunca llegaremos a la parte de pelear.

—Tienes ganas de sacar esa espada de madera tuya, ¿cierto? —dice Felipe sonriendo.

Santiago el Grande no parece alegre.

—¿Sinceramente no sabes de lo que estoy hablando?

María parece un poco cohibida.

—Supongo que yo no tenía ninguna expectativa —dice—. Probablemente, por eso ha sido un poco más fácil para mí. Recuerdo que, cuando era niña, escuchaba que alguien nos salvaría algún día, pero no recuerdo mucho. —Mira a Tomás—. ¿Por qué esperan a un guerrero?

—Zacarías —dice Tomás—. «Porque yo reuniré a todas las naciones para combatir contra Jerusalén. La ciudad será tomada. Después saldrá el Señor y peleará contra aquellas naciones, como peleó en el día de la batalla. En aquel día se afirmarán sus pies sobre el monte de los Olivos, que está en frente de Jerusalén, al oriente».

—Sí, sí, sí —dice Felipe—. El monte de los Olivos se partirá por la mitad, de este a oeste, y la mitad del monte se moverá y toda esta locura, pero ni siquiera sabemos cuándo sucederá, y si será durante nuestra vida.

—Hay una cosa que tampoco entiendo —dice Juan—. ¿Acaso el Mesías no debía venir en un tiempo cuando todo sea santo? Al menos eso me ha dicho Santiago.

—¿Dónde está eso? —pregunta Rema.

—Es un poema profético de los rabinos, de hace poco tiempo —dice Santiago el Grande—. «Y no habrá injusticia en ellos en su día, porque todos serán santos, y su Rey será el Señor Mesías».

A Mateo le parece que Juan intenta suavizar los ánimos cuando dice:

—Supongo que por eso los fariseos no creen que él es el Elegido, María. Primero hay que ayudar a limpiar el Barrio Rojo.

Ella se ríe junto con los demás, y después se pone seria.

—No creo que él esté esperando a que seamos santos —les dice—. Creo que está aquí porque no podemos ser santos sin él.

Mateo se le queda mirando fijamente mientras los demás se quedan en silencio.

—Vaya —dice Felipe—. Eso fue bueno. El Bautista querrá usar eso.

Jesús ha estado haciendo su tarea por horas, y se ve a Santiago el Joven tambaleante a medida que el anochecer parece anunciar su llegada.

—¡Santiago el Grande! —grita—. Necesitan tu ayuda para el control de la multitud. La gente está discutiendo y poniéndose agresiva, y yo no puedo ayudar mucho con eso.

—¿Discutiendo? —pregunta Santiago el Grande, dirigiéndose hacia la fila—. ¿Lo dices en serio? Voy a tener que usar mi espada con ellos antes que con los romanos.

Capítulo 18

EL DILEMA

Santiago el Joven no puede evitar sentir envidia de la gran zancada de Santiago el Grande mientras él camina apresurado para ayudar a manejar a la multitud. El hermano mayor de Juan es una cabeza más alto que Santiago el Joven, y parece manejar cualquier desafío físico sin pensarlo dos veces. Para Santiago el Joven, todo en la vida parece ser una prueba. Debido a su estatura y a su pronunciada cojera, debe escoger por dónde camina, investigar el terreno; y en ciudades con escalinatas, es incluso más crucial que controle su ritmo. Los demás se mueven de un lado a otro sin preocuparse de cómo llegarán de aquí a allá, lo cual les libera para meditar en grandes pensamientos, conversar y debatir. Él puede hacer eso solamente cuando ha planeado cada paso.

También ha tenido que aprender a lidiar con las miradas curiosas; algunas llenas de lástima, otras de desdén, y algunas de juicio. ¿Qué debieron de hacer sus antepasados para dejarlo con una maldición tan obvia? Ha pasado su breve periodo de vida esforzándose por hacer que la gente se sienta cómoda, mantener su cabeza alta e ignorar los comentarios que las personas creen que hacen en un susurro.

Sin embargo, Jesús lo escogió a él, lo llamó, y debió de haber visto algo en él. Pero ¿qué? Los otros discípulos parecen aceptarlo, tratarlo como si perteneciera. Desde que ha sido parte de este grupo, se ha sentido más cómodo y más valorado que en cualquier otro momento de su vida.

Se dirige a jugar con Tomás, ya que ha pedido a Felipe que lo releve.

—Veamos esto. ¿Cómo vamos? —Se ríe cuando ve la mala situación que le ha dejado Felipe.

—¿Cómo te lo diría...? —dice Felipe.

—¿Qué? ¿En serio? —dice Santiago el Joven, exagerando su frustración—. ¡Estoy peor que antes!

Después de todo, es solo un juego, y Tomás había estado ganando.

—Sí —dice Felipe, dándole unas palmaditas en la espalda para alegría de Tomás—, eso es.

—Pensé que dijiste que eras bueno en esto.

—Pensé que lo era.

Santiago el Joven ocupa el lugar de Felipe en la mesa.

—Ahora no podré salir de esta situación.

—Lo siento, Santiago —dice Felipe mientras se aleja.

Santiago el Joven agarra una pieza del juego, pero le interesa menos esta causa perdida que lo que ha estado sucediendo mientras él no estaba.

—Bueno, ¿de qué estaban hablando todos?

—Pues, no mucho —responde Tomás—. De las profecías, de nuestra creciente fama, de que el Mesías sana enfermedades en lugar de derrocar a los romanos... temas sin importancia.

—Bueno —Santiago el Joven sonríe—, no lamento habérmelo perdido. Estoy listo para que este día termine.

—¿Cómo van las cosas allí? ¿Sucedió algo en tu breve turno?

—No, fue lo mismo todo el día. Una cosa que me está molestando, sin embargo, son estas personas. Están creyendo en él y lo alaban, y no me malentiendas, eso es estupendo. Pero se debe a que él los está sanando. A los samaritanos.

—Sí, eso fue lo que él dijo —dice Tomás—. Es todo lo que necesitaban.

—Lo sé —dice Santiago el Joven, echándose para atrás un poco frustrado—. Solo que no sé cuántos creerían en él si no los estuviera sanando.

Tomás lo mira fijamente, y Santiago el Joven ya se imagina lo que viene.

—Tengo que preguntarte... —dice Tomás.

—Creo que lo puedo imaginar.

Tomás sonríe para asegurarle su sinceridad.

—Tengo dos preguntas. Perdona, pero seré directo. —Vacila un poco—. ¿Cuál es *tu* dolencia? No es mi intención ofender.

—Está bien. Es un tipo de parálisis. Me ha causado problemas desde que nací.

Muchos del resto del grupo han estado añadiendo leña al fuego y ubicando cosas en sus lugares. María Magdalena habla desde cerca.

—Casi es hora de cenar. ¿Tienen hambre?

Santiago el Joven y Tomás asienten con la cabeza y continúan con su conversación.

—Entonces, ¿por qué, o sea... por qué no te ha sanado? —pregunta Tomás—. ¿Cómo te sientes al ver todas estas sanidades hoy? ¿Te molesta?

Santiago el Joven estudia el cielo que se va oscureciendo.

—¡Vaya! Buenas preguntas.

Cuando estuvo lo bastante cerca del cobertizo de sanidad de Jesús para ver lo que estaba sucediendo, no pudo evitar hacerse esas mismas preguntas. Pero observa que, cada vez que Jesús pone sus manos sobre alguien y ora por esa persona, se estremece, como si le costara algo, alguna parte de sí mismo. El Maestro se ve agotado, exhausto. Santiago el Joven se pregunta por cuánto tiempo podrá continuar Jesús. Ha sido constante desde que llegaron. Pero Santiago el Joven le debe una respuesta a Tomás.

—Pues, todavía sigo intentando averiguar cómo me siento con todo esto. O sea, supongo que algo importante es que no lo he pedido.

—¿Por qué no?

Esa sí es una buena pregunta.

—No lo sé —responde finalmente Santiago el Joven.

—Si yo tuviera tu... dificultad, y estuviera observando lo que sucedió hoy, lo exigiría.

—No sé si debería. No me parece correcto. Supongo que estoy agradecido de que me llamara a seguirlo a pesar de esto, pero no ha surgido el tema ni una sola vez. Tengo miedo de que, si se lo menciono, eso hará que cambie de opinión sobre mí, o algo parecido.

Tomás se ríe con fuerza.

—Estoy bastante seguro de que él conoce tu situación. No es que, si tú lo señalas, él se sorprenderá.

—¡Es cierto! —dice Santiago el Joven.

Un clamor repentino al lado del fuego los distrae, y Santiago el Joven se alegra al ver llegar a la madre de Jesús. Tomás y él se unen al grupo y le dan la bienvenida. María Magdalena le dice que esperaban que llegara al día siguiente, y María explica que unos amigos estaban viajando a la zona y por eso vino con ellos.

—¡Felipe! ¡Shalom! ¿Qué estás haciendo aquí?

—Ahora estoy con tu hijo.

—¿Está bien mi sobrino? Hace algún tiempo que no hablo con Juan.

—Está bien, pero dijo que había llegado la hora, así que estoy aquí tratando de ser útil.

Tadeo presenta a Mateo a la madre de Jesús, y explica que no estaba con ellos en la boda en Caná.

Ella le da la bienvenida.

—Ah, miren —dice ella—, qué ropa tan fina.

Mateo parece avergonzarse un poco.

—Gracias.

—¿Y qué haces?

—Yo no… yo era…

—Es un nuevo estudiante —dice María Magdalena—. Jesús lo llamó.

—Ah, qué bien —dice María—. Estoy segura de que eres alguien especial. —Se voltea hacia el resto—. Entonces, ¿fue hoy un día muy largo? Vi a muchas personas en la fila. Simón me dijo que viniera aquí. ¿Sabemos cuándo terminará Jesús?

—Vinimos caminando hasta aquí desde Filipo esta mañana —dice Rema—, y él no ha parado desde entonces.

La madre de Jesús parece un poco preocupada, pero dice:—Él siempre ha sido muy trabajador. Lo heredó de su padre. Bueno, de ambos padres, supongo. Hablando de trabajo, veo la comida. Todos ustedes parecen exhaustos, y estoy aquí para ayudar. La tendremos lista muy, muy pronto.

A pesar de todo, Santiago el Joven considera momentos como esos el motivo por el que prefiere estar ahí que en ningún otro lugar del mundo.

Capítulo 19

ALREDEDOR DEL FUEGO

María Magdalena asiente con la cabeza a Rema y siguen a la madre de Jesús para preparar una comida abundante para todos. Aunque solo permanece un borde de luz en el horizonte, el calor del día apenas si se ha disipado, y los rostros a la luz del fuego relucen y evidencian agotamiento.

Individualmente y en grupos de dos, los discípulos regresan a las filas de personas para relevar a otros. Algunos se llevan la cena con ellos, y otros parecen muy aliviados al recibir su cena cuando regresan. Tomás, empujando una carretilla, regresa tras hacer su turno. Felipe y Mateo terminan de acomodar la tienda donde dormirá Jesús, si es que alguna vez termina su día. María, la madre de Jesús, envía a alguien con un plato de comida para él diciendo que está preocupada porque no haya comido en todo el día. El plato regresa intacto.

Cuando el cielo nocturno está oscuro, todos parecen haber cenado, y la madre de Jesús parece estar en su elemento. Se mueve afanosamente, recogiendo platos y asegurándose de que nadie se quede con hambre. Al final, todos se reúnen alrededor del fuego, y las tres mujeres, que ya han terminado con sus tareas, se sientan juntas con María en medio de las dos. María Magdalena mira de reojo a la mujer de más edad, que parece vivir para que los demás se sientan cómodos; sin embargo, la preocupación por su hijo ha marcado su rostro radiante.

Finalmente regresan Simón, Andrés y Santiago el Grande, claramente arrastrando los pies. María se levanta rápidamente para llenar otros tres platos, y cuando le entrega a Simón una copa de agua, él da un sorbo y derrama el resto sobre su cabeza.

—¿Quién sigue con Jesús? —pregunta María, su madre.

—Tadeo y Santiago el Joven —responde Simón.

Ella mira hacia donde había visto la fila anteriormente, y parece pensar en ir ella misma a comprobar cómo está Jesús; pero se une otra vez al grupo cuando los tres rezagados terminan de comer y se desploman al lado de la fogata.

María Magdalena se entretiene con Simón, quien descansa sobre uno de sus codos y musita:

—Andrés, necesito un descanso mental. Haz uno de tus juegos de preguntas sin sentido.

—No son sin sentido —dice Andrés—. Son interesantes. Y tengo una en la que he estado pensando últimamente. ¿Qué harían a cambio de tener dinero ilimitado? ¿O qué entregarían por tener todo el dinero que pudieran querer durante el resto de su vida?

—¿Te refieres a que si haría algo doloroso? —pregunta Santiago el Grande.

—¡Sí! —responde Andrés—. O algo loco. ¿Irían corriendo por el mercado desnudos y gritando?

María Magdalena hace un gesto de vergüenza, y la madre de Jesús parece sorprendida. Rema muestra una gran sonrisa.

—Desde luego que no —dice Tomás—. Me mataría un soldado.

—Además, sería indecoroso —añade Santiago el Grande—. Sería un pecado.

—Está bien —dice Simón—. Algo que no fuera pecado. ¿Entregarían su mano izquierda para ser ricos el resto de su vida?

—Quizá no una mano entera —dice Juan—, pero un par de dedos seguro que sí.

Todos se ríen entre dientes.

—¿Y el amor? ¿Renunciarían a casarse?

—No lo sé —dice Juan—. ¿Simón? ¿Vale la pena el matrimonio?

—Por supuesto. Pero nunca serás tan afortunado de encontrar a alguien como Edén, así que... toma el dinero.

María Magdalena se sorprende ante la callada reverencia de los demás cuando habla María, la madre de Jesús.

—Yo nunca tuve mucho dinero en toda mi vida —dice ella—, y he sido feliz.

—Yo no espero que tengamos mucho dinero mientras lo sigamos a él —dice Tomás.

—Pero puedo deducir por tu ropa —dice ella— que has tenido dinero antes, ¿cierto? —Él baja la mirada sonriendo—. ¿Eres más feliz ahora o antes?

—Pregunte a Mateo —interrumpe Juan. Andrés lo mira fijamente.

—Juan...

—¿Qué? —dice Juan—. ¿Es una mala pregunta? Tú mencionaste el dinero. Mateo lo tenía; nosotros no.

María Magdalena se siente horrorizada por el pobre Mateo, que se ve abatido.

—Me siento mejor ahora —dice él suavemente—. No sé si eso significa feliz.

—No es apropiado hablar de dinero personal —dice Santiago el Grande.

—Era solo una pregunta —dice Andrés—. Algunas veces pienso en eso, y después me siento culpable.

—¿Por qué? —pregunta Rema.

—Por pensar en cosas que no debería. Por querer cosas que no deberían importarme tanto. —Hace una pausa—. A veces tengo la sensación de estar viviendo la vida de otra persona, como cuando me miro a mí mismo desde fuera, no siempre me reconozco. Me siento como si fuera alguien que trata de estar a la altura de los héroes de nuestra historia. Como si tuviera que hacer algo grande; pero sé que no soy grande. Lo sé incluso más ahora, al estar con él.

—Lo entiendo —dice Rema—. Siento que necesito no cometer más errores.

María, la madre de Jesús, se dirige a ella.

—¿Cómo crees que me sentía yo? —pregunta.

—Debe de sentirse así cada día —dice Andrés—, ¿no?

—Ya no —responde ella—. Él siempre me animó y tranquilizó. Y Dios siempre me hizo sentir que no debería sobrecargarme.

Por mucho tiempo, María Magdalena quiso hacer una pregunta.

—Entonces, ¿cómo se sintió cuando sucedió? Su nacimiento. Incluso antes de eso. ¿Cómo supo, cuándo supo, quién era él?

—Ah, no sé —dice la mujer, sonriendo—. Todos estamos cansados. ¿Realmente quieren escuchar todo eso?

—¡Sí! —dicen todos al unísono.

María Magdalena y los demás esperan mientras la madre de Jesús se ríe y hace una pausa.

—Bueno, nada de eso fue fácil, se lo aseguro. No sucedió en mi pueblo natal, mi mamá no estaba conmigo y no teníamos partera. No sé si estoy preparada para dar todos los detalles, quizá en otro momento. Pero sí recuerdo esto: cuando José lo puso en mis brazos, no fue como yo esperaba. Fue como todo lo que había oído sobre tener un bebé, pero pensé que este sería totalmente diferente.

—¿A qué se refiere? —dice Simón. Ella lo mira directamente a los ojos.

—Tuve que limpiarlo. Estaba cubierto de… bueno, seré respetuosa; él necesitaba que lo limpiara. Y tenía frío, y lloraba. Y… necesitaba mi ayuda. *Mi* ayuda, una adolescente de Nazaret. En verdad me hizo pensar por un instante: *¿Es realmente el Hijo de Dios?* Y José me dijo más adelante que él por un momento pensó lo mismo. Pero sabíamos que lo era. No sé qué esperaba yo; pero él lloraba y me necesitaba. Y me preguntaba cuánto tiempo duraría eso.

Hace una pausa; su mirada brillante cobra vida con los recuerdos.

—Ya no me necesita —dice—. No desde que le enseñamos a caminar y a comer. No me ha necesitado por mucho tiempo, supongo. Y cuando José murió, descanse en paz, él creció todavía más rápido. Y me gustaría poder decir que eso me hizo feliz. Claro que, como judía, me emociona ver todo lo que él hace por nuestra gente y estoy orgullosa de él. Pero, como mamá, a veces me pone un poco triste.

Hace otra pausa y agacha la mirada. Finalmente dice:

—Así que es bueno estar con todos ustedes por un tiempo. Puedo encontrar formas de ayudar.

—Aceptamos —dice Rema poniendo una mano sobre la rodilla de María, y los demás asienten con la cabeza.

—Simón —dice María de repente—, cuando estuviste con él, ¿parecía que seguiría por mucho tiempo?

—Es difícil saberlo. La fila se iba acortando, pero él no dejará de ver a nadie, así que ya veremos.

—Iré a ver cómo van —dice María. Pero, antes de marcharse, recoge unos platos más.

Cuando finalmente se dirige a la fila, que ya es más corta, quienes se quedan con María Magdalena junto al fuego están en silencio. Finalmente, Tomás susurra.

—No sabía que perdió a su padre. Yo perdí al mío hace varios años. Le preguntaré a Jesús sobre eso. ¿Alguno más ha perdido a un padre?

María levanta su mano.

—Así es.

—Lo siento. ¿Fue reciente?

Ella menea negativamente la cabeza.

—Fue cuando yo era niña.

—Es doloroso —dice Simón—. Lo siento.

—Gracias. Lo fue. No lo entendí totalmente entonces, pero con el tiempo me hizo estar muy enojada. Y me fui cuando era joven.

—¿Dejaste tu casa? —pregunta Juan.

—Lo dejé todo. Todo. Intenté dejar de comportarme como judía. Intenté dejar de ser yo misma. Y después, como algunos de nuestra ciudad sabían, incluidos algunos de ustedes, sucedieron cosas peores. La mayor parte está borrosa, pero me olvidé muchísimo de todo lo que aprendí de niña.

—Pero ahora puedes recuperar el tiempo —dice Santiago el Grande, y ella agradece la amabilidad de su voz.

—Sí. Eso espero. Con Mateo y Rema. Todos ustedes están muy adelantados y son muy buenos en todo esto.

—No somos tan buenos como crees —dice Santiago el Grande.

—La mayoría de nosotros no lo somos —dice Juan, dirigiéndose a su hermano—, pero tú eras quien estabas con la nariz en los escritos. Y todavía lo haces.

—Ah, un poco —dice Santiago el Grande—. No tan bueno como otros.

—Ah, vamos, podrías recitar la mitad de la Torá si tuvieras que hacerlo.

—Tal vez. Sí, quizá.

Tadeo regresa y se une al círculo.

—Todavía siguen —dice con un suspiro—. Yo no podía más, pero ellos dijeron que pueden seguir.

María menea negativamente la cabeza.

—Realmente quiero ser una buena estudiante.

—No creo que ninguno de nosotros fuera al *bet midrash* a estudiar al terminar la escuela —dice Andrés—. Eso es lo sorprendente de todo esto. Tomás, ¿y tú?

—No, me metí en el negocio familiar el día después de graduarme. Tenía trece años, y preparaba y servía comida en las bodas. No era un estudiante, créanme.

—Yo ni siquiera era bueno orando hasta hace poco —dice Tadeo—. Me aburría. Repetir lo mismo una y otra vez. Aprendí a amar la oración a medida que crecía.

—Yo no era bueno en nada de eso cuando estudiaba —dice Juan.

—Yo tampoco —dice Tomás—. No me gustaban todas las reglas.

—Yo nunca batallé con eso —dice Rema—. Hago lo que me dicen.

—Sí —dice Andrés—, yo soy igual. Siempre he seguido las reglas.

—Yo siempre he amado la historia, los relatos —dice Santiago el Grande—, así que siempre he amado también las reglas.

Andrés, con brillo en su mirada, pregunta:

—¿Simón?

—He tenido mis momentos.

Eso hace reír a los demás.

—Una vez, cuando mis padres estaban dormidos —dice Tomás—, comí carne con queso, solo para comprobar lo que me estaba perdiendo. ¿Han hecho eso alguna vez?

—No —responde Andrés—. Me sentiría demasiado culpable.

—Te sientes culpable por todo —dice Simón—. Justo después de nacer, le dijiste «lo siento» a Ima por causarle dolor.

—Olvida la culpa —dice Tomás—. Yo estuve enfermo varios días. No he quebrantado ni una sola regla de comida desde entonces.

—Yo probé el cerdo una vez —dice Tadeo—. Íbamos viajando, y estábamos en un mercado de gentiles y agarré un pedazo. ¡Ah, fue maravilloso!

—Una vez en las barcas nos acercábamos a un atardecer de *sabbat* —dice Santiago el Grande—. Abba y Juan habían terminado sus tareas, y yo aún tenía que meter mis peces en los barriles porque tenía muchos.

—No —dice Juan—, fue porque ibas demasiado lento, porque eres demasiado cuidadoso.

—No, fue porque tenía muchos.

—Está bien —dice Juan, pero menea la cabeza negativamente ante los demás.

—Y hay que guardarlos, obviamente, antes de la puesta del sol —continúa Santiago— o se pudrirán al otro día, y no los puedes limpiar durante el *sabbat*. Así que comencé a gritar a los otros: «¡Oigan! ¡Vengan! ¡Ayúdenme!». No, ellos se rieron de mí y se fueron caminando a casa. Y tuve que trabajar tan duro y tan rápido que terminé lanzando algunos de los peces otra vez al agua. Pero terminé justo a tiempo. Y respiraba con tanta intensidad que vomité en la playa.

—Tuvo que esperar dos días para limpiarlo —dice Juan. Mira a María y Rema—. Ah, disculpen.

Ellas se ríen nerviosamente.

—He llegado a amar ser judío —dice Tomás—. Y he llegado a amar el seguir la Ley. Pero puede ser agotador.

—¿Seguir la Ley o ser judío? —pregunta Juan.

—Ambos —dice Andrés.

—Siempre lo ha sido —dice Santiago el Grande—. Incluso antes de la ocupación.

—Sí —dice María—, pero ¿acaso no estamos acostumbrados ya? ¿No nos ha hecho más fuertes?

Tras una pausa, Tomás dice:

—No lo entiendo, si soy sincero. No sé por qué Dios ha permitido la ocupación. Tendré que preguntar a Jesús más sobre eso. ¿Por qué se ha permitido por tanto tiempo? Es difícil sentirse como el pueblo escogido.

—Me he sentido así —dice Simón.

—Pero ahora todo valió la pena, ¿no creen? —dice Rema—. La espera ha terminado.

Eso parece silenciar a todos, pero María puede ver algo en la expresión de Simón. Mira fijamente a Mateo. *Por favor, no*, piensa María. Pero está claro que no será disuadido.

—¿Y tú? —le pregunta Simón a Mateo.

Mateo levanta la mirada; parece incómodo.

—¿A qué te refieres?

—¿Ha sido difícil para ti, todo este tiempo? ¿La ocupación, seguir la Ley judía?

María sabe dónde quiere llegar Simón, y sabe que Mateo se da cuenta de eso.

—Mi vida no ha sido fácil —dice Mateo.

—¿Ah, no? —dice Simón lleno de sarcasmo—. ¿Qué fue más doloroso para ti? ¿Escapar de la persecución romana trabajando para ellos o escapar de tu culpa con todo ese dinero? Y ahora te pones al día con la Torá y quieres seguir la Ley. ¿Por qué ahora, tan de repente? ¿Por qué no todas las otras veces en que tuviste la oportunidad?

—Simón —lo reprende Juan.

María desearía que eso no siguiera. Una conversación divertida y sana ha llegado a ese punto.

—No, no, Juan —dice Simón—. Quiero saberlo. María tuvo un trauma horrible y no escogió lo que le sucedió. ¿Cuál es tu excusa, Mateo?

—¿Qué quieres que diga? No sé lo que quieres de mí.

—Una disculpa —dice Andrés, y María se pregunta: *¿También él?*

—¿Qué? —dice Mateo.

La madre de Jesús y Santiago el Joven regresan, haciendo que el corazón de María se entristezca. Seguramente, la madre de Jesús no necesita escuchar esa disputa.

Capítulo 20

EL ATAQUE

María Magdalena se siente indefensa. No le corresponde a ella decir a los hombres que dejen en paz a Mateo, pero tiene muchos deseos de hacerlo, ¡especialmente cuando está presente María, la madre de Jesús! ¿Acaso todos ellos no tienen un pasado, cosas que no deberían haber hecho, cosas que lamentan amargamente? ¿Es que no pueden enfocarse en todo lo que es nuevo porque han sido elegidos para seguir a Jesús?

Pero ellos no se detienen. Andrés continúa con el ataque.

—Simón no está equivocado —dice—. Podría ser un poco más delicado al decirlo, pero tú sí decidiste trabajar para los romanos, e hiciste mi vida aún más difícil de lo que ya era. Y no te has disculpado.

A María le parece que Mateo está a punto de disculparse; pero Simón también debe de haberlo notado, porque le corta de inmediato.

—No, no lo digas. —Se pone de pie—. No quiero que te disculpes. No importa. ¿De qué servirá oír su disculpa? De todos modos, no lo perdonaré.

Juan se dirige a Simón.

—¿Qué te pone a ti en autoridad? ¿Quién eres *tú* para perdonar o no perdonar?

—¿Qué? ¿Estás de su lado?

—No, ¡claro que no! ¡Pero tú también tuviste problemas! ¿Qué tal disculparte por lo que casi le hiciste a mi familia con los romanos?

—¡Al final no lo hice! Trataba de salvar la vida de mi familia, y te amo, Juan, pero eso no es algo por lo que tú tuviste que preocuparte con Zeb y Salomé cuidando de ti. Pero tú, Mateo, me pusiste en una situación desesperada e hice cosas que de otro modo jamás habría hecho, y me he arrepentido de ellas. Y Juan y Santiago, *sí* lo siento, ¡pero no lo llevé a cabo!

Ahora, incluso Tomás interviene.

—¿Cuál *es* tu excusa, Mateo? Yo era un hombre de negocios exitoso y aun así no me alcanzaba.

—Él no era tu recaudador de impuestos —dice Juan.

—¡Deja de defenderlo! —exclama Tomás—. ¡Quiero una respuesta!

Santiago el Grande se pone de pie ahora.

—¡Oye! ¡Tú eres nuevo aquí!

Simón mira fijamente a Mateo y dice:

—¿Acaso sabes lo que significa ser judío? ¿Sufrir durante siglos y siglos a causa de ello, pero aun así seguir comprometido? ¿Sabes lo que es proteger nuestra herencia, aunque nunca deje de ser doloroso? Porque el *único* consuelo que tenemos es saber que estamos haciéndolo juntos, que todos estamos sufriendo juntos. Pero si solo esperamos un poco más, si soportamos solo un poco más, llegará el rescate porque somos elegidos. Todos nosotros. Y tú traicionaste eso, ¡y lo escupiste! ¡No puedo perdonarlo! ¡Nunca lo perdonaré!

Santiago el Grande lo mira de frente.

—¡Está bien! Has dicho lo que necesitabas decir. Siéntate, Simón.

Ahora es Andrés quien se levanta.

—¡Siéntate tú primero!

Con las dos parejas de hermanos frente a frente y el resto que parece observar sin aliento, un ruido proveniente de los árboles los silencia a todos. Alguien se acerca. Es Jesús. Incluso desde la distancia, María se da cuenta de que está agotado, exhausto. Es como si apenas pudiera poner un pie delante del otro. Camina mirando fijamente al suelo, con los hombros inclinados mientras se tambalea hacia el campamento.

Ella se pregunta si la disputa, la fuerte crítica, ahora parece tan poco importante para los combatientes como le parece a ella. Los hombres parecen entristecidos, avergonzados, y claramente no saben dónde mirar. Mientras Jesús se acerca lentamente hasta ellos y pasa por su lado, María hace un gesto al ver el sudor en su cuerpo, la fatiga en su rostro. Hay sangre en sus manos y su cara, y parece respirar con dificultad. Levanta ligeramente una mano como saludo.

—Buenas noches —dice, respirando con dificultad.

Se mueve con esfuerzo hasta su tienda y se agarra a uno de los palos para sostenerse, respirando agitadamente. Se queja cuando se agacha para quitarse las sandalias. Su madre observa, con un profundo dolor. Se acerca a él enseguida, y mientras María Magdalena sigue mirando, su madre le ayuda a quitarse la túnica.

—Oh, Ima —susurra—. Gracias.

Ella le quita las sandalias y limpia sus pies. María Magdalena se da cuenta de que Santiago el Grande y Juan se sientan, y los demás apartan la mirada.

—Tienes sangre en tus manos —le dice su madre, y las limpia también. Pasa un trapo por su cara, limpiando sangre de su frente.

—Estoy hecho un desastre —dice Jesús—. ¿Bien ahora?

—Bien —dice ella, y él le da un abrazo y un beso.

—¿Qué haría sin ti, Ima?

—Ahora duerme un poco —dice ella.

—Bueno. Estoy muy cansado.

Ella le ayuda a tumbarse mientras él se acomoda, estremeciéndose. Mientras su madre pone a un lado sus sandalias y cuelga su túnica, él comienza su oración. «Bendito eres tú, Señor nuestro Dios, Rey del universo, que traes el sueño a mis ojos y descanso a mis párpados. Que se haga tu voluntad, Señor mi Dios, y Dios de mis ancestros, que pueda descansar en paz y que me levante en paz».

Con el sonido del fuego, el canto de los grillos y la brisa, María Magdalena se siente superada. Rema y ella se levantan junto con los demás, y todos se disponen a acostarse. Si la madre de Jesús no había sentido por años que él la necesitaba, tenía que sentirlo esta noche.

PARTE 4

Oportunidad

Capítulo 21

PARALÍTICO

Hebrón, Palestina, año 14 a. C.

Isaí, de seis años, se levanta temprano, más temprano que los amigos con quienes le encanta jugar y divertirse. Lleno de energía tras el desayuno, ruega poder salir y jugar antes de ordeñar las ovejas. Su madre cede.

—Regresa pronto —le dice—. Padre cuenta con tu ayuda.

Isaí corre por un campo en las afueras de la ciudad hasta el árbol al que más le gusta subirse. Hoy está decidido a subir más alto que nunca para ver por encima de los muros y espiar su propia casa. Más adelante llevará allí a sus amigos para comprobar quién puede subir todavía más alto.

Escala por las ramas que ya conoce y mira para ver qué tan alto podría llegar. Planeando cada movimiento de sus manos y pies, logra subir diez pies más hasta donde puede agarrarse y empujarse más alto aún. Se agarra a una rama gruesa cercana que sobresale de otra rama grande, y se imagina encaramado allí y poder ver tan lejos como el horizonte.

Pero precisamente cuando soporta su peso con las dos manos, la rama da un chasquido y se parte, y él cae al suelo. Queriendo alcanzar cualquier cosa para amortiguar su caída, Isaí se voltea en el aire. Solo tiene tiempo suficiente para orar que pueda caer sobre cualquier otra parte de su cuerpo excepto la cabeza, lo cual seguramente lo mataría. De alguna forma logra caer de pie, y después todo se vuelve negro.

• • •

Una hora después, el padre de Isaí lo llama enojado, recorriendo los alrededores. Ninguno de sus amigos lo ha visto. Uno de ellos señala al norte, donde se erige el árbol favorito de Isaí.

—Esperen aquí —dice el hombre a los muchachos.

A medida que el árbol está más a la vista, el padre de Isaí no ve nada, y lo llama otra vez. Finalmente encuentra al muchacho en el suelo, en la base del árbol. ¿Está muerto? Va corriendo hasta él y, rápidamente y con cuidado, lo pone de espaldas. El pequeño pecho de Isaí respira. Su padre intenta hacer que recupere la consciencia, pero es inútil. Agarra a Isaí en sus brazos y regresa corriendo a la aldea, con la cabeza y las extremidades del muchacho inertes.

Cuando llegan a la casa de un sanador, el muchacho ha despertado y se queja.

—¿Dónde te duele? —le pregunta su padre.

—La cabeza. Los hombros. La espalda.

—¿Y las piernas?

—Están bien, creo.

El padre de Isaí lo baja al suelo para entrar en la casa del sanador, pero el muchacho no puede mantenerse de pie por sí mismo. El sanador se acerca enseguida para ayudar a llevar a Isaí al interior, y lo sienta en una mesa. Le asegura al padre que las heridas por encima de la cintura son superficiales y deberían curarse con el tiempo, a pesar de que habrá algún dolor. No hay nada roto. Pero cuando examina los pies y las piernas de Isaí con un instrumento puntiagudo, le pregunta al muchacho qué siente. Él no siente nada desde los dedos de sus pies hasta la cadera, a pesar de que tampoco hay ninguna evidencia de que haya huesos rotos.

—Solo el tiempo lo dirá —dice el sanador.

• • •

El tiempo demuestra ser cruel. Isaí muestra un rostro valiente, pero le duele tener que arrastrarse hasta cualquier lugar, o que lo carguen. Su padre lo sienta con las ovejas, donde él puede seguir ayudando a ordeñar, pero sabe que su padre podría hacer esa tarea más fácilmente él mismo.

La mayoría de los días, Isaí observa correr y jugar a sus viejos amigos. Lo saludan con frecuencia y ocasionalmente se sientan a su lado, pero él sabe que se cansarán pronto de todo eso.

Su madre pasa mucho tiempo con él, pero Isaí se siente culpable, responsable del dolor que ve en su mirada. Su mamá parece emocionarse cuando le dice que está embarazada y pone la mano de él en su vientre para que sienta el movimiento de un nuevo hermano o hermana. Isaí espera con muchas ganas tener un hermano, aunque le preocupa que tener a su lado a un niño sano le hará sentirse más solo aún.

Cuando finalmente llega el día en que aparece una partera y su mamá da a luz, el padre de Isaí trata de asegurarle que sus gritos de sufrimiento son normales, y que pronto quedarán olvidados por la alegría de tener otro hijo. Pero al oír un grito casi inhumano, el padre se apresura a ayudar a la partera y descubre que su esposa ha muerto. Ahora, Isaí y su padre tendrán que criar al bebé Simón.

Isaí se enamora inmediatamente del pequeño, y se siente más necesario que nunca. Mientras su padre lleva a cabo los roles de papá y mamá, aprendiendo torpemente a cocinar y limpiar, Isaí debe acunar y alimentar al bebé. Su profunda tristeza se ve suavizada por los arrullos y sonrisas del pequeño Simón, y a Isaí le parece que los dos se están haciendo amigos cuando el bebé lo mira fijamente.

• • •

Cuando Simón cumple seis años, la edad que tenía Isaí cuando quedó paralítico, Isaí tiene doce. Los muchachos son como uña y carne; comparten cuarto e incluso desarrollan un ritual de apretón de manos de buenas noches, y se entretienen el uno al otro con historias y bromas entre susurros. Su padre lleva a Isaí a la escuela hebrea cada día, y Simón va con ellos. No puede esperar a hacerse lo bastante grande y fuerte para llevar él mismo a su hermano Isaí. Se siente ferozmente leal y protector con su hermano mayor.

Cuando su padre vuelve a casarse, a Simón le agrada su elección de esposa. Simón e Isaí miran con felicidad la ceremonia de boda. Simón está de pie al lado de Isaí, que está sentado en una alfombrilla con sus piernas inertes estiradas. Cuando Simón se ve presionado a unirse al baile ritual del matrimonio con los otros muchachos, se detiene en mitad del baile y les indica que se acerquen donde está Isaí. Agarra una de las manos de su hermano, otro muchacho agarra la otra, y forman un círculo alrededor de él fingiendo bailar mientras Isaí permanece sentado, incluyéndolo en la actividad de la única forma posible.

En su casa, su madrastra demuestra ser un bálsamo para el padre de Simón, y también para su hermano y él. Además de ser una buena cocinera y cuidar bien de su esposo, parece que le caen bien los muchachos sinceramente. Simón e Isaí se acercan todavía más, pasando horas juntos cada día y conversando hasta quedarse dormidos en la noche. Uno de sus temas de conversación más comunes es la ocupación de la ciudad y cuán opresivos son los romanos con ellos y sus compatriotas judíos. Simón sueña, y también habla, acerca de que él hará algo al respecto algún día.

Cuando Simón cumple catorce años y es ya tan grande como su hermano, empuja por Hebrón en una carretilla a su hermano Isaí, que tiene ya veinte años. Van juntos a todas partes. Un día, mientras recorren las estrechas calles de la ciudad, se encuentran con soldados romanos molestando a ciudadanos; uno de ellos intenta zafarse y salir corriendo. Un centurión lanza al suelo al hombre y lo golpea sin piedad. Cuando el ciudadano está en el suelo, sin poder defenderse, el centurión lo patea.

Simón se siente indignado y furioso, pero también indefenso. Entrecierra sus ojos y jura hacer algo: algún día. Estaciona la carretilla de Isaí cerca de una pared y cruza al otro lado para conversar con amigos que conoce como rebeldes secretos. Ellos lo instan a unirse a su causa y le ofrecen un rollo escrito con instrucciones y planos. Él vacila y mira de nuevo a Isaí, quien menea negativamente su cabeza. Simón agarra el rollo.

Esa noche, antes de quedarse dormidos, conversan sobre el tema.

—Yo también los odio —dice Isaí—, y me enoja que nunca podré pelear contra ellos. Pero tú eres demasiado joven para hacerte zelote, Simón. Prométeme que no lo harás.

—Entrenan a personas de mi edad —dice Simón—. No puedo quedarme mirando y permitir que nuestro pueblo, sin mencionar a nuestra familia, sufra a manos de Roma.

Extiende su brazo por encima de la pequeña mesa que hay entre sus camas, y los hermanos comparten su apretón de manos ritual.

• • •

A Isaí le cuesta trabajo quedarse dormido, inquieto por la ira y la determinación que ve en los ojos de su hermano. Todos odian a los romanos, pero oponerse abiertamente a ellos, como hacen los zelotes, significa arriesgar la vida. A pesar de cuán feliz ha sido Isaí con su madrastra, sigue extrañando a su mamá y no puede imaginar perder a otro miembro de la familia. Además, necesita a Simón no solo a causa de la multitud de maneras en que le ayuda cada día, sino también porque se aman verdaderamente el uno al otro. Simón ha sido su compañero constante toda su vida, su mejor amigo.

En la mañana Isaí despierta lentamente, y no le sorprende que Simón ya se haya levantado. Es común que su hermano ayude a su madrastra a preparar el desayuno antes de regresar para levantar a Isaí. Pero ¿qué es eso? Hay un pequeño rollo sobre la cama de Simón. Isaí se estira hasta poder alcanzarlo y se acomoda de nuevo en su cama para abrirlo. Sus ojos se llenan de lágrimas al leer:

Mi querido hermano, cuando leas estas palabras estaré a medio camino hacia las montañas para unirme a los zelotes de la Cuarta Filosofía, en el espíritu de nuestro gran rey David, quien cantó: «El celo de tu casa me consume».

Y también de Sofonías: «He aquí, en aquel tiempo me ocuparé de todos tus opresores; salvaré a la coja y recogeré a la desterrada, y convertiré su vergüenza en alabanza y renombre en toda la tierra».

Isaí, cuanto tú te pongas de pie, sabré que el Mesías ha llegado. Pelearé por la libertad de Sion a fin de ver ese día.

Con el más profundo afecto, tu hermano Simón.

Capítulo 22

DESESPERACIÓN

Desde el día en que su querido hermano desapareció para unirse a los zelotes, Isaí cae en picado a un pozo de aflicción del que no puede salir. Se da cuenta más que nunca de cuán dependiente se ha vuelto de Simón. Su hermano no solo ha sido su medio de transporte, sino que los dos son más que hermanos. Son mejores amigos, confidentes, y hasta ahora inseparables; o eso creía Isaí. Su apretón de manos ritual en la noche no significa nada ahora, si Simón pudo abandonarlo.

Isaí conoce lo suficiente acerca de la Cuarta Filosofía para saber que los discípulos tienen prohibido mantener el contacto con sus familias. Deben entregarse por completo a la Orden para recibir un entrenamiento riguroso, el cual solo unos pocos escogidos soportan para llegar a ser miembros oficiales. Isaí ora que Simón esté entre la mayoría de reclutas que se retiran voluntariamente y regresan a sus vidas anteriores. Pero es consciente de que Simón, a pesar de su juventud, es un hombre decidido. Se había ejercitado y desarrollado músculo para poder servir a Isaí, mientras al mismo tiempo se enfurecía por la ocupación romana y se comprometía a rebelarse en la primera oportunidad que tuviera.

Para evitar que su padre, ya entrado en años, y su madrastra tengan que llevarlo a todas partes, Isaí se ve obligado a apoyarse incluso más en sus manos, antebrazos y codos desarrollados en exceso, que tienen callos por ir arrastrándose a todas partes. Siempre ha estado frustrado por su dolencia física, desde luego, pero su hermano lo había mantenido ocupado e involucrado.

Pero ahora, Isaí permite que se cuele la amargura. Se pregunta: *¿Por qué yo?*, y está resentido por tener que pedir ayuda a otros. Los amigos con quienes estaban Simón y él se cansan pronto de incluirlo en sus actividades, porque les supone una carga. Y cuando sí lo arrastran hasta donde él puede ver sus actividades, eso es lo único que puede hacer: observar.

Aunque sabe que su dilema no es culpa de su padre y su madrastra, Isaí no puede evitar desahogar con ellos su enojo. En lo profundo de su corazón sabe que, incluso un mensaje secreto de Simón, llegado del enclave de la Cuarta Filosofía en las cuevas escondidas, le daría la seguridad de seguir siendo amado y que su hermano seguía interesándose por él.

Pero no llega nada.

Isaí ve el dolor en sus padres, que intentan animarlo. Cada día se siente peor, inútil, sin esperanza. No puede imaginar un futuro más allá de la desesperación, y se resiste cuando lo llevan a la sinagoga cada *sabbat*.

Finalmente, su padre consigue que su propio hermano soltero, el tío Ram, viaje desde donde se ha establecido en Egipto y sea un asistente de Isaí permanente.

Bien avanzada una noche, Isaí escucha a su tío intentando persuadir a su padre para que lleve a Isaí al estanque de Betesda en Jerusalén, donde se dice que se producen sanidades milagrosas. Se cree que, de vez en cuando, un ángel agita las aguas, y la primera persona en meterse en el agua es sanada.

—Está cerca de la Puerta de las Ovejas, rodeado por cinco pórticos cubiertos…

—Sé dónde está, Ram —dice su padre, con un tono de disgusto—. Y sé lo que es: nada más que un altar para un culto. A nosotros los hebreos se nos prohíbe…

—¡Has intentado todo lo demás! —insiste Ram—. ¿Qué daño podría hacer? ¿Esperas que pase el resto de mi vida…?

—¡Pensé que estabas dispuesto! Y te estoy pagando por…

—No es suficiente.

Isaí no puede confiar en el tío Ram como podía confiar en Simón, y su tío no parece querer escuchar las quejas de Isaí. Pero toda esta idea del estanque de Betesda lo intriga, y en realidad le da esperanza.

Por lo tanto, traza un plan.

• • •

Mientras tanto, en las colinas a menos de treinta kilómetros de distancia de Hebrón, Simón ya se ha convertido en un aprendiz escogido. Con días largos y llenos de entrenamiento, está desarrollando músculo sobre músculo, y aprendiendo técnicas de ataque cuerpo a cuerpo ofensivas y defensivas que lo convierten rápidamente en un arma humana. En unos pocos años llega a ser hábil con las armas, hasta que finalmente le entregan su propia daga personalizada y lo reciben en la Orden como el miembro oficial más joven de los zelotes.

Pero también él ha estado sufriendo. Por una parte, nunca se ha sentido más como un hombre, imperturbable y comprometido. Detecta temor en los ojos de otros reclutas cuando les asignan luchar contra él, y siente que incluso los miembros maduros son cautelosos ante su feroz agresión. Y, sin embargo, no puede contener sus propias lágrimas en la noche porque extraña a su familia, principalmente a su hermano. ¿Ha hecho lo correcto al confiar en otros para que se ocupen de Isaí?

Nadie debe ver su emoción, o sospecharían de su determinación y su compromiso.

• • •

En su casa, Isaí se ha deteriorado hasta convertirse en un hombre afligido y amargado. Apenas habla con nadie de la familia, y tienen que obligarlo a levantarse de la cama cada mañana. Se permite a sí mismo moverse solamente hasta el río para sus ablaciones matutinas, y hasta la mesa para comer. Ha dejado de revolverse contra el viaje semanal hasta la sinagoga, pero ni siquiera finge tener interés en ello. Se resiste a cualquier intento de lograr que se integre en la sociedad.

Una noche, Isaí despierta suavemente a su tío.

—¿Qué harías por mí si te prometiera toda mi herencia tras la muerte de mi padre?

—¿De qué estás hablando?

—Ya sabes de lo que estoy hablando. Como primogénito, debo recibir...

—Lo sé, y como tu hermano ha dado la espalda a la familia...

—Tengo derecho a su parte también.

—Eso podría sumar mucho dinero, Isaí.

—Y puede ser todo tuyo.

—No me pidas que haga nada ilegal, ni que participe en nada que dañe a tu padre.

—No seas ridículo. Solo necesito que me lleves al estanque de Betesda. Y, a cambio de eso, te garantizaría por escrito que obtendrás mi herencia cuando Padre muera.

—Él nunca me perdonaría; pero podría sentirse aliviado si te marchas; no le causas otra cosa sino tristeza.

—¿Lo harás?

—Por supuesto, pero necesito que entiendas que no sería solo por el dinero. Creo verdaderamente que vale la pena intentarlo, pero no me atrevo a entrar en ese lugar. Los únicos judíos que tienen permitida la entrada son fariseos que vigilan allí.

—Llévame a la entrada, yo puedo abrirme camino hasta el borde del estanque.

—Pero ¿cómo te meterás en el estanque cuando las aguas sean agitadas?

—Déjame eso a mí. Encontraré la manera.

Capítulo 23

LA TAREA

El estanque de Betesda, Jerusalén

El tío Ram lleva a Isaí en la carretilla hasta la entrada y lo deja tumbado boca abajo, cargando en su espalda toda la comida que puede llevar y cubriéndolo con un grueso montón de mantas. Se despide de Isaí y le desea buena suerte, y le dice que intentará mantener el contacto. Isaí sabe que probablemente no volverá a ver a su tío nunca más, y tampoco a su propio padre, traicionado por Ram cuando accedió al ruego de Isaí de que lo llevara al estanque.

Está claro que el padre de Isaí nunca se enterará del trato que ellos han hecho, pero amenazó con desheredar a Isaí si se marchaba. El tío Ram quizá no obtendrá ninguna recompensa cuando fallezca su hermano. Isaí tampoco puede imaginar volver a ver nunca más a su hermano, Simón el zelote, ya que la Orden de la Cuarta Filosofía se opone tanto como los judíos a los orígenes en la magia negra del estanque.

Isaí está lleno de esperanza, emocionado al arrastrarse cuidadosa y dolorosamente hasta el borde del estanque sin que se le caiga su carga. Cuando las mantas se mueven, él intenta volver a acomodarlas en su lugar. Un pequeño grupo de personas aparentemente serviciales, la mayoría de ellas mujeres, se acerca y lo ayuda, dándole la bienvenida.

—No te hemos visto antes por aquí —dice una de ellas—. ¿Hay alguien contigo?

—No. Pero estaré aquí solamente el tiempo que tarde en ser sanado.

—Bien, si te quedas sin comida, llámanos. Cada día intentamos traer un poco de algo para todos.

—Dios les bendiga —dice él, esperando no necesitar nunca su ayuda.

Pero cuando se arrastra con destreza sobre sus hombros y encuentra un lugar cerca del borde del agua, el hedor del lugar le sobrepasa. Muchos de los hombres y las mujeres (los ciegos, los sordos, los mudos, los paralíticos) se ven y huelen como si hubieran estado allí por años. Uno pensaría que sus frecuentes zambullidas en el agua los mantendrían limpios en cierto modo; pero, desde luego, no hay ninguna razón para estar en el agua a menos que seas el primero en entrar.

Isaí se acomoda en su lugar y comienza a colocar las frutas, verduras y panes que espera que no necesitará por mucho tiempo. Entonces practica salir rápidamente de las mantas y situarse sobre el piso de piedra, sintiéndose lo bastante joven y fuerte para superar a cualquiera y llegar el primero al agua cuando sea agitada. Pero tras su tercera ronda de práctica, regresa a su lugar y descubre a diversas personas fugándose con su comida.

—¡Oigan! —grita—. ¡Eso es mío! ¡Déjenlo!

Ellos ignoran sus gritos y entregan la comida a sus seres queridos, que también esperan el movimiento del agua. ¿Qué puede hacer un hombre que prácticamente no tiene piernas?

Isaí está tumbado sobre su estómago, de cara al agua y listo para lanzarse ante el primer movimiento en el estanque.

—No sucede nada después del atardecer —le dice un hombre tumbado cerca de él—. Descansa para estar preparado al amanecer.

Isaí le da las gracias, pero no puede dormir. Le preocupa que haya más robos, pero principalmente está ansioso por mostrar su velocidad al resto de aquellos desafortunados. Ha terminado las prácticas de las carreras, pero ocasionalmente se empuja hacia arriba e intenta una primera maniobra sobre sus codos. Está seguro de sí mismo, preparado pero agotado, especialmente porque no duerme.

A la mañana siguiente, Isaí se come la poca comida que le dejaron los ladrones y se queda mirando fijamente al agua, intentando ni siquiera parpadear. El sol que se refleja en el agua del estanque le hace entrecerrar los ojos, pero está listo.

—¿Cuántas veces se agita el agua? —pregunta a quien está a su lado.

—Nunca lo sabemos. Lo hace el ángel. Ha sucedido hasta tres veces en un día, pero también podríamos pasar cuatro días sin que suceda nada.

Un pequeño grupo de fariseos mantiene las distancias, pero claramente están vigilantes.

—Buscan a judíos que no deberían estar aquí —dice el hombre—. Ignóralos.

—No te preocupes.

Isaí tiene los ojos cansados y lucha con todas sus fuerzas para evitar dormitar a medida que van pasando las horas en la mañana. No tenía ni idea de cuán incómodo sería estar el día entero sobre un piso de piedra, incluso con su grueso lecho de mantas.

De repente se produce una cacofonía, y con gruñidos y gritos, todos los enfermos y paralíticos gatean frenéticamente hacia el agua cuando se produce un burbujeo en el centro. Isaí sale disparado, y se desespera al darse cuenta de que está entre los últimos que logran acercarse hasta el borde. Hay decenas de personas que han corrido, se han sumergido o han sido lanzados al agua por sus seres queridos. Muchos pasaron sobre él pisoteándolo. No puede saber quién es el primero en llegar, pero parece que no son sanados, pues de otro modo lo estarían celebrando.

Pero sucederá en su caso, y él lo sabe. La próxima vez estará preparado. Se sitúa tan cerca del agua como puede, tan optimista como nunca. Incluso podría regresar a la sinagoga, a la Torá, a Dios, si lo logra.

• • •

Décadas después, Isaí está demacrado, mugriento de la cabeza a los pies, y su reflejo en el agua del estanque es el de un hombre cuyo cabello desaliñado y su barba descuidada están salpicados de canas. Ha intentado meterse en el agua cientos de veces, pero ni siquiera una vez estuvo entre los primeros doce. Y ahora es demasiado viejo, y está muy debilitado y frágil para seguir intentándolo. Nadie lo ha visitado ni siquiera una vez.

Subsiste con las frutas, verduras y pan duro que le dan por caridad. Hace mucho tiempo que los fariseos dejaron incluso de mirarlo dos veces. Su lecho está raído, desordenado y apestoso, y pasa la mayor parte de sus días tumbado, a menudo dormitando más que durmiendo cada noche. En más de una ocasión trata de ahogarse en mitad de la noche, sumergiendo su cabeza en el agua.

• • •

Las catacumbas del enclave de Jericó de la Cuarta Filosofía

A estas alturas, Simón es un zelote veterano, y es favorecido por su rabino y el liderazgo. Por fin llega el día en que es considerado para una tarea distinta a nada de lo que ha hecho antes. Lo consideran para desempeñar un papel para distraer y después asesinar a un magistrado romano en las calles de Jerusalén.

Simón y los otros conspiradores son llevados a una aldea recóndita cerca del mar Muerto, donde ensayan todo el episodio hasta que cada uno de los hombres conoce bien su papel. Simón debe cargar una canasta de fruta, chocar con un transeúnte y dejar caer su canasta mientras un hombre que discute con un mercader comienza a gritar y otro prende fuego a una carretilla llena de heno. Cuando el magistrado y sus guardaespaldas se sorprendan por el incendio, Simón debe atacar desde atrás, clavando su daga en el cuello del romano y susurrando a su oído «No hay otro Señor sino Dios» antes de rajarle la garganta.

Cuando Simón y los otros regresan al enclave, él recibe la noticia que ha enviado Menachem, el líder de la Orden. El rabino de Simón le hace una confidencia:

—Yo le dije que estás a la altura de la tarea, que eres tan ingenioso como dedicado, y que nunca me has fallado.

Simón se queda sorprendido y boquiabierto.

—Haz que me sienta orgulloso. Si Menachem da el visto bueno, lo haremos.

• • •

Campamento en las afueras de Jerusalén

Los discípulos de Jesús reúnen materiales para un pequeño proyecto de construcción. Mientras María Magdalena entrelaza flores con la madre de Jesús, dice:

—Nunca he estado en Jerusalén.

—¿De verdad? —pregunta la madre de Jesús—. ¿Cómo es posible?

—Mi padre nunca nos llevó a mí y a mi madre a las fiestas.

Juan, que está apilando ramas cerca de ellas, pregunta:

—¿Es esta tu primera Fiesta de los Tabernáculos?

—No —responde María Magdalena—. Es mi primera vez en Jerusalén.

Detrás de las mujeres, Tadeo, Felipe y Mateo trabajan en una rudimentaria estructura de madera.

—Un tabernáculo es una vivienda temporal —le dice Tadeo a Mateo.

—Es una tienda —añade Felipe.

Mateo parece ofendido.

—Sé lo que es un tabernáculo —dice. Entonces sonríe, claramente intentando hacer una broma—. Entonces qué, ¿tenemos que construir uno para comer?

Nadie responde.

—Estaba siendo gracioso —dice Mateo.

Felipe detiene su tarea para situarse frente a él.

—Dios dice que vivamos en una tienda por siete días durante esta fiesta para conmemorar que los hijos de Israel vivieron en cobijos temporales por cuarenta años en el desierto.

Mateo mira la construcción, en su mayor parte sin techo.

—Todavía es así.

Santiago el Grande interviene.

—Es una de las tres peregrinaciones, donde todo varón israelita apto viaja a Jerusalén y se presenta ante Adonai. ¿Realmente no sabes nada de estas cosas?

—Ya he admitido que no sé todo. No presté mucha atención. Sí recuerdo que mi padre solía irse tres veces al año.

María Magdalena tiene una pregunta.

—¿Por qué solo los hombres son quienes deben ir?

—Puede ser un viaje peligroso —dice Simón—. Difícil para los niños y los enfermos, personas que necesitan que los cuiden, pero no se le prohíbe a nadie. Yo he llevado a Edén muchas veces.

Andrés, que trabaja al lado de Tomás, se pincha un dedo con un espino.

—¡Ah! ¡Qué filoso! —exclama. Se mete el dedo en la boca.

—Bien —dice Simón—, necesito que alguien me acompañe a la ciudad. Natanael me dio una lista de suministros para esta obra maestra suya.

Andrés, todavía con el dedo en la boca, levanta su otra mano.

—¡Mmm! Escógeme —dice.

Simón entrecierra sus ojos.

—¡Escógeme, Simón! —dice Andrés, como si fuera un niño pequeño.

Simón asiente con la cabeza.

—Solo si dejas de hacer eso.

• • •

Las catacumbas del enclave

Simón el zelote visita en su inmensa oficina a Menachem, el líder de la Cuarta Filosofía, y se queda de pie en la entrada esperando a ser reconocido.

Menachem levanta la mirada de su trabajo.

—Entra.

Cuando Simón se acerca, Menachem señala al piso.

—Por favor —le dice.

Cuando Simón se quita su gorro y se arrodilla, el líder sale de detrás de su escritorio y se sitúa a su lado, sentándose en el piso con las piernas cruzadas. Simón batalla para controlar su pulso y su respiración. Nunca ha estado a solas con Menachem, y sabe que esa reunión es de suma importancia para su futuro.

Menachem parece estudiarlo, aunque sus ojos apenas si son visibles a la luz de las velas, profundos bajo su frente y enmarcados por un cabello negro y largo, y una barba que le llega hasta el pecho. Finalmente, el hombre habla.

—¿A quién sirves?

—El Shaddai. Dios de fuerza y poder. Dios de guerra.

—¿Cómo te llamas?

—Simón, hijo de Zabulón, hijo de Akiva de Ascalón. —Desearía poder añadir «hermano de Isaí», pero su querido hermano se ha convertido en una brizna de recuerdo.

—¿Para qué naciste?

Simón nunca se ha cansado de responder esa pregunta.

—Para limpiar a Israel de sus enemigos —dice con expresión imperturbable—. Para expulsar de Jerusalén a todos los no judíos, como demandan las Escrituras.

—¿Qué Escrituras?

—Del rollo de Moisés, Shemot: «El que ofrezca sacrificio a otro dios, que no sea solamente el Señor, será destruido».

Una pausa amenazante casi hace que Simón se pregunte si no ha recitado la cita textualmente, pero sabe que no es así.

—Viajarás a Jerusalén para la Fiesta de los Tabernáculos.

Eso no es ninguna noticia. Ha hecho eso cada año desde que se unió a los zelotes.

—¿Con la Orden?

Menachem sacude negativamente la cabeza.

—Dos días antes. Te irás a primera hora de la mañana. En Jerusalén, asesinarás a un enemigo de Dios.

Para eso se ha estado entrenando Simón.

—Al magistrado romano, Rufus.

—Tu hermano te encontrará en la ciudad.

¿Su hermano? Simón no ha mencionado el nombre de Isaí en todos los años que ha estado allí. Levanta la mirada.

—¿Mi… mi hermano? —dice.

—Un zelote de Jerusalén y su equipo. Ellos han estado siguiendo a Rufus. Cuando hayas sido informado de los movimientos del romano, tú liderarás el equipo.

—Sí, Maestro.

—Cumple tus órdenes, Simón de Zabulón, o no regreses nunca.

• • •

Mercado de Jerusalén

Samuel examina un callejón buscando algo, cualquier cosa, sobre la que pueda subirse para hablar a la gente. Cuando regresa con una caja para manzanas, su superior fariseo dice:

—No importa. Cualquier tipo de caja o cajón. Una piedra serviría.

—¿Una piedra, Yani? —dice Samuel incrédulo—. ¡Esta es una enseñanza pública!

—Escogí este mercado concretamente porque sirve a muchos pobres. Ellos tienen hambre de las palabras de un maestro; y probablemente te tienen miedo.

—¿Miedo? ¿De qué?

—Es la Ciudad Santa. Tú eres un fariseo. Relájate. Oremos. «Bendito eres tú, Señor nuestro Dios, Rey del universo, que otorgas cosas buenas a los indignos…».

—¿La *Birkat Hagomel*? Pero esa es la bendición para situaciones que amenazan la vida.

—Estarás bien. Este es el primer paso para ganar seguidores. Y cuando los tengas, tu mensaje tendrá un peso aún mayor en el Templo; para nosotros dos. Buena suerte. —Yani se da media vuelta para irse.

—¿Te marchas?

—Esta gente tiene hambre de la Palabra, y yo tengo hambre del desayuno. ¿Prefieres que oremos la *Ha'tov ve'hametiv*?

Samuel asiente con la cabeza y dicen al unísono: «Bendito eres tú, Señor nuestro Dios, Rey del universo, que eres bueno y haces lo bueno…».

Ya solo, Samuel se da cuenta de que nadie, ni compradores, vendedores ni viajeros, notan su presencia, aun con su ropaje y sus túnicas. Ya no está en Capernaúm. ¿Qué tendrá que hacer para ganarse los oídos de todos los visitantes que están ahí?

Capítulo 24

EL FARISEO

El estanque de Betesda

Isaí está ubicado más cerca del borde que nunca, decidido a ser el primero en notar el movimiento del agua. En cuanto comienza el borboteo, se arrastra hacia delante y, una vez más, es pisoteado en la estampida. Al final, se aleja arrastrándose.

—¿Estás bien, Isaí?— le pregunta su vecino.

—Sí.

—¿Te estás alejando del borde?

—Es inútil. Fue una idea tonta.

—¿No vas a intentarlo más? Mira, Isaí, si no tienes esperanza, entonces, ¿por qué sigues aquí?

Él agacha la cabeza. Se ha estado haciendo esa misma pregunta. Pero ¿dónde iría, y cómo llegaría allí? Su cuerpo destruido por lo menos está acostumbrado a la dura piedra, y el hedor de su cama ya no le repugna, como sí repugna a los demás. Los trabajadores de la caridad le lanzan las provisiones suficientes para poder subsistir, y ha demostrado que es incapaz de quitarse la vida. ¿Cuánto tiempo más puede sobrevivir? Su mejor deseo es morir mientras duerme. Tal vez Dios tendrá misericordia de él de ese modo, incluso si nunca se arrepiente de haberle dado la espalda.

• • •

Punto de control de la Puerta del Ágora, ciudad de Jerusalén

Cuatro cuerpos casi desnudos e hinchados cuelgan sin vida en horrendas cruces bajo el sol, y su sangre seca evidencia latigazos con látigos de nueve colas que los dejan irreconocibles. El pútrido hedor de la muerte atrae moscas y gusanos. Cerca, un hombre que grita es estirado y clavado a una cruz que será levantada e incrustada en un agujero, desgarrando aún más su carne mientras cuelga hasta que finalmente muere. Pese a que Simón el zelote ha sido entrenado para mantenerse imperturbable, incluso él mira de reojo a ese mensaje que es cualquier cosa menos sutil: ¡no hagan enojar a Roma!

Al acercarse a la muralla de la ciudad, Simón llega hasta un centurión que pregunta a cada persona que entra.

—¿Qué te trae a Jerusalén?

—La fiesta, la peregrinación.

—Llegas unos días antes.

—Tengo familia aquí.

—¿En qué distrito?

—Cerca de la Fortaleza Antonia.

El soldado lo examina de la cabeza a los pies.

—¿Llevas armas?

—No.

De todos modos, el hombre registra a Simón. Afortunadamente, cualquier cosa que necesite para su tarea le estará esperando dentro.

—Puedes irte.

El condenado cuya cruz están levantando sobre el agujero grita.

—¡No! ¡No!

—¿Cuál fue su delito? —pregunta Simón.

—Asesinato.

El asesinato debería ser fácil. Escapar de la ciudad no lo será. El riesgo que corre Simón ha quedado claro.

Mientras rodea al guardia para entrar por la puerta, un romano con ropas de civil que ha estado observando a Simón desde un puesto de fruta se acerca al guardia.

—¿Sí, Aticus? —dice el guardia.

Simón ha sido entrenado para reconocer a tales hombres: *Cohortes Urbanae*, un grupo policíaco de élite establecido por César Augusto para actuar como mariscales o soldados investigadores. Simón desaparece de la vista y se detiene para escuchar.

—¿Cómo te llamas, soldado?

—Linus Cilnius, señor —dice el hombre, pareciendo asombrado, petrificado.

—Linus —dice Aticus—, quiero que te tomes muy en serio tu siguiente tarea.

—¿Mi siguiente tarea, señor?

—La Fortaleza Antonia no es una zona residencial. Es un foro público. Ese hombre no tiene familia allí. ¿Entiendes?

Linus agacha su cabeza.

Aticus se dirige a otro oficial.

—Axius, envía a Linus Cilnius a casa y hazte cargo de este puesto de control.

• • •

Dentro de la ciudad

A Natanael le resulta interesante, como mínimo, haber sido obligado a diseñar un tabernáculo rudimentario para los discípulos fuera de Jerusalén y verlo realmente construido por sus nuevos amigos, todos ellos obreros profanos, en cuestión de horas. Se divierte ahora al haber recibido la tarea de comprar comida junto con Tomás, el exproveedor de comidas para bodas, que le resulta poco convencional.

Sus bolsas de arpillera están llenas de verduras y frutas. Tomás agarra una granada de su bolsa y la pone ante sus ojos mientras caminan.

—Ah, tengo mucha hambre. Es lo único que puedo hacer para no morder esto.

—Yo también tenía hambre —dice Natanael—, pero el vendedor tenía una mancha en su túnica que parecía vómito de bebé. Me dio asco.

—Lo sé. Te oí decirle eso.

—Sé paciente —dice Natanael—. No deberías comer ahora. Tus manos están sucias.

Tomás lo mira fijamente.

—Realmente no te callas nada, ¿no?

—Solo quiero ser útil. Quieres impresionar a Rema, ¿cierto?

—¿Qué?

A Natanael le divierte su sorpresa fingida, como si nadie supiera del interés de Tomás en ella.

—Me oíste —le dice.

Cuando salen de un pasadizo abovedado, se encuentran con un fariseo que habla a un pequeño grupo de personas.

—Sus profetas han visto visiones falsas y engañosas —anuncia—. No han expuesto su iniquidad para restaurar su suerte, sino que han visto para ustedes oráculos que son falsos y engañosos. Les digo, hermanos y hermanas, hijos de Adonai como yo, que debemos estar siempre en guardia contra los falsos profetas entre nosotros...

—¡Chis!

Al otro lado, Natanael ve a Mateo, fuera de la vista del orador, que los llama a él y a Tomás.

—...y que usan las palabras de Dios no para adorarlo a Él, no para glorificarlo, sino en busca de su propio poder.

—¿Qué estás haciendo? —exclama Tomás, y Mateo retrocede, pareciendo horrorizado ante la idea de ser expuesto y quedar a la vista.

El orador continúa hablando.

—A menudo pensamos en los falsos profetas...

Tomás se dirige a Natanael.

—Mateo es muy irritante.

—Tiene sentido —dice Natanael—. Tú te pareces a él. Todo son números y lógica. Excepto que él no sabe hacer bromas.

—¡Chicos! —susurra Mateo.

—Deberíamos ver qué quiere —dice Natanael, y se dirige hacia él mientras Tomás lo sigue.

—Ese fariseo nos conoce —dice Mateo—. Él no aprueba.

—¿A qué te refieres? —pregunta Tomás.

—Es Samuel, y solía vivir en Capernaúm. Una vez le gritó a nuestro Maestro.

—¿Ese tipo? —dice Natanael.

—¡Chitón! Pidió que lo arrestaran en la casa del padre de Santiago el Grande y Juan. Deberíamos irnos.

—¿A dónde? —dice Natanael—. El lugar de encuentro está a una cuadra.

—¿Cuáles son las probabilidades? —pregunta Tomás.

Mateo y Tomás comienzan a contar con sus dedos. Natanael sacude la cabeza.

—Ustedes dos realmente están calculando las probabilidades. Mira, Mateo, mantente fuera de su vista. Este fariseo no conoce nuestras caras, solo la tuya. Si vemos a los otros que él podría reconocer, los desviaremos, ¿sí?

Mateo asiente con su cabeza y se marcha mientras Natanael se queda con Tomás para escuchar a Samuel.

—Mañana en la noche comienza la Fiesta de los Tabernáculos —dice Samuel—. Más de un millón de judíos están llegando a nuestra ciudad en este momento desde cada rincón de Israel. Todos para guardar la fiesta, sí, pero algunos puede que traigan con ellos un plan. Algunos falsos maestros tal vez quieran aprovecharse de las multitudes para difundir sus herejías…

—¿Entiendes a lo que me refiero sobre Mateo y tú? —pregunta Natanael.

—Por favor, no hables —dice Tomás.

Capítulo 25

MEJOR

Jerusalén, en la noche

En la parte baja de la ciudad, tan alejado como podría estar de la Fortaleza Antonia, Simón el zelote se acerca a una casa. Bosqueja una sonrisa, pues le parece divertido que ahora le siga el mismo *Cohortes Urbana* al que había oído reprender al guardia. El hombre, a quien el guardia se había referido como Aticus, debe de pensar que es lo bastante furtivo y secreto para mantenerse invisible. Y podría serlo para cualquiera, excepto para un miembro de la Cuarta Filosofía.

Simón agacha un poco la cabeza para entrar en el pasadizo techado y llama a la puerta, siendo recibido a un pasaje secreto hacia un túnel que hay debajo de la calle. Segundos después, ha eludido a quien lo seguía y está de camino a otra entrada, a varias puertas de distancia de la casa en la que entró. Allí es recibido por un hombre silencioso que parece demasiado joven para ser un zelote, y menos aún para estar involucrado en un complot de asesinato.

—Itrán —lo saluda Simón, siguiéndolo hasta un cuarto trasero donde su compañero, Honi, se inclina sobre un mapa de la ciudad.

—Hemos seguido a Rufus por dos meses —dice Honi.

—Al final de cada *sabbat* va al Valeriano —dice Itrán—, su restaurante favorito en la parte alta de la ciudad.

—¿No sigue otros patrones? —pregunta Simón—. ¿No va regularmente a otros lugares?

—Va al Pretorio todos los días, por supuesto —dice Honi—, pero fuertemente custodiado. El restaurante está totalmente expuesto.

—Siempre tiene un guardia con él —añade Itrán—. Y cuando está con su esposa, dos guardias.

—Esta tradición del Yom Rishón es un problema —dice Simón—. Si las calles están vacías por el *sabbat* será más difícil crear una distracción, y un reto situarse en posición.

—El romano es inteligente al elegir el *sabbat* —dice Honi.

—Por supuesto —dice Simón—. Nunca subestimes al enemigo.

—Tenemos un aliado que tiene una tienda en la plaza —dice Itrán—. Podríamos guardar allí las armas y estar listos apenas termine el *sabbat*.

—Excelente. Y necesito una carretilla con paja seca.

Al salir de la casa, Simón divisa al romano, que está vigilando desde una plataforma elevada.

● ● ●

Campamento en Jerusalén

Los discípulos de Jesús pasan el día terminando la construcción de la *sucá* o choza dibujada por Natanael para la Fiesta de los Tabernáculos. Simón clava vigas de madera en lo alto mientras Tomás levanta cubiertas de tela y Natanael supervisa el trabajo. María Magdalena y Rema trenzan hojas de palma y flores, mientras los demás ayudan a María, la madre de Jesús, a preparar la comida para la cena de *sabbat* esa noche.

● ● ●

Parte alta de la ciudad

Mientras tanto, Simón y los otros dos zelotes, con ropas de jornaleros, adquieren y organizan todo lo que necesitan para la distracción que le dará a Simón la oportunidad de atacar a su presa. Ocultan armas y llevan una carretilla con paja a un callejón escondido, donde la mojan con un líquido pegajoso e inflamable. Todo tendrá que salir perfectamente, pero Simón el zelote se ha entrenado durante toda su vida adulta para eso, y está dispuesto a morir por la causa. Con el misterioso *Cohortes Urbana* haciéndole sombra, sigue estando dispuesto a cometer el asesinato, incluso si eso significa morir inmediatamente. No regresará a las catacumbas de la Cuarta Filosofía hasta que la tarea esté terminada.

• • •

El campamento

Justo antes de ponerse el sol, la rudimentaria *sucá* está adornada hermosamente, con velas colgantes encendidas y la mesa preparada con pan, vino y carne. Natanael pone el toque final a uno de los adornos que hay sobre su cabeza.

—¡Hecho! —proclama.

Todos, Jesús incluido, sonríen y aplauden.

—¡Mujer hacendosa! —dice Jesús.

—¿Quién la hallará? —responden todos los demás.

Ocupan sus lugares en la mesa y terminan las recitaciones del *sabbat*. A Mateo le preocupa la tienda misma.

—Con el debido respeto, Natanael —le dice—. Sé que eres un arquitecto experto, pero este techo de paja no evitará que entre la lluvia.

—Ese es el punto —dice Natanael, a unos asientos de distancia—. La vegetación da sombra durante el día.

—Y si se cuelan unas gotas de lluvia —añade María, la madre de Jesús—, es un recordatorio de nuestra dependencia de Dios, de su provisión y de cómo nuestro pueblo era tan vulnerable en el desierto y, sin embargo, Él nos condujo.

—Hubo un tiempo en mi vida, en mi vieja vida, cuando tenía que dormir a la intemperie —dice María Magdalena—. Este *es* un buen recordatorio de cómo fui librada de eso.

—Este tiempo de vivir en tiendas también iguala a las personas —dice Jesús—. Ricos o pobres, todos duermen afuera, como iguales.

—Pero seamos sinceros —dice Andrés, con un gesto indicando lo hermoso de su ubicación—. No todas las tiendas son hechas iguales.

Todos ríen.

—Sí, Natanael —dice Jesús—, la belleza de esta tienda es en sí misma un acto de adoración.

—Rabino —dice Santiago el Grande—, tengo una pregunta.

—¿Sí?

—En el profeta Zacarías está escrito: «Y sucederá que todo sobreviviente de todas las naciones que fueron contra Jerusalén subirán de año en año para adorar al Rey, Señor de los ejércitos, y para celebrar la Fiesta de los Tabernáculos».

—Espera —dice Tomás—. ¿Cómo?

—¿Zacarías dice eso? —pregunta Simón.

—Leen ese pasaje en la fiesta cada año —dice Andrés—. Solo que tú no prestas atención.

—Bueno —dice Simón—, hay muchas lecturas. Van casi todas juntas.

—¿Cuál es exactamente tu pregunta, Santiago? —dice Jesús.

—¿Un día nuestros enemigos celebrarán esta fiesta? ¿Con nosotros? ¿Babilonios? ¿Asirios?

—¡Los romanos! —añade Juan.

—¿Judíos y gentiles en esta mesa? ¿Qué tendría que ocurrir para que eso fuera posible?

—Algo tendrá que cambiar —responde Jesús.

—Pero las tiendas no significarán nada para ellos —dice Juan.

—Nosotros somos quienes vivieron en refugios temporales mientras vagábamos por el desierto —dice Santiago el Grande—. No ellos.

Jesús lo mira con intención.

—Todos han vagado por el desierto en algún momento.

Santiago el Grande asiente con la cabeza.

—Si todas las naciones vinieran para celebrar en Jerusalén, no habrá espacio suficiente, no por... —dice Mateo—. No les aburriré con los cálculos.

Felipe le sonríe y asiente.

—Creo que no será Jerusalén tal como la conocemos ahora —dice Jesús.

—Definitivamente no —añade Tomás.

—Pero si Zacarías lo profetizó —dice Rema—, se cumplirá, ¿no?

—Es que suena imposible —dice Tomás.

—Conozco un par de cosas sobre profecías que suenan imposibles —dice la madre de Jesús.

Eso deja en silencio a todos.

—¿Alguien tiene otras preguntas? —dice Jesús finalmente. Él y su madre comparten una mirada de complicidad.

• • •

Más avanzada esa noche, Jesús está sentado a solas al lado de la fogata cuando se acercan Simón y Juan.

—Hola, amigos —les dice—. Siéntense, por favor.

Ellos se sientan y se miran el uno al otro.

—Empieza tú, Juan —dice Simón.

—Rabino —dice Juan—, puede que tengamos un problema.

—Escucho.

—Samuel está aquí —espeta Simón.

—¿*Nuestro* Samuel?

—Hoy estaba en una esquina advirtiendo sobre… falsa profecía —dice Juan.

—Se refiere a ti, Rabino —dice Simón.

—¿Estás seguro?

—Sí, bueno, ha estado…

—Estoy bromeando, Simón —dice Jesús con un parpadeo—. Sé que se refiere a mí. Entonces, Samuel está en Jerusalén hablando sobre mí. —Hace una pausa—. Eso es incluso mejor.

—¿Mejor? —pregunta Juan ladeando su cabeza.

—Creo que veré a alguien dentro de la ciudad mañana. Pueden venir si quieren. Disfruto la compañía. Y traigan a Mateo. Será bueno para él.

Capítulo 26

EL ENCUENTRO

Pórtico de Salomón

Simón el zelote y otros colegas de la Orden en Jerusalén se reúnen en el Templo. Un sacerdote levita lee del rollo de Sofonías:

—«En su amor guardará silencio, se regocijará por ti con cantos de júbilo. Reuniré a los que se afligen por las fiestas señaladas, tuyos son, oh Sion, el oprobio del destierro es una carga para ellos. He aquí, en aquel tiempo me ocuparé de todos tus opresores…».

A Simón siempre le estremece la promesa de ese pasaje tan familiar.

—«…salvaré a la coja y recogeré a la desterrada…».

La coja. Eso sobrecoge a Simón como nunca antes. ¿Es posible que su hermano paralítico esté aún en el estanque de Betesda maldito?

—«…y convertiré su vergüenza en alabanza y renombre en toda la tierra».

De repente, Simón se siente impulsado a marcharse y descubrir por sí mismo si Isaí sigue estando en Jerusalén. Avanza hasta una cornisa del monte del Templo con vistas al punto de control del sureste, en la Puerta del Ágora, donde los criminales cuelgan en cruces. ¿Estará él ahí después de esta noche? Bien podría ser así. Debe ver a Isaí una última vez, por si acaso, sin tener en cuenta dónde lo lleve eso.

• • •

Camino de la Puerta del Ágora

Simón el discípulo camina hacia la ciudad con Jesús, Juan y Mateo.

—Entonces, Rabino, esta persona que necesitas ver, ¿la encontraremos en el Templo? —le pregunta.

—No, en realidad, lo opuesto. En el estanque de Betesda.

—¿En serio? —dice Juan.

—Ahí vamos —dice Jesús.

—Las cosas son cada vez más extrañas contigo, ¿cierto? Me encanta.

—¿Por qué es extraño? —pregunta Mateo.

—Porque la historia del estanque es pagana —responde Juan—. No sé mucho sobre los detalles. Santiago normalmente es quien sabe estas cosas, pero…

Simón interviene.

—Los estanques solían ser un altar al dios fenicio, mmm…

—Eshmún —dice Jesús.

—Cierto, cierto, y entonces los griegos y los romanos lo convirtieron en un lugar de adoración para un culto de sanidad de Asclepio.

—Muy bien, Simón —dice Jesús.

Juan lo mira con expresión de perplejidad.

—¿Cómo sabes todo eso?

—Santiago no es el único que lee, Juan. Deberías probarlo.

Jesús se ríe.

—Pero sí sé sobre el estanque —dice Juan—. Cada día salen vapores y el agua borbotea, y algunos creen que un ángel la agita y sana a la primera persona que se meta en el agua agitada.

—He leído sobre eso —dice Mateo—. Que hay lugares en la tierra donde un vapor caliente brota de la tierra intermitentemente, o hace hervir el agua, y nadie sabe cómo.

—Ah —dice Simón mirando a Jesús—. Yo no diría nadie. ¿Es por eso que vamos? ¿Nos vas a decir?

—Algún día, alguien lo descubrirá y se lo dirá a todos —dice Jesús—. Pero, por ahora, tenemos que pasar por un puesto de control. Todos compórtense.

Para Simón, Jesús parece agonizar al ver a los hombres muertos que cuelgan en cruces bajo el sol.

• • •

Un mercado en Jerusalén

El *Cohortes Urbana* tiene una cita. Para su consternación, su contacto se ve rico y magnífico.

—¿Podrías verte más romano? —reprende al hombre—. Te habría pedido encontrarnos en la plaza si hubiera sabido que aparecerías vestido como un senador.

—No me pagan para mezclarme y combinar —responde el hombre—. Soy Petronio, ¿y supongo que tú eres el *Cohortes Urbana*?

—Aticus Aemilius.

Petronio parece estudiarlo.

—Tu reputación te precede.

—Y por eso me reúno en callejones.

—Estás muy lejos de tu hogar.

—Voy donde está el trabajo.

—¿Y qué trabajo hay aquí para ti, Aticus?

—El magistrado. ¿Sorprendido? Algo en el calendario de Rufus lo ubica en una calle angosta en la parte alta de la ciudad, cerca de la plaza.

—El Valeriano. Es un restaurante. Rufus come allí cada sábado tras el *sabbat*.

—Ah, qué bien. Pero hay un asesino experto que quiere cancelar la reserva de Rufus.

—¿Qué?

—¿Nadie te enseñó nunca que tienes que mezclar las rutinas?

—¡Él es inflexible con eso!

Aticus no puede creerlo. ¿Esa es la lógica?

—Bien —dice con sarcasmo—. Está bien, no hagas cambios. Haz todo exactamente como planeaste.

—No, ¡no puedo arriesgar su vida! Ve y arresta al asesino.

—¿Sabes quiénes son los zelotes? —pregunta Aticus.

—Son extremistas. Rechazan…

—Son mártires con un complejo de persecución. Arrestarlo solo alimentará el fuego. Tortúralo y obtendrá un lugar más cerca de su dios. No, quiero matarlo, Petronio. En el acto mismo. Y después quiero ver a las ratas de sus amigos regresar huyendo a su nido con una historia que no puedan glorificar, que no puedan enseñar a la próxima clase de reclutas. ¿Y sabes por qué?

—¿Por qué?

—Porque simplemente fuimos mejores que ellos. Por eso. Roma ganó.

—Deberías ser un general —dice Petronio.

—¿Y qué diversión habría en eso?

—Bueno, vas a tener que explicar tu plan al magistrado y su esposa.

—Ella lo aprobará antes que él.

—Diez denarios a que no lo aprueba.

—No necesito el dinero —dice Aticus, y se aleja.

Desde la niñez, Aticus ha estado obsesionado con la justicia. Nada le satisfacía más que defender de los abusones a su hermana y su hermano pequeños. Unirse a la legión romana cuando era un adulto joven cumplió su sueño de toda la vida, pero no le satisfizo. Era un hombre ambicioso, y quería hacer algo más que simplemente defender Roma. Quería llegar a ser conocido por su vigilancia, su perspicacia y su habilidad. Aticus aprendió a ser el primero en ofrecerse voluntario, y para las misiones más peligrosas posibles. Ascendió rápidamente, y cuando César Augusto decidió crear un cuerpo policial para combatir a las pandillas itinerantes empleadas por varios partidos políticos, Aticus estuvo entre los primeros elegidos. Además de un salario más alto, pronto disfrutó de poder, prestigio y la atención del emperador mismo.

Ahora, en la plenitud de la vida y de su carrera, Aticus se había convertido en el adorado del gobierno, a quien se confiaban las tareas más selectas, y era libre para organizar sus propios planes y su calendario. Se sumergió en los detalles clandestinos de las órdenes secretas, principalmente de los zelotes, y vigilaba cada una de sus estrategias.

Eso le dio también libre entrada al resto de la población judía y a su extraño código de reglas antiguas. Justicia y avance propio podrían haber parecido incongruentes para muchos, pero así era la vida de Aticus. Ahora, si podía sacar a la luz la estratagema suprema y frustrar el complot de asesinato de los zelotes, podría matar dos pájaros de un tiro.

Capítulo 27

EL REENCUENTRO

El estanque de Betesda

Isaí se ha resignado a su destino. No puede calcular, ni tampoco desea hacerlo, cuántos años ha estado allí manteniendo la esperanza en que lograría de algún modo llegar hasta el agua antes que nadie. Pero incluso quienes tenían seres queridos que les ayudaban, no pudieron lograr eso. Son los ciegos, los sordos, los mudos, quienes tienen manos o brazos secos, quienes aún tienen piernas que se mueven y pueden superar a todos los demás para tener alguna esperanza de sanidad.

Extrañamente, aunque Isaí se forzó a sí mismo a creer en lo mágico, tiene que confesar que nunca ha visto nada milagroso. Ah, claro, están quienes se sumergen en el agua primero y salen saltando y gritando de alegría, y afirmando haberlo logrado. Pero, unos días después, regresan en el mismo estado. Aun así, nadie abandona la esperanza.

Excepto Isaí.

Pero eso se ha convertido en su vida. La plática ocasional con su vecino inválido. Unas sobras para comer, gracias a los voluntarios. Hace mucho tiempo que se acostumbró al hedor: heces humanas, úlceras que supuran, olor corporal, mal aliento apestoso, e incluso comida podrida. Sin embargo, Isaí sabe que el hedor sigue siendo penetrante porque los

171

visitantes cubren su nariz y su boca y encuentran motivos para quedarse allí solamente el tiempo que sea necesario, y no más.

Este día no es diferente. Pero, por alguna razón, Isaí siente un hormigueo de emoción anticipando el movimiento del agua. Eso siempre ha permanecido con él, a pesar de haber renunciado a beneficiarse de ello alguna vez. Permanece tumbado y casi catatónico cuando el agua borbotea. Tiene la curiosidad suficiente para ver quién gana la carrera; este día resulta ser una mujer, a quien dos jóvenes arrojan al agua. ¿Son sus hijos? Ella parece incapaz de abandonar el estanque por sí sola, de modo que ¿quién puede saber lo que se ha ganado, si es que se ha ganado algo?

Isaí se arrastra hasta donde puede sentarse al sol con su espalda recostada en un pilar de madera. Está tan sucio como siempre, con sus pies y piernas llenas de mugre, sus ropas hechas harapos y su áspero cabello y barba llenos de canas. Cansado, Isaí cierra sus ojos, anhelando poder dormitar aunque solo sea unos minutos. Dormir en la noche es poco frecuente, y todo menos reposado.

Una sombra bloquea el calor del sol, y abre sus ojos para ver a un joven bien vestido, con barba recortada, musculoso, y con una de sus rodillas en el piso.

—¿Isaí?

¿Quién lo conoce por su nombre?

—Soy tu hermano, Simón. ¿Me recuerdas?

—¿Simón? —Piensa que no puede ser.

Su vecino levanta su mirada.

—¿Tienes un hermano?

—El tío Ram me dijo en el funeral de Abba que podría encontrarte aquí.

Este hombre conoce el nombre de su tío, pero está claro que Abba no puede haberse ido. Isaí se ríe.

—¡Debes de tener treinta años! Tú no eres Simón.

—Tengo casi cuarenta, Isaí.

¿Realmente es él? Isaí ve el parecido físico. ¿Y si es verdad? Lo mira fijamente.

—He estado aquí por veinticinco años. —De repente, entiende algo—. ¿Haces la peregrinación todos los años?

—Sí.

—Y sabías que yo estaba aquí.

—Nuestra Orden prohíbe venir al estanque.

—¡Soy tu hermano!

—Este lugar es un culto pagano.

—¿Desde cuándo te molestan los cultos?

Simón se voltea, pareciendo asimilar la horrible escena.

—Estaba avergonzado... de ti. ¿Realmente crees en esto?

—¡Intenta vivir por treinta y ocho años sin piernas que se mueven —grita Isaí enfurecido— y entonces dime que no probarías cualquier cosa! ¿Por qué no viniste al menos una vez para llevarme al agua? Podrías haberlo intentado.

—No está en la naturaleza de nuestro Dios enfrentar a personas enfermas unas contra otras en un juego perverso. ¡No lo jugaré contigo!

—¿Y está en la naturaleza de nuestro Dios que sus hijos se maten unos a otros? ¿No tienes ningún respeto por el mandamiento de no tomar la vida de otro?

—Tú y yo, Isaí, conocemos las Escrituras: hay un tiempo para matar y un tiempo para sanar; un tiempo para derribar y un tiempo para construir. La tierra debe ser purgada.

—Entonces, ¿y nuestra familia, eh? ¿Debemos ser purgados también? Tú me abandonaste. ¡Nos abandonaste a todos!

—Te abandoné para salvarte.

—¿Acaso te parezco salvado?

Eso parece detener a Simón.

—No puedo creerlo —dice finalmente—. Estás peor de lo que solías estar.

—Mis piernas son las mismas que cuando te fuiste.

—No estoy hablando de tus piernas. Hablo de ti. Este lugar olvidado de Dios ha convertido a mi fuerte hermano en alguien sin esperanza.

—¿Y en qué debería tener esperanza tras todos estos años? ¿En ti y en tu grupo de asesinos?

—Isaí, ha sido horrible para mí verte sufrir en tu vida, y lo lamento. De veras que lo lamento. Pero ese no es el único tipo de dolor, y tú no eres el único que lo siente. Pero ¿sabes qué? Al menos yo estoy haciendo algo por el mío. No estoy sentado en una cama esperando morir.

Así que es eso. Isaí da un suspiro y aparta la mirada.

—¿Has dicho ya todo lo que necesitabas decir?

—Tengo que ir a la parte alta de la ciudad.

—Ah, está cerca. A menos de un kilómetro. Para mí, bien podría estar a mil kilómetros. —El problema es que Isaí sabe lo que Simón y los zelotes hacen en tales misiones. Por lo tanto, se convence para decir lo que piensa—. Sea quien sea, no lo hagas. No vale la pena. Si te agarran, ¡te matarán!

—No le tengo miedo a la muerte. —Simón hace una pausa—. Solo quería despedirme, porque no lo hice bien la primera vez. —Se pone de pie y se sacude la ropa—. De verdad te amo. Y amo a Dios. Adiós, Isaí.

Cuando Simón se da media vuelta para marcharse, Isaí saca un pedazo de pergamino casi deshecho y lee.

—«Cuando leas estas palabras estaré a medio camino hacia las montañas para unirme a los zelotes de la Cuarta Filosofía, en el espíritu de nuestro gran rey David, quien cantó: "El celo de tu casa me consume"».

—Mi nota —dice Simón, todavía de espaldas a él—. En ese tiempo era un mejor escritor.

—«Y también de Sofonías: "He aquí, en aquel tiempo me ocuparé de todos tus opresores; salvaré a la coja y recogeré a la desterrada, y convertiré su vergüenza en alabanza y renombre en toda la tierra".

Isaí, cuanto tú te pongas de pie, sabré que el Mesías ha llegado. Pelearé por la libertad de Sion a fin de ver ese día».

Simón finalmente se voltea para situarse de nuevo frente a Isaí.

—Mantengo lo que dije. Adiós, Isaí.

Isaí llora mientras su amado hermano se aleja.

Capítulo 28

«MÍRAME»

Una plaza en la parte alta de la ciudad

Todo está preparado en su lugar para la emboscada. Simón el zelote se mueve sigilosamente hasta donde su compatriota Itrán se esconde con la carretilla de paja inflamable. Simón está decidido a apartar de su mente, al menos durante el asesinato, todo vestigio de su solemne visita a su hermano. Isaí se veía muy mal, olía muy mal, y parecía totalmente derrotado.

Simón sabe que no se ha enfocado plenamente en la tarea que tiene entre manos cuando Itrán habla.

—No tenemos mucho tiempo. Oye. ¡Oye! ¿Qué te pasa?

—Nada. Estoy concentrado.

¿Cuánto tiempo ha pasado desde que mintió tan descaradamente? Se cambia de ropa rápidamente.

—Nuestros hombres están en posición —continúa Itrán—. Cuando veas a Rufus y a sus escoltas pasar por la entrada de la calle lateral… ¡Oye, concéntrate! Por la entrada de la calle lateral, tendrás treinta segundos para situarte en posición.

Simón se pone un gorro y acepta una daga de Itrán, la cual guarda en su costado debajo de su túnica. ¿Se convertirá en un asesino, como ha dicho Isaí? No, lo que va a hacer será justo. Estará haciendo lo que Dios quiere que haga: librar a esta supuesta Ciudad Santa al menos de un infiel. Agarra la canasta de fruta que planea dejar caer cuando tropiece con otro camarada para causar la primera distracción.

• • •

Simón de Capernaúm sigue a Jesús, Juan y Mateo hasta el estanque de Betesda, donde es bombardeado inmediatamente por los hedores tan horribles. El estanque en sí le recuerda los baños más pequeños que él y sus compatriotas judíos utilizan para los ritos de purificación.

—¿A esto se debe todo el alboroto? ¿Una *mikváh* gigante?

Se detienen en lo alto de los escalones de la entrada mientras Jesús parece asimilar toda la escena.

—Tengo la sensación de que no lo hemos visto todo aún —dice Juan.

Jesús desciende lentamente dos escalones y se detiene.

—Es él —dice.

—¿Quién? —pregunta Simón.

Hay muchos cuerpos dañados: quebrados, paralíticos, deformes, moribundos; hay muchas personas desesperadas y mezcladas en grupos sobre el piso de piedra, y todas ellas parecen mirar al agua. Jesús señala a un hombre deteriorado que está tumbado de costado sobre una cama asquerosa; sus manos sirven como sustituto de una almohada para sostener su cabeza.

—El que ha estado aquí por más tiempo… —A Simón le sorprende la tristeza y la compasión en el tono de voz de Jesús—. Pero no pertenece a este lugar. El que está triste.

Simón siente las miradas de Juan y Mateo mientras susurra:

—¿Por qué tengo la sensación de que esto no es solo una reunión? —Hace una pausa al ver a un grupo de cinco fariseos juntos cerca de una pared—. ¿Necesitamos estar alerta?

—No —dice Jesús—. Solo quédense conmigo y observen.

Jesús baja la escalera, pasando entre los afligidos que se quejan y tosen. Simón y Juan lo siguen, pero Simón observa que Mateo se ha quedado atrás, cubriéndose la boca y la nariz con un pañuelo. Finalmente, se une al resto.

Jesús asiente con la cabeza ante los fariseos al pasar por su lado, y todos ellos parecen observarlo cautelosamente. Ninguno hace el mismo gesto. Él se acerca al hombre que está tumbado.

—Shalom —le dice.

El hombre abre sus ojos.

—¿A mí?

—Sí. —Jesús le sonríe.

El hombre se mueve, tumbado aún.

—Shalom —responde con cautela.

—Tengo una pregunta para ti.

El hombre levanta sus cejas.

—¿Para mí? —Respira pesadamente mientras su vecino se apoya sobre su codo para ver lo que está sucediendo—. No tengo muchas respuestas, pero te escucho.

Jesús lo mira.

—¿Quieres ser sano?

A Simón le asombra lo que parece una pregunta ridícula, y no se sorprende cuando el hombre se le queda mirando fijamente.

—¿Quién eres tú? —responde el hombre.

—Hablaremos de eso después —dice Jesús—. Pero mi pregunta permanece.

El hombre se anima de repente y se incorpora, apoyando su espalda en un pilar de madera.

—¿Me llevarás hasta el agua? —pregunta.

Jesús menea negativamente su cabeza, y la sonrisa del hombre desaparece.

—Mira —le dice a Jesús con cansancio en su voz—, estoy teniendo un día muy malo.

—Has tenido un día malo por mucho tiempo. ¿Entonces...?

—Señor, no tengo a nadie que me ayude a llegar al agua cuando es agitada. Y cuando consigo acercarme, ¡los otros me adelantan! —Aparta la mirada con voz temblorosa—. Entonces...

Jesús se arrodilla frente al hombre.

—Mírame —le dice—. Mírame. Eso no es lo que pregunté. No te estoy preguntando quién te está ayudando, o quién no te está ayudando, o quién se interpone en tu camino. Estoy preguntando sobre ti.

El hombre comienza a sollozar.

—¡Lo he intentado!

Jesús asiente con la cabeza.

—Por mucho tiempo, lo sé. Y no quieres falsas esperanzas otra vez. Lo entiendo. Pero este estanque no tiene nada para ti. No significa nada, y lo sabes. Pero sigues aquí. ¿Por qué?

—No lo sé.

—No necesitas este estanque. Solo me necesitas a mí. Entonces, ¿quieres ser sano?

El hombre intenta forzar una sonrisa y asiente con la cabeza.

—Entonces —dice Jesús—, vamos. Levántate, toma tu cama y camina.

Simón no puede evitar una sonrisa mientras Juan saca su diario de su morral.

El hombre mira fijamente a Jesús, y la esperanza parece llegar a su semblante. Da un suspiro y golpea su muslo, y claramente siente algo. Se ríe con fuerza, mirando a su vecino y atrayendo la atención de los fariseos. Apoya sus manos en el piso y su espalda en el pilar y se levanta, riendo hasta llorar. Jesús sonríe. Simón apenas si puede contenerse mientras Juan escribe y Mateo mira con los ojos abiertos como platos.

Jesús se acerca al hombre, agarra su cara entre sus manos y le da un beso en la mejilla. Antes de alejarse, le da unas palmaditas en la cara.

—¿Quién…? —pregunta el hombre.

Simón se acerca mientras Jesús se aleja.

—Es tiempo de que camines, como él dijo. No olvides tu cama.

El hombre recoge los jirones de tela desgastados.

—¿Por qué importa esto?

—Porque no regresarás aquí —responde Simón—. Esa vida terminó. Todo cambia ahora.

El fariseo de mayor rango, Yani, se acerca.

—¡Tú! —grita, señalando al hombre—. ¡Es *sabbat*! ¿Qué estás haciendo?

—¿La Torá prohíbe cargar una cama en *sabbat*? —pregunta Mateo.

—No la Torá —musita Juan, que todavía escribe—. La tradición oral.

—Sí —dice Yani, girándose hacia Juan—. Transportar objetos de un dominio a otro viola el *sabbat*.

—El hombre que me sanó…

Juan se sitúa frente a Yani.

—¿No entiendes lo que sucedió? ¿Por qué intentas que esto sea sobre el *sabbat*?

—…él me dijo: «Toma tu cama y camina».

—¿Quién lo hizo? ¿Quién te dijo eso?

—¡Él lo hizo! —dice el hombre, señalando. Pero Jesús ya se ha ido—. No lo sé. No me dijo su nombre.

—No, claro que no —dice Yani—. Él realiza un truco de magia ¡y te dice que cometas un pecado! Un falso profeta. Reportaré sobre esto.

—¡Reporta todo lo que quieras! ¡Estoy parado sobre mis dos piernas! —Se apresura a marcharse cargando su cama, y entonces da media vuelta—. Lo siento, necesito encontrar a mi hermano.

Capítulo 29

LA TRAMPA

Parte alta de la ciudad

A medida que cae la oscuridad de la noche, marcando el final del *sabbat*, Simón el zelote se ubica rápidamente en su lugar. En cualquier momento, Rufus y su esposa, Octavia, se dirigirán al Valeriano para su cena acostumbrada del sábado. Con su canasta de fruta y vestido con ropas ordinarias, Simón se mezcla con el escaso número de personas que hay en la plaza, pues la ciudad aún no tiene el bullicio que sigue al *sabbat*.

Un oficial romano y un guardaespaldas salen de un callejón, y parecen examinar la zona. Asienten a alguien que está fuera de la vista, y el magistrado Rufus y su esposa aparecen vestidos con ropas finas, agarrados de la mano y con sus cabezas cubiertas por capuchas.

Aunque van cuidadosamente escoltados, es el momento: ahora o nunca. Simón establece contacto visual con sus compañeros, uno que actuará como vendedor y el otro como un cliente enojado, tal como han ensayado decenas de veces. Cuando Itrán, vestido como un jornalero, empuje la carretilla de paja por la plaza, Simón debe tropezar con él y dejar caer la canasta de fruta. Así que procede.

Simón camina hacia él y choca, y la fruta sale volando, rodando por la calle. Mientras se disculpa profusamente y se agacha para recogerla, el vendedor y el cliente discuten con más fuerza, y el magistrado y su esposa lo notan. Simón se prepara. Todo descansa en esto, y finalmente tiene la mente clara. El momento es perfecto.

—¿Crees que soy un tonto? —grita el cliente enojado—. ¿Piensas que no sé la diferencia entre oro y latón? ¡Te maldigo a ti, a tu familia, a tus hijos y a los hijos de tus hijos! Y cuando ellos tengan hijos, ¡los maldigo a ellos también! ¡Eres un imbécil! ¡Estafador! ¡Te destruiré a ti, a tu familia y a tus hijos!

El magistrado y su esposa se acercan; parecen recelosos, con sus ojos puestos en la discusión. Simón agarra su daga a escondidas, listo para abalanzarse, cuando Itrán prende la paja.

—¡Fuego! —grita el cliente.

Pero cuando Simón está a punto de arremeter contra el magistrado, pasa por allí cerca su hermano Isaí, cargando su cama. ¿Qué? ¿Cómo es posible? Simón recuerda su voto, habiendo prometido creer que el Mesías ha llegado si alguna vez ve a Isaí sano. Mientras su hermano camina y desaparece de su vista, Simón vuelve a mirar a su presa, solo para descubrir que no es Rufus: ¡tiene un sustituto! Mientras el guardia aleja a Octavia, Aticus, el *Cohortes Urbana* que lo siguió el otro día, se baja la capucha y agarra su propia arma.

Simón se levanta lentamente. Se defenderá si es necesario, pero tiene que llegar hasta su hermano.

—¿Isaí? —susurra, y sale corriendo dejando que sus compañeros escapen como puedan.

Gira por una esquina y encuentra a Isaí, que se aleja caminando. Isaí se da media vuelta y ve a Simón, deja caer su cama y señala sus piernas, comenzando un baile que hace que los dos se rían con fuerza. Se abrazan, pero Simón se aparta rápidamente, sabiendo que debe huir o morir a manos de Aticus.

• • •

Simón, Juan y Mateo alcanzan a Jesús cuando él sale por la Puerta del Ágora.

—¡Fue estupendo! —exclama Simón riendo—. ¡Gracias por dejarme ver eso!

—Gracias por estar conmigo —dice Jesús.

—Bueno —añade Juan—, los fariseos estaban bastante molestos.

—Eso fue casi tan divertido de ver como el milagro —dice Simón.

—Esta semana será divertida, ¿eh? —dice Juan.

—Tengo una pregunta, Rabino.

—¿Sí, Mateo?

—Esperar treinta minutos más no le habría importado a ese hombre. ¿Por qué lo hiciste en *sabbat*?

Jesús se detiene y se sitúa frente a los tres.

—Algunas veces hay que agitar las aguas —responde.

PARTE 5
Espíritu

Capítulo 30

EL
INTERROGATORIO

Zona rural entre Jerusalén y Jericó

A María de Magdala le encanta la compañía de quienes ella considera su nueva familia, alegrándose en silencio en una vida tan diferente a su pasado. Sus llamados amigos desde no hace tanto tiempo estaban tan desesperados como ella por meramente existir, sobrevivir, tranquilizándose con alcohol y actividades carnales, malgastando sus escasos recursos. María celebra interiormente su nueva existencia, libre de horribles dolores de cabeza, demonios, maldiciones y breves descansos logrados mediante fiestas, juego y bebida.

Seguir al hombre que la ha redimido y la ha llamado por su nombre, su verdadero nombre, le produce una alegría indescriptible. Aunque el camino es largo y el viaje agotador, ¡cómo disfruta al cenar con un grupo totalmente nuevo de conocidos! Bueno, no totalmente nuevo. Ya había visto a los pescadores (Simón y su hermano Andrés, y Santiago el Grande y su hermano Juan) en El Martillo, la taberna que ella frecuentaba. Pero aunque ellos bebían un poco y jugaban un poco, eran conocidos como hombres devotos, judíos observantes. Y ella había observado a Mateo, el recaudador de impuestos, pero lo evitaba; sus ingresos eran tan escasos que no merecía que él la persiguiera.

Pero estos hombres ahora siguen todos a Jesús y, como ella, abandonaron sus vidas anteriores. Nadie puede expresar claramente qué causó que hicieran eso. Fue Jesús, desde luego, y cuando fue revelada su identidad y demostrada una y otra vez, todo cobró sentido. Ese hombre podía atravesarte con la mirada y ver tu alma. Él te conocía, realmente te conocía, y cuando él los llamó, ellos le siguieron; fin de la historia.

Incluso cuando los hombres riñen, y algunas veces algo peor, pareciendo que van a llegar a las manos, ella se siente privilegiada por estar entre ellos. Todos la tratan con respeto, con deferencia. Cuidan de ella. No la miran con deseo, como hacían muchos en el pasado. Ah, quizá Mateo sí lo hace; un pretendiente tan improbable con sus preciosas manías y su dulce espíritu, a pesar de lo que lo acusan todos los demás y de lo que algunos todavía tienen contra él.

María tiene que admitir que, algunas veces, disfruta al alejarse del grupo. Como mujer, no se refieren a ella como uno de los discípulos de Jesús y, sin embargo, él claramente la trata como tal. Ella no entiende por qué no se permite a una persona de su género estudiar la Torá desde niña o asistir a la escuela hebrea. Pero está claro que Jesús le muestra honra y la trata con la misma compasión que muestra a cualquiera de los hombres. Incluso la alienta a estudiar las Escrituras y la insta a ayudar a la joven Rema en esa misma tarea. El precioso Mateo ha sido muy útil con eso.

Cuán distintas parecen las cosas hoy cuando ella pone la excusa de ir sola a buscar fruta. Lleva con ella una canasta y unos pedazos de pergamino en los que ha escrito las breves escrituras que Mateo y ella están intentando memorizar y enseñar a Rema.

Pronunciar una bendición sobre los árboles frutales le recuerda su niñez y a su querido padre, un hombre amoroso y devoto que a menudo le enseñaba pasajes para memorizar. Cómo atesora el hecho de que su pueblo haya aprendido a alabar a Dios por cada detalle de su existencia diaria. Mientras recoge la fruta, echa un vistazo a sus notas y recita: «Bendito eres tú, Señor nuestro Dios, Rey del universo, a cuyo mundo no le falta nada y quien hizo las criaturas maravillosas y los árboles buenos, mediante los cuales complace a los hijos de Adán».

Huele un caqui, cuyo olor es delicioso, pero por el otro lado parece blando y se ve que está podrido. María lo descarta y se acerca a otro árbol, consultando de nuevo sus notas. «Si subo a los cielos, tú estás ahí. Si establezco mi cama en las profundidades, tú estás ahí». Se fuerza a sí misma a apartar la mirada del pergamino y recitar el pasaje de memoria.

Pero cuando llega a la segunda frase, el ruido de pezuñas en el camino cercano la distrae. Ve que aparece un soldado romano montado a caballo, y su brillante ropaje color rojo contrasta con las hierbas del campo, los árboles y el cielo. En un instante, María es transportada a su adolescencia, cuando otro militar como ese la acosó, la persiguió y la forzó a entrar en un callejón, donde hizo lo que quiso con ella.

De repente, apenas si puede respirar. Deja caer su canasta y corre a ocultarse detrás de un árbol. Mientras mira entre las ramas, asombrada por el recuerdo del trauma y cómo la abruma ahora, se acerca a él otro soldado galopando desde el otro lado. Desesperada por mantenerse escondida y que no la vean, María se cubre la boca para silenciar sus sollozos, arruga el pergamino y lo lanza al suelo.

Los soldados se alejan trotando en direcciones opuestas.

• • •

La Cámara de los Aceites, atrios del Templo de Jerusalén

Isaí ha sido convocado para hablar con dos líderes fariseos. Normalmente eso le aterraría; sin embargo, ahora meramente demuestra que él ya no es invisible. Ha caminado, saltado y corrido por toda la ciudad desde que fue sanado, contándole a todo el mundo lo que sucedió. Está más que feliz de contárselo a ellos dos también.

El fariseo que lo había confrontado en el *sabbat* por cargar su cama ha traído con él a otro hombre santo del Sanedrín, Samuel, y parece que Yani intenta mostrarle cómo interrogar agresivamente a Isaí.

—¿Te dijo su nombre?

—Justo hoy, en realidad. —Isaí camina de un lado a otro sin poder reprimir su sonrisa—. ¡Jesús!

—Jesús ¿qué? ¿De dónde?

—Su linaje —añade Samuel—. Su origen.

—¿Debería saber también cuál es su comida favorita? Me dijo su nombre, y eso es todo. —Isaí continúa caminando de un lado a otro y brinca sobre los dedos de sus pies.

—Había un millón de judíos aquí para la fiesta —dice Yani—, y miles llamados Jesús.

—¡Isaí! —dice Samuel—. ¡Deja de caminar!

—Con el debido respeto, Rabino, he estado quieto por treinta y ocho años.

—Dinos exactamente qué te dijo —dice Yani—. ¡Otra vez!

Isaí los mira furioso.

—Me encontró de nuevo hoy más temprano y me dijo que me fuera y no pecara más; que el resultado del pecado es mucho peor que estar paralítico.

—Y que recogieras tu cama —dice Yani.

—Cuando me sanó, sí.

—¿Había alguien más con él?

—Eh, ¿tres hombres? Uno tomaba notas. Otro me dijo algunas palabras cuando Jesús desapareció. ¡Apenas si oí nada! ¡Mis piernas!

—¡Isaí! —dice Samuel.

—El otro dijo algo. Pero cuando usted terminó de gritarme, todos se habían ido.

—¡Piensa! —dice Samuel—. ¿Qué más te dijo hoy?

—Creo que iban a ver al primo de Jesús.

Samuel se dirige a Yani.

—Era él. Era Jesús de Nazaret.

—¿Nazaret? —dice Isaí sonriendo.

• • •

Aticus, el *Cohortes Urbana*, observa que el hombre sanado sale del Templo, pues lo ha seguido sigilosamente hasta su reunión con los fariseos. Agarra una manzana de un puesto de venta y se mezcla con la gente cerca de las escalinatas del Templo.

• • •

Cuando Isaí sale a la luz del sol, no puede dejar de mirar sus piernas y sus pies, que se mueven perfectamente, y tampoco puede dejar de sonreír. ¿Se acostumbrará alguna vez a eso? Espera que no.

Alguien lo llama por su nombre. Él se da media vuelta. Es un romano, claramente, pero va vestido con ropas comunes.

—¿Sí? ¿Cómo conoces mi nombre?

El hombre está mordisqueando una manzana. Mira a Isaí de arriba abajo.

—Entonces, ¿es cierto? Estás de pie.

Isaí se muestra receloso. Piensa que se comportó bien con Yani y Samuel, pero ahora ¿se enfrenta al gobierno?

—¿Eres romano?

—¿Me traiciona mi acento?

—Ya le dije al Sanedrín todo lo que sé.

El hombre se ríe.

—Nací romano, sí, pero soy solo un hombre. Tenía que verlo con mis propios ojos. —Se acerca más y susurra—. Creo que fue un milagro.

Isaí se emociona.

—Yo sé que lo fue.

El hombre pone su mano sobre el hombro de Isaí.

—Ah, te cambió la vida, ¿eh? Pero es algo prohibido. Debes querer gritarlo desde los terrados.

—¡Claro que sí!

—¿Tienes al menos a alguien cercano con quien compartir la buena noticia? ¿Amigos? ¿Familia?

—Me encontré con mi hermano casi inmediatamente después de salir del estanque.

—Increíble —dice el hombre sonriendo—. ¿Y qué pensó él?

Isaí se muestra vacilante. ¿Qué pensó su hermano? Creyó que era de Dios, que era una prueba... pero ¿decirle eso a un romano?

—Es seguro —dice el hombre—. Isaí, puedes contármelo.

Isaí lo piensa. Finalmente, se acerca un poco y habla en voz baja.

—Él cree que el hombre responsable tiene que ser nuestro Mesías. —Se miran el uno al otro, e Isaí muestra una gran sonrisa. El hombre sonríe.

—¿Mesías?

—¡Sí!

—Extraordinario.

A Aticus no le cuesta mucho parecer sincero porque, de hecho, *sí* que cree que el milagro es extraordinario, sin mencionar la sincera creencia de muchos judíos en que este predicador podría ser su Mesías profetizado. Habiendo jurado defender a cualquier costo el imperio, y en particular al emperador, Aticus sabe que el nazareno debe morir, o como mínimo ser expuesto como un fraude.

Sin embargo, Jesús no parece estar engañando a nadie.

Capítulo 31

LO DEMONÍACO

Campamento personal de Simón el zelote

Simón extraña la camaradería de sus compañeros, los años de entrenamiento, la hermandad. Desterrado de las catacumbas por no haber asesinado al magistrado Rufus, no le importa pasar tiempo en soledad. Por mucho tiempo ha estado en una forma física perfecta, y sus rutinas diarias son necesarias para mantenerse así. Un cuerpo tonificado es parte de una existencia espiritual sana y satisfactoria. Atiende su fogata, se arrodilla cerca de ella y entonces levanta sus manos. «Mi Dios, el alma que pusiste en mí es pura. Tú la creaste, tú la formaste y tú la soplaste en mí. Tú la preservas dentro de mí y la restaurarás».

Simón se pone de pie y se aleja unos pasos del fuego, comenzando sus ejercicios inspirando y expirando profundamente, y después con soplos rápidos. Vigorizado, y con su cuerpo calentándose lentamente, realiza una serie de ejercicios precisos, plantando sus pies y lanzando sus puños alternativamente. Se defiende con su daga, golpeando con fuerza a un lado y a otro, imaginando enemigos que no tienen ninguna opción contra la maestría y el dominio de su cuerpo. Salta y golpea, y parece desafiar la gravedad para una audiencia compuesta solo por Dios.

Cuando termina, se pone su túnica y asa al fuego la carne de un ave y de animales pequeños. Simón come mientras mueve las ascuas.

Sopla sobre las llamas, pensando en su futuro. ¿Alguna vez volverá a ser recibido en la Orden? ¿Quién creería su reporte? Había sido distraído por la sanidad milagrosa de su hermano, que hizo cobrar vida al voto de Simón de que, si alguna vez veía a Isaí parado sobre sus pies, creería que el Mesías había llegado. Isaí cree que quien lo sanó fue ciertamente el Mesías mismo.

Pero aunque Simón hubiera realizado su tarea en lugar de dejar solos a sus camaradas para que se pusieran a salvo, estaba claro que el complot había sido descubierto y que, después de todo, Rufus no era quien estaba allí. Aticus había ocupado su lugar, preparado para matar a Simón antes de que este pudiera completar su misión.

Eso también se le achacaría a Simón: el hecho de no haber eliminado esa amenaza cuando detectó por primera vez a Aticus siguiéndolo por la ciudad. Así que no, quizá ya no hay un futuro para él entre los zelotes. Pero, seguramente, un hombre cuyo cuerpo mismo es una máquina de matar que vive y respira será útil para alguien. Convertirse en un mercenario nunca ha sido ni siquiera una tentación, pero tendrá que hacer algo para sobrevivir.

Agachado delante del fuego y sintiéndose físicamente bien pero en conflicto mentalmente, se sobresalta al oír un aullido en la distancia. ¿Un animal? ¿Podría tener la fortuna de aumentar su provisión de carne?

El sonido parece acercarse, y Simón saca su arma y busca dónde ocultarse, preferiblemente en contra del viento para que, lo que sea, no pueda olerlo y escapar. El olor a comida, fuego y humo tal vez le atraiga, pero él debe ocultarse. Se escabulle rápidamente subiéndose a un árbol, observando, escuchando. Los sonidos originales no parecían humanos, pero ahora unos gruñidos y gritos le hacen cambiar de opinión.

Un hombre vestido con ropas andrajosas está a la vista, y cada paso que da parece insoportable. Nada de comida, pero Simón está intrigado. Con curiosidad, se baja del árbol sin hacer ruido, sacando su arma y caminando detrás del hombre, escondiéndose en un árbol detrás de otro.

De repente, el hombre se detiene sin darse la vuelta.

—Puede olerte, así que yo puedo olerte —dice el hombre torturado. Se voltea hacia Simón, quien avanza hacia él agachado. Ese hombre no será ninguna amenaza—. No te acerques más —dice el hombre, señalando.

—¿Cómo supiste que te seguía?

—El demonio que me posee lo sabía. ¡Por favor! ¡Por favor! ¡Te hará daño!

—Eso no será fácil.

Claramente, el hombre y el demonio no tienen ni idea de con quién están hablando. El hombre cae de rodillas, y su rostro está lleno de desesperación.

—Si puedes matarme, ¡hazlo!

—¿Eres romano?

—No.

—¿Recaudador de impuestos?

—¡Por favor! —exclama el hombre, agachando su cabeza y sollozando.

Mala suerte, porque matar a un romano o a un recaudador de impuestos podría hacerse sin remordimientos. Pero este pobre hombre… Simón se relaja.

—Tu cuerpo es temporal. El demonio seguirá, pasará por los lugares secos y encontrará a otra persona. Si eres lo bastante fuerte para tener momentos de lucidez, está más seguro en ti. —Simón mete su daga en la funda—. Hasta que puedas encontrar a alguien que te ayude de verdad, Dios te bendiga.

Se da media vuelta para marcharse, pero el hombre gatea hacia delante, temblando. Se sube las mangas para mostrar profundas cicatrices de cortes en sus antebrazos.

—¡Él hace que me corte!

A Simón le gustaría poder ayudar; pero también ve la ironía.

—¿Creerías que esto no es lo más extraño que me ha sucedido esta semana?

El hombre gruñe, se atraganta, tose.

—Hay un olor en ti. Algo repugnante.

Eso es un cumplido, viniendo de un demonio.

—Ayer le di un abrazo de despedida a mi hermano al final de la fiesta. Estuvo sentado en un charco de su propias…

—¿Él es una persona santa?

—No lo fue por mucho tiempo.

El hombre mira con furia a Simón.

—Tiene un mal presentimiento sobre ti.

Simón asiente con la cabeza y sonríe.

—Gracias.

• • •

La ribera del río Jordán

Simón y su hermano Andrés caminan con Jesús y Felipe, alerta para encontrar a Juan el Bautista.

—Dijo que después de la fiesta podríamos encontrarlo cerca del Jordán en las afueras de Jericó —dice Andrés.

—Pasamos Jericó hace un rato ya —dice Simón.

—*Cerca* es un término relativo —dice Jesús.

—Juan nunca está donde uno espera que esté —afirma Felipe.

Un hombre que parece loco salta gritando desde detrás de un arbusto, y Simón casi se cae de espaldas, echando mano a su cuchillo mientras Jesús ríe con fuerza.

Andrés se apresura a abrazar a su antiguo rabino: un hombre escuálido que viste pieles de animales y tiene una barba desaliñada. Se dan mutuamente golpecitos en la espalda.

Juan el Raro, piensa Simón.

—Ven aquí —dice Jesús, y el Bautista le da un abrazo.

—Hola, primo —dice Juan—. Oí sobre el escándalo en el estanque. ¡Me *encanta*!

—Supuse que así sería.

—Te perseguirán muy duro por eso.

—Ah, que lo hagan. Veo que sigues sin comer carne, ¿no?

—Así es, mucha molestia.

—Piel y huesos —dice Jesús.

—Escucha —dice Juan—, no tenemos mucho tiempo.

—¿*Tiempo*? —dice Felipe.

—Dejé al resto de mis seguidores en Jericó para predicar el arrepentimiento. Tengo que regresar a Jerusalén.

—*¿Jerusalén?* —dice Jesús.

—Todos acabamos de estar allá —dice Andrés.

—*¿No escucharon las noticias?*

—*¿Cuáles?* —pregunta Simón.

—Herodes se divorció de Fasaelis y se casará con Herodías, la exesposa de su hermano. Alguien tiene que confrontarlos por esa inmundicia.

Jesús parece estudiar a Juan. Después se dirige al resto.

—Hombres buenos, ¿me permiten un momento con mi primo?

Capítulo 32

LA LECCIÓN

Campamento en Jericó

María de Magdala está sentada frente a Rema en una tienda abierta. La joven hija del viñatero tuvo el primer encuentro con Jesús en la boda en Caná. María le está enseñando a leer y escribir para que puedan aprender la Torá juntas. Comprueba que Rema es una estudiante deseosa y brillante, y desea ayudarla rápidamente. Las dos se han beneficiado de la ayuda y el interés de Mateo, pues él también expresó su carencia en su aprendizaje escritural, y ha estado consultando a Felipe sobre la mejor manera para remediar eso.

Mientras las mujeres leen con atención un pasaje que Mateo ha copiado meticulosamente en pergamino para ellas, María es consciente de que la mirada del exrecaudador de impuestos está posada en ella desde el otro lado. Tomás y él están cortando verduras, pues han quedado encargados de preparar la comida mientras los demás están fuera haciendo recados para Jesús. Ella sabe que Tomás tiene ojos solo para Rema, pero el precioso y tímido Mateo está claramente enamorado de María. Ella se siente halagada, aunque su afecto por él es estrictamente de hermana. Desea secretamente que Jesús haga algo con respecto al modo despreciable en que los otros lo tratan.

Sí, no hay manera de negar que él usó y abusó de su propia raza, poniéndose al lado de los romanos para cobrarles impuestos hasta dejarlos en la pobreza mientras se llenaba sus propios bolsillos. Pero ¿acaso todos los seguidores escogidos de Jesús no tienen pasados que lamentan? Ella sin duda lo tiene. María, sin embargo, ve a Mateo simplemente como un alma tímida, insegura de cómo poder manejar su nueva etapa en la vida: su existencia perdonada, restaurada y redimida.

Hoy resulta ser uno de esos días en los que ella siente el peso de su pasado. No niega en lo más mínimo que Jesús la transformó milagrosamente, y hasta ahora, eso la ha llenado de una dicha inexpresable. Pero también hay algo que le preocupa. Ella no tuvo nada que ver con ese cambio. Por años estuvo corriendo hacia una dirección horrible, incluso ocultándose tras un alias, cuando él la llamó por su verdadero nombre, la libró de sus demonios y la escogió para seguirlo a él.

Ella llegó a creer sinceramente, como han hecho todos los otros, que él es verdaderamente el Mesías profetizado; pero, de alguna forma, eso la hace sentir todavía más indigna de su compasión, su interés, su amor. Tal vez sumergirse en las Escrituras la ayudará a darle sentido a todo. Mientras tanto, su sensación de indignidad amenaza con robarle esa alegría del principio. Y eso la distrae.

Rema, mientras tanto, parece llena de entusiasmo con respecto a esta dirección totalmente nueva en su vida. Aunque está claro que extraña su hogar y a su familia, también está claramente enamorada de Tomás y anticipa un futuro con él. Y cualquier nostalgia parece haberse desvanecido a la luz de la aventura de seguir a Jesús. No es que sea fácil. Las mujeres y todos los discípulos mencionan a menudo la batalla de su existencia diaria ahora: trabajando todo el día, eso parece, para establecer y deshacer campamentos, encontrar comida para todos y caminar. ¡Ah, la caminata! Simplemente seguir a Jesús a aldeas, pueblos, ciudades o zonas rurales aleatorias demuestra ser una experiencia difícil. Pero lo que sucede en esos lugares, verlo a él sanar, oírlo predicar y enseñar, parece asegurarles a todos que él es quien afirma ser.

Rema toma notas sobre una tableta de cera que le ha dado Mateo a la vez que pronuncia lentamente, tentativamente, el texto que tiene delante:

—«Oh, Adonai, Dios mío, en ti…». —Se atasca en la siguiente palabra.

—La raíz está en estos tres caracteres —dice María señalando—: *het, samek, heh*.

—Para... buscar... refugio. —Rema lo intenta, levantando su mirada en busca de aprobación.

María asiente con su cabeza.

—Pero no hay *heh* —añade Rema.

—Está contenido en los caracteres finales.

—*¡Oh! ¿Por qué hace eso?*

A María le encanta que Rema quiera hacer algo más que simplemente aprender por repetición.

—Bueno —le dice—, los caracteres finales son, pues, los que definen la acción como... ah, no puedo recordar la regla.

—Ah, está bien.

—No, es realmente frustrante —dice María, alarmada ante su propia impaciencia—. La conozco.

Rema deja a un lado su pluma.

—Descansemos un poco.

—*¡No!* —Avergonzada por su arrebato, María da un sorbo de agua de una copa—. Lo siento.

Rema parece mirarla con compasión y perdón, pero también parece cohibida. Dirige su atención de nuevo al pergamino, y sigue leyendo.

—«...de mis perseguidores y me libra, no sea que corten un león...».

—*Desgarren*, no *corten* —dice María, frustrada de nuevo consigo misma, volviendo a dar un sorbo y sabiendo que se ve tensa y nerviosa. *¿Qué me pasa?*—. Y observa que el león no está *siendo* desgarrado, está *realizando* el desgarro. La *caph* es la pista de eso.

—No sea que, como un león, ellos desgarren...

• • •

Cortar pepinos se ha convertido en una nueva tarea para Mateo, algo que intenta dominar mientras está al lado de Tomás, que está haciendo lo mismo. Para Tomás, eso es pan comido, al haber trabajado en proveer comida para bodas. Pero, por años, Mateo tuvo personas que hacían tales tareas domésticas. Aun así, intenta hacerlo lo mejor posible, y no siente que está por encima de esa tarea. Le alegra hacerla, pero desearía poder hacerlo tan fácilmente como Tomás. ¿Cuánto tiempo debe necesitar alguien para llegar a ser tan competente y diestro? Se siente desprotegido y evidente, y las miradas de desdén de Tomás no pasan desapercibidas para él.

Mateo mantiene su mirada en la interacción entre María y Rema, lo cual hace que su tarea sea mucho más difícil. Observa que Tomás también asimila la escena de la enseñanza.

—Algo no va bien —dice Mateo.

—No podría estar más de acuerdo —dice Tomás.

—*¿Tú también ves cuán frustrada está María? Cuando necesita una pausa para calmarse, bebe un sorbo de agua.*

—No —dice Tomás—. Me refiero a quedarme aquí contigo mientras todos los demás están cortando leña o haciendo otras cosas.

Mateo se toma su comentario literalmente, como hace con todo.

—Natanael dijo que necesita más postes para la nueva tienda.

—*¡Lo sé!*

—Dijeron que nosotros somos más aptos para ocuparnos de la comida.

—*¡Sí, Mateo! Yo estaba ahí. A esto me refiero.* — Ahora corta enojado.

Mateo se angustia por saber por qué todos lo tratan de ese modo. Normalmente lo ignoraría, fingiendo no escuchar o no entender; pero se obliga a sí mismo a hablar.

—*¿Es porque era recaudador de impuestos?*

—*¿Tú eras recaudador de impuestos?*

Ahora se está burlando de mí.

—Ya lo sabías.

—Creo que eres arrogante.

¿Arrogante? Mateo se ríe con fuerza y después se pone serio.

—No creo que tengas razón. Soy muy humilde.

Tomás se detiene y lo mira fijamente.

—*¡Presumes de tu humildad!*

¿Lo hago? ¡Lo hago!

—Y sí, es porque eras recaudador de impuestos. ¿Y por qué miras tanto a Rema?

¿A Rema?

—*¡No la miro!*

—Reúnes pasajes de la Torá para ella, le regalas tus tabletas.

—*¡Son fáciles de conseguir!*

—*¿Te gusta ella?*

¡No es Rema! Mateo batalla para encontrar las palabras. ¿Se atreverá a decir quién le gusta?

—Puedes ser muy ilógico cuando te exaltas —es lo único que puede pronunciar.

Se voltea y regresa a su trabajo, deseando poder cavar un hoyo en la tierra y meterse en él.

• • •

Simón el zelote, sin tener nada más en lo que ocupar su tiempo, sigue al endemoniado desde cierta distancia, preguntándose a dónde podría ir y lo que podría hacer. Simón se mueve silenciosamente entre los arbustos, pero pierde de vista al hombre. Se sube a un árbol, sabiendo que el hombre poseído no puede estar lejos; pero ¿qué es eso? Cierto tipo de campamento construido con rapidez para varias personas, aunque en ese momento solo están allí unas pocas. Dos hombres, vestidos inapropiadamente para esa zona pero con ropas que han visto mejores días, están de pie cortando verduras. Una joven está sentada a solas ante una mesa en una tienda al otro lado, y otra mujer de más edad, aunque no mucha, camina de un lado a otro afuera, y parece angustiada.

Simón divisa al endemoniado a pocos pies de distancia, agachado al lado de un árbol. Entonces pisotea con fuerza gruñendo, gritando, enardecido por algo. El zelote permanece en lo alto del árbol. ¿Es consciente el hombre de cuán cerca está de ese campamento, sea de lo que sea? Eso debería ser obvio enseguida.

Capítulo 33

LA CONVERSACIÓN

La ribera del río Jordán

Juan el Bautista está sentado con Jesús sobre un tronco de cara al agua. ¡Cómo ama a su primo! Y qué privilegio haber sido escogido para dar testimonio de que Jesús es la Luz de Dios y dedicar su vida a persuadir a todos para que crean. Juan es muy consciente de que él mismo no es esa Luz; él es solo un hombre pecador, después de todo. Pero su único propósito es dar testimonio de esa Luz.

A pesar de saber exactamente quién es Jesús, Juan no puede negar que los dos parecen tener enfoques totalmente diferentes para alcanzar los corazones de hombres y mujeres. Jesús sana y enseña. Juan declara juicio, llama a la gente al arrepentimiento, los bautiza en agua. Lejos está de él cuestionar a Jesús y el enfoque del Padre, pues eso sería una necedad, pero algunas veces se hace preguntas y se siente frustrado porque Jesús no parece adoptar una postura más fuerte y firme contra ciertas cosas.

La expresión de preocupación de Jesús cuando Juan planteó el tema de las infidelidades del rey era obvia. Y ahora Juan intenta explicarlo.

—Está en el libro de Moisés: «Si un hombre toma la mujer de su hermano, es inmundicia. Ha descubierto la desnudez de su hermano; y no tendrán hijos».

—Entiendo que es en contra de la Ley de Moisés —dice Jesús—, pero estoy aquí para propósitos mayores que el quebrantamiento de las reglas.

—*¿Minimizas el incesto? ¿Qué parte de la Ley de Moisés puede ser minimizada?*

—Hablaré de todo esto. No estoy listo para entrar en los detalles.

Juan comprende que está replicando al Hijo de Dios mismo, pero continúa:

—Parece que no estás listo para entrar en los detalles de muchas cosas. Por ejemplo...

—No cambies de tema, primo —le dice Jesús—. La vida romántica de los gobernantes ha sido y siempre será un tema muy fascinante para la gente. Quedó cubierto con detalle en la Torá. No veo por qué sientes la necesidad de enfocarte en eso ahora.

—Es un rey satélite, o tetrarca, o lo que sea. Es uno de nosotros, y es ilícito. No le tengo miedo. Puede que no sea tan malo como su padre, pero sigue siendo malo. Iré directo hasta su corte y se lo diré a la cara. A mis seguidores les encantará.

Jesús aparta la mirada y después vuelve a mirarlo.

—Ya sabes cómo terminará eso, ¿no?

Juan se encoge de hombros.

—Me arrestan todo el tiempo. Es lo que hacen los radicales. Estaré bien. Herodes me tiene miedo. La gente me considera un profeta. Algunos dicen que el mismo Elías.

—Bueno, quizá no *el mismo* Elías —Jesús se ríe—, pero los dos conocemos la semejanza de tu labor.

—¿La conocemos? Porque comienzo a preguntarme por qué vas tan despacio. Por qué siempre huyes después de hacer milagros. Dime, ¿por qué siempre te vas a lugares solitarios?

—Necesito soledad. Estoy trabajando en algo. Un sermón. Uno grande.

—Oh —dice Juan mientras examina su rostro—, eres de los que planean. —Sonríe—. Yo siempre digo lo primero que viene a mi mente, en la predicación y en la vida.

Jesús asiente con la cabeza y sonríe.

—Lo recuerdo desde que comenzaste a hablar... Y oí lo de ese comentario sobre «generación de víboras». Eso tuvo clase. ¿Sabes cómo dicen los poetas que nacen las víboras?

—*¡Sí! Nacen dentro de sus madres y las devoran mientras salen, matando a sus madres en el proceso. Pensé que era una buena frase.*

—Sí, pero nadie quiere ser acusado de matar a su *ima*.

—Sí, bueno, no estoy aquí para hacer amistad con los líderes religiosos. Y a juzgar por lo que hiciste en el *sabbat*, tú tampoco. —Juan hace una pausa mientras Jesús aparta la mirada—. ¿Realmente serás amable con esas personas?

—Supongo que no. —Extiende su mano para tocar la de Juan—. Solo ten cuidado.

—Ahora no es el momento para ser cuidadoso. Has estado aquí por treinta años…

Jesús da un suspiro.

—David fue pastor —dice—, y estuvo en el desierto huyendo por treinta años antes de llegar a ser rey.

—Sí, y después gobernó por cuarenta años, mató a mucha gente, cometió errores horribles y murió en la cama con una adolescente que no era su esposa.

—Tal vez no es la mejor analogía —dice Jesús—, pero además, ella solo estaba allí para darle calor.

—Lo sé, y sé a lo que te refieres, pero lo que digo es que tomar tanto tiempo, contando todas esas historias, debo confesar que estoy ansioso porque vayas al grano.

—Mira —le dice Jesús—, contaré historias que tendrán sentido para algunas personas, pero no para otras. Y así es como será.

Juan da un suspiro.

—Lo entiendo. No es que yo esté predicando historias para niños tampoco. —Dirige su mirada al agua y finalmente continúa—. Se está haciendo realidad, ¿cierto? Todo para lo que nos hemos preparado.

Jesús asiente con la cabeza.

—Así es.

—O sea, siempre ha sido real, pero una cosa es predicarlo y oír la profecía de mi *abba* cuando era pequeño y el canto de tu *ima*. Pero es duro cuando se hace realidad, ¿no? ¿Te sientes preparado?

—Siempre estoy preparado para hacer la voluntad de mi Padre. Pero eso no hace que sea fácil. —Jesús parece triste, cargado.

Juan se siente mal.

—Escucha —dice Juan—, antes fui grosero contigo, pero es solo porque nos conocemos mucho y puedo bromear un poco. Pero sabes que mi corazón es tuyo. Mi vida es tuya. La única razón por la que fui concebido milagrosamente por dos personas de edad avanzada fue para preparar el camino para ti. Solo estoy impaciente por que comiences a trabajar.

Jesús sonríe con poca energía y pone su mano sobre el hombro de Juan.

—Entiendo. Y estoy agradecido por tu labor. Has hecho la obra de Dios, aunque de una forma singular.

—Culpable de los cargos —dice Juan, y entonces piensa algo mejor—. Tal vez mala elección de palabras.

—Tal vez —dice Jesús, y ambos comparten una sonrisa.

Capítulo 34

TERROR

Campamento de los discípulos

María Magdalena no comprende qué le ha sucedido. Desde el día en que Jesús la llamó por su nombre y la libró de su tormento, el cambio ha sido tan claro y tan radical que ella no puede negarlo. Había sido transformada en un instante, de ser una mujer quebrantada, agotada e, incluso para ella misma, de poco valor, a ser una mujer en paz y satisfecha. Todo el mundo lo ha notado.

Sigue siendo una mujer sin medios de los que se pueda hablar, pero incluso las ropas más sencillas y limpias, que no son nuevas ni tampoco sofisticadas, en cierto modo la hacen lucir bien, la hacen resplandecer. Quizá sea su sonrisa, que había sido muy poco frecuente por muchos años, y la ausencia de miedo y de premonición en su aspecto. Sea lo que sea, ella siente la diferencia. Le gusta la persona en que se ha convertido.

¿Quién habría pensado que pasar de arañar una existencia escasa en el Distrito Rojo a llegar a ser una vagabunda que sigue a un predicador controvertido demostraría ser cualquier tipo de mejora? Pero, por supuesto, Jesús es mucho más que solo un predicador. Ella ha llegado a conocerlo como el Hijo de Dios mismo, el Mesías que su pueblo ha anhelado por tanto tiempo.

Eso hace que las nuevas dificultades valgan la pena. No le gusta nada cuando los discípulos riñen, desde luego, y tampoco le gustan las punzadas ocasionales causadas por el hambre que llegan con este tipo de estilo de vida. Pero ¡cómo valora a sus nuevos amigos, y cómo ama a Jesús!

Los amigos que *él* escogió la divierten y la confunden. Desde simples pescadores a discípulos de su primo, un arquitecto, un proveedor de comida, un recaudador de impuestos… No son personas perfectas en lo más mínimo, y sin ninguna duda, ella encaja en la misma categoría.

Hoy, su distracción e incluso su arrebato de impaciencia la alarma. ¿Demuestra eso que su nueva vida es fingida, que ella no califica, que no pertenece? Tal vez ha disfrutado de la novedad de todo ello por tanto tiempo que se ha vuelto complaciente. Lo último que quiere es sentir ni siquiera un vestigio de intrusión de lo que antes era.

Con su copa de agua en la mano mientras camina de un lado a otro, María se persuade a sí misma para mirar hacia fuera, pensar en otros, dejar de ser tan introspectiva. Vuelve a entrar en la tienda y se sienta enfrente de Rema.

—*¿Cómo vas?*

La sonrisa de Rema le hace parecer cohibida.

—Es mucho trabajo. ¿Qué edad tenías cuando aprendiste todo esto?

La pregunta misma transporta a María hasta su querido *abba* y cómo él la quería.

—Era joven. Creo que es más fácil aprender cuando eres niño, pero yo tuve un mejor maestro que tú. —Antes de que Rema pueda objetar, María continúa—. Disculpa… por lo de antes.

—No te preocupes.

—Solo me siento, bueno… —Quiere decir *distraída*, pero no quiere entrar en un tema que tendrá que explicar. María no quiere plantar ninguna duda en la mente de Rema cuando la joven es incluso más nueva sobre Jesús y todo lo demás—. No sé.

Decide ser clara, arriesgarse a ser vulnerable. Aunque no sea por otra cosa, puede evitar que Rema la idolatre. Sin duda, ella no merece eso.

—Yo —continúa María—, esta mañana vi a un romano a caballo cuando estaba recogiendo caquis.

Rema parece alarmada.

—*¿Te interrogó?*

—No. Ni siquiera me vio. Pero solo verlo me hizo… me llenó de…

—María se estremece—. Solté mi canasta y corrí —su voz titubea—. Ignoré por completo las oraciones que tenía en mis manos. —Menea su cabeza, afligida, decepcionada consigo misma.

—Esto es difícil —dice Rema—. No solo las lecturas.

—*¿Quieres intentarlo de nuevo?*

Rema asiente con la cabeza.

María siente algo. La rodea una sensación que no había sentido desde… antes. Comienza a sentir dolor detrás de los ojos. Pone su mano en su frente y exhala con fuerza. No puede evitar un grito ahogado.

Rema levanta la mirada rápidamente.

—*¿Qué te pasa? ¡María!*

Un chillido horrible en la distancia aterra a María.

—*¿Qué es eso?* —pregunta Rema.

• • •

Al otro lado, Mateo ha hecho lo mismo que Tomás y estruja un limón sobre las rodajas de pepino que cortó.

—*¿Escu… escuchaste…?*

El chillido se convierte en un gruñido gutural y después en un grito.

—Escuché *eso* —dice Tomás, agarrando su gran cuchillo de pelar. Mateo agarra un cacillo muy grande y hace un gesto ante Tomás, encogiéndose de hombros.

El sonido de los gruñidos suena más cerca.

—*¡María y Rema!* —grita Mateo.

Las mujeres salen de la tienda; parecen petrificadas.

—*¿Están bien?* —pregunta Mateo.

María se queda paralizada. Rema da un grito cuando divisan a un hombre con barba y ropas andrajosas. Tomás muestra su cuchillo. El hombre se voltea y se sitúa frente a Tomás y Mateo. Permanecen cerca e inmóviles.

—*¡Ese olor!* —sisea el hombre mostrando sus dientes, con los ojos desencajados—. ¡Está en todos ustedes, pero peor! ¡Putrefacto!

Mateo da un paso al frente con el cacillo en la mano.

—*¡No te acerques más!*

El hombre lo mira con desdén y avanza mientras llegan Santiago el Joven y Natanael. Para asombro de Mateo, María se sitúa directamente delante del hombre. Parece pálida y horrorizada, y le ordena:

—*¡Detente!*

—*¡María!* —exclama Mateo.

—*¿Lilith?* —dice el hombre gruñendo.

Ella lo mira a los ojos.

—No respondo a ese nombre.

—Ellos me hablaron de ti —susurra él con la voz ronca.

—*¿Lo hicieron?* —dice ella.

—Todos, los siete.

Ella lo mira fijamente.

—Mi nombre es María. Siempre fue María.

—Ah —dice él, y su aliento es como vaho en invierno—, las historias que contaban.

Se acerca un poco más, riendo entre dientes.

—Estás asustada —le sigue diciendo.

Ella no solo no da un paso atrás, sino que también se acerca a él.

—*¿Cómo te llamas?*

—Belial —responde él—, engendro de Oriax, quinto caballero de Legión.

Ella menea negativamente su cabeza.

—*¿Cuál es tu nombre real?*

Él hace muecas y se atraganta.

—Ese olor —dice—. ¡Está en todos ustedes!

—*¿Cómo te llamaba tu madre?*

Él se agarra la garganta, gruñe y parece intentar responder.

—Ca… Ca… —Finalmente se detiene y sonríe—. Casi, pero no lo puedo decir.

Él comienza a reír.

—Por favor, di tu nombre.

Entonces arremete contra ella, pero Simón el zelote lo derriba, lo lanza al suelo y desenfunda su daga.

—Vete.

El hombre se pone a cuatro patas, respirando con dificultad y sonriendo como un loco. Simón mira a sus espaldas para asegurarse de que los demás están bien, y el hombre se pone de pie de un salto y lo ataca, logrando que suelte la daga y luchando con el zelote hasta arrojarlo al suelo. Mientras Simón busca su arma desesperadamente, el hombre gruñe y resopla, agarrando con sus manos el cuello de Simón y apretándolo con todas sus fuerzas.

Cuando los ojos del zelote casi sobresalen y le falta la respiración, llega Jesús. Corre tan rápido como puede por delante de Andrés, Simón, Juan el Bautista y Felipe.

—*¡Fuera! ¡Sal de él!* —grita Jesús.

El hombre poseído suelta a Simón mientras su cuerpo se pone rígido y se ahoga. Se desploma al lado del zelote y entonces comienza a sollozar. Simón se aleja de él rápidamente, tosiendo.

Juan el Bautista levanta su puño.

—*¡Sí!* —grita.

Jesús se arrodilla y voltea al desconocido, que sigue llorando.

—Está bien —le dice Jesús—. Bienvenido de regreso.

El hombre lo mira fijamente y con tristeza.

—Lo sé —añade Jesús—. Parecía que nunca terminaría. ¿Cómo te llamas?

El hombre esboza una sonrisa.

—Caleb.

—Bien, ya terminó. —Acaricia la mejilla del hombre—. Levántate, Caleb.

Ayuda al hombre a levantarse y le da un abrazo.

Mientras tanto, Juan el Bautista parece examinar al otro desconocido, y ladea su cabeza.

—*¿Cuándo escogiste al zelote?* —dice, extendiendo una mano para ayudarlo a levantarse—. Soy Juan.

Simón el pescador se dirige al zelote.

—*¿Quién eres?* —le pregunta.

—Simón —dice el zelote.

—*¿Sí?* —responde Simón.

—Nos detendremos ahí —dice Jesús—. Los dos se llaman Simón.

El zelote se queda mirando fijamente a Jesús.

—*¿Sanaste a mi hermano en Jerusalén, Rabino?*

—Sí.

—Entonces tú eres…

—Sí.

—¿Y dónde están tus…?

—Están aquí.

El zelote los mira a todos; parece dudoso. Unos pocos hombres rudos, pero la mayoría de ellos un grupo desaliñado de hombres pequeños y un par de mujeres.

—*¿No son los temibles guerreros que imaginaste a mi lado cuando estabas en las catacumbas?*

El zelote recoge su elaborada daga de sicario y la introduce otra vez en su funda. Parece quedarse sin palabras al ver que Jesús sabe dónde se entrenaba.

—Y hay más, pero ahora no están aquí —dice Jesús—. Vamos a caminar, Simón, hijo de Zabulón.

Jesús se voltea hacia su gente.

—Muchachos —les dice a Santiago el Joven y Natanael, indicando con la cabeza al hombre liberado—, atiendan sus heridas. Tomás, dale algo de comer. Rema, comprueba cómo está María, por favor.

Capítulo 35

INVESTIGACIÓN FORMAL

Templo de Jerusalén, en la sala de estudio Bet Midrash

El fariseo Yani está casi entusiasmado por lo que ha podido decirle a Samuel sobre lo que sucedió en el estanque de Betesda. Samuel llenó un reporte oficial para el Sanedrín, y ahora están de pie ante un administrador de nivel medio.

El hombre no se levanta para recibirlos; en cambio, aprieta los labios y levanta una ceja, como para indicarles que sigan con lo que sea eso, pues él está ocupado.

Samuel se aclara la garganta y habla sin detenerse.

—Necesitamos actualizar un reporte que enviamos la semana pasada sobre un hombre que hizo un milagro en *sabbat* y entonces le dijo a la persona sanada que cometiera un pecado. Y una adenda uniendo este reporte a mi petición original.

—Espera —dice el hombre—. Más lento. ¿Qué cambió en tu reporte?

—¡Tenemos un nombre! —exclama Yani.

—Se conoce al infractor —añade Samuel.

El clérigo da un suspiro que muestra una obvia molestia y se pone de pie.

—La petición —continúa Samuel— es en relación a un incidente en Capernaúm en que un tal Jesús de Nazaret hizo un milagro

INVESTIGACIÓN FORMAL

similar y declaró su autoridad para perdonar pecados, afirmando esencialmente...

—Ah, sí —dice el hombre, regresando a su escritorio con una caja de documentos—. Sé de este caso. Fue elevado al Sanedrín y comenzaron las etapas iniciales de una investigación formal. Yo procesé el papeleo.

—Esa investigación se debe actualizar con lo que ocurrió en el estanque de Betesda —dice Yani—. Tenemos evidencia significativa de que fue la misma persona.

—Esa investigación fue cerrada.

—¿Qué? —exclama Samuel.

—Nunca avanzó más allá de los argumentos iniciales.

—¿Por qué no?

—Eso es confidencial.

—Pero este es un gran suceso —dice Samuel—. ¡Debe reabrirse la investigación!

—Eso no sucederá.

—¿Por qué —pregunta Yani.

El hombre parece aburrirse.

—Lo único que puedo decirles es que un miembro muy destacado del Sanedrín declaró que fue un incidente aislado de un rebelde que no suponía ninguna amenaza. No se hicieron más preguntas. Ni se hará ninguna más.

Mientras los dos fariseos salen de la sala ofendidos, Yani dice:

—Bueno, sabemos quién fue el «miembro muy destacado». El llamado maestro de maestros.

—Sí, él y sus palabrerías. Me dijo que no se opondría a la petición en sí, pero nunca dijo nada sobre lo que haría si el caso llegaba realmente al Sanedrín.

—Nicodemo tiene influencia, pero no es Caifás —dice Yani—. Ni se acerca.

—Cerró la investigación antes de que llegara a los argumentos iniciales y nadie lo desafió. ¿No llamas a eso poder?

—Conozco a algunos con más rango que él que podrían ver las cosas más claramente. En especial, con este suceso más reciente de quebrantar el *sabbat*.

211

Capítulo 36

UNA ESPADA MEJOR

El río Jordán

Simón el zelote, lleno de asombro, camina con Jesús por la ribera del río. No tiene ninguna duda de que está en presencia del Mesías profetizado, pero casi no puede creer en su buena suerte. ¿Por qué razón posible podría estar disfrutando de este privilegio singular? La pregunta que tiene en sus labios es «¿Por qué yo?», pero la hace de otra forma.

—¿Por qué Isaí? ¿Por qué mi hermano, de entre tantos?

Jesús lo mira como si la respuesta fuera obvia.

—Él sufrió horriblemente por treinta y ocho años. Eso es mucho tiempo. —Hace una pausa—. ¿Y de qué otra forma podría llamar tu atención?

—¿Mi atención? *¿Qué podría querer el Mesías de mí?*

—Tu Orden te entrenó para no temer, ¿cierto?

—Ningún Señor sino Dios, hasta la muerte.

—Lo que hice con tu hermano no es el último de los problemas que pretendo causar.

El zelote adelanta a Jesús y se voltea para mirarlo de frente.

—Tú eres el Mesías, ¿verdad?

—Sí.

Él ve mi valor como guerrero, piensa Simón. *Un guerrero sin miedo.* Pone una rodilla en el suelo, comprendiendo de repente por qué fracasó el complot de asesinato, por qué lo han expulsado de la Cuarta Filosofía; en esencia, por qué se encuentra repentinamente sin empleo a pesar de sus talentos.

—Entonces, haré cualquier cosa que me pidas.

Levanta la mirada y se encuentra con la de Jesús mientras el hombre parece estudiarlo.

—Te pido que entiendas la naturaleza de mi misión, Simón.

—Sí —dice Simón asintiendo con la cabeza, seguro de que entiende.

Está claro que Jesús necesita a alguien con su conjunto de habilidades para añadir músculo a su grupo de seguidores mal alimentados. Ellos deben aportar algo a la mesa, quizá cerebro, o compasión, algo, pero a él no le parece que ninguno de ellos, tal vez aparte de los dos pescadores que están tonificados y en forma, podría manejar una amenaza física. Ahora quiere saber detalles.

—¿Cómo? —pregunta.

—¿Cómo realmente? —dice Jesús—. No es tan fácil con humanos distraídos.

El zelote se pone de pie.

—Me he entrenado por años para esto. Hoy estoy listo para ejecutar tu misión.

Jesús sonríe.

—Ya veremos —titubea—. Muéstrame tu arma.

Simón le presenta con ambas manos su daga. Jesús da un silbido cuando la recibe.

—Impresionante. Muy especial.

El zelote sonríe hasta que Jesús lanza hábilmente al Jordán el arma y su elaborada funda. Simón lo mira con sorpresa.

—No te lo esperabas —le dice Jesús.

Simón se queda perplejo y estupefacto.

—¿No te sirve para nada?

—Tengo una espada mejor, ya verás. Tenemos mucho que hablar; solo sé paciente. Tuviste una semana ajetreada.

—Sin mi daga, ¿por qué necesitas a alguien como yo?

Jesús sonríe.

—Tengo todo lo que *necesito*. —Pone su mano sobre el pecho de Simón—. Pero te *quería* a ti.

—Pero ¿por qué?

—No eres el único que no comprende. Pero no te preocupes. Estoy preparando algo para compartir con el mundo. Por ahora, quererte a mi lado tendrá que ser suficiente. Nadie compra su lugar en nuestro grupo debido a habilidades especiales, Simón.

Simón sigue confuso.

—Rabino, después de lo que hiciste en el estanque durante un día de fiesta santa importante, puede que haya algunos que intenten detenerte. Incluso algunos de mi antigua Orden, especialmente si descubren que tienes una misión diferente.

—¿Y qué vas a hacer? ¿Detenerlos?

—Bueno, tendría más posibilidad de hacer eso si no hubieras arrojado mi daga al río.

Jesús se ríe.

—Bien, si ese día llega, lo descubriremos.

Jesús rodea con su brazo el hombro de Simón y los dos siguen caminando.

• • •

Jesús y Simón el zelote han sido seguidos. Cuando están fuera de la vista, se acerca al río Aticus, el *Cohortes Urbana*, desentierra con su pie la daga de entre el lodo y la saca de allí.

• • •

El camino a Jericó, en el crepúsculo

María de Magdala ve con sus ojos llorosos la ciudad que se erige en el horizonte que ya se desvanece. Tiene una misión, algo que no puede explicar ni siquiera a ella misma. ¿Qué la impulsa? No lo sabe, salvo que eso es malo para ella; algo que ayer ni siquiera habría soñado hacer. ¿Ver a los soldados romanos mientras estaba en el huerto de caquis? ¿Enfrentarse a lo demoníaco? ¿Había sido eso suficiente para llevarla al extremo?

Ella sabe que no luce del mismo modo que lo hacía en su vida anterior; al menos no era así antes de hoy. Sus ropas sencillas están frescas, su cara está limpia, y sus ojos son claros a excepción de las lágrimas. ¿Qué quiere hacer? ¿Qué es lo que busca? Familiaridad; eso es lo único que puede pensar. ¿Qué conseguirá con un vistazo a su pasado, incluso si es solo temporal? ¿O acaso lo será? ¿Es que no puede incursionar allí como recordatorio y escapar para regresar con Jesús? Pero ¿cómo podrá volver a mirarlo después de todo lo que él hizo por ella?

Se voltea al oír ruido de pezuñas a sus espaldas, y se pone tensa cuando ve a un soldado romano. Pero no entra en pánico, no corre, ni tampoco se esconde como antes. María se queda de pie en medio del camino, desafiándolo a que la pisotee, o algo peor. Mira con furia mientras él se aleja trotando, y desaparece un sollozo en su garganta. Algo le satisface en ese pequeño triunfo.

En la ciudad unos minutos después, María avanza hacia un mercado en el que los mercaderes están recogiendo, apagando antorchas y cerrando los puestos. Va directamente hasta lo alto de una escalinata de piedra que conduce a una taberna que ella recuerda: El Nómada. Vacilante, debe tomar una decisión. ¿Darse media vuelta y regresar al campamento con los discípulos, con Rema, con la madre de Jesús, Mateo y los demás? ¿Con Jesús? Aunque ella no ha hecho nada todavía, él lo sabrá. ¿Cómo no? Él parece saber todo sobre ella. Simplemente con que haya desaparecido, seguramente ya le habrá decepcionado.

Indecisa y en conflicto más allá de la lógica, no puede evitarlo y desciende por la escalinata oscura, iluminada solamente por una pequeña antorcha de pared. Cuando María se aproxima a una imponente puerta de madera, se levanta un portero grande y fornido.

—Aquí no servimos a mujeres —dice.

Ella da un suspiro.

—Dile a Tro que hay alguien aquí que quiere verlo.

—¿Alguien te incitó a venir?

—Solo dile a Tro.

—Vamos —dice él resoplando—, pareces una buena muchacha. Es tarde. Vete a casa.

María se quita el tocado de la cabeza, dejando claro que no se irá a ninguna parte. El hombre levanta las manos.

—Está bien —dice—. ¿Quién le digo que quiere verlo?

—Dile que alguien de El Martillo quiere recuperar su dinero.

—Bueno, obviamente sabes cómo captar la atención de Tro. Espera aquí.

Cuando el hombre entra y cierra la puerta, María apoya su espalda contra la pared. Todavía hay tiempo para huir, pero ella sabe que no lo hará.

• • •

Cerca del campamento de los discípulos

A medida que cae la oscuridad de la noche, Juan el Bautista espera en el camino, pues no quiere irse sin despedirse de su primo. Aparecen Jesús y el zelote. Jesús dice:

—Entonces, realmente lo harás.

—Sabes que no puedo quedarme en silencio —dice Juan.

—Lo sé. Pronto, yo también romperé mi propio silencio.

El Bautista chasca su lengua.

—*Pronto*, qué palabra tan extraña. Podría significa cualquier cosa.

Jesús le da un abrazo.

—Te amo.

Juan lo abraza con más fuerza, sin saber cuándo o si volverá a ver a Jesús.

—Y gracias por dejarme ver eso hoy. Escuché sobre los milagros, pero nunca pensé que realmente vería uno.

—Bueno, el momento justo lo es todo, supongo. —Mientras el Bautista se aleja, Jesús continúa—. Y Juan, lo que vas a hacer…

Juan extiende sus brazos.

—He vivido toda mi vida con advertencias. Las advertencias me hacen saber que estoy en el camino correcto.

—No es una advertencia —dice Jesús mientras él se aleja más—. Estás haciendo lo que debes hacer. Solo te recuerdo que te asegures de escuchar la voz de Dios mientras lo haces.

—¡Siempre!

Cuando Juan se despide con la mano y se voltea hacia el camino, oye a Jesús sollozar.

• • •

Todavía siguiendo a Jesús, Aticus observa desde el refugio que le proporciona una arboleda. Seca la daga y la introduce en la funda que lleva en la cintura.

—¿El Bautista? —susurra—. Vaya.

Capítulo 37

ORO POLÍTICO

Oficina de Yani, en la noche

Yani está encorvado sobre una hoja de pergamino, escribiendo a la luz de una vela.

—Una apelación es inútil —dice Samuel, caminando de un lado a otro—. Nicodemo es demasiado poderoso.

—No es una apelación.

—¿Qué miembro del Sanedrín apoyaría nuestra lucha contra un colega?

Yani levanta la mirada.

—Tu modo de pensar es muy pequeño.

—Entonces, ¿qué? ¿Ir directamente a Caifás?

—Samuel, piensa. Hay dos escuelas de pensamiento de la Mishná…

—Hillel y Shamai, por supuesto. Pero ¿qué tiene que ver eso…?

—Y cuando hay un asunto presentado al Sanedrín que podría interpretarse de dos maneras, la corte… —Yani extiende sus brazos para permitir que Samuel responda, pero este parece perplejo—. ¡Se divide! —añade Yani—. Aún eres un ingenuo. Cuando la corte se divide siguiendo tradiciones de la Mishná, se convierte en un asunto político. Los antiguos aliados se vuelven enemigos.

—Podemos poner a la gente en contra de Nicodemo.

—Tal vez —dice Yani—, pero los asuntos correctos, especialmente los que apelan a las emociones, pueden convertirse en oro político.

—¡Pero la falsa profecía es un imperativo moral! —exclama Samuel.

—Para ti, sí. Y si podemos lograr que sea emocional también, verás que ni siquiera tendremos que buscar a quienes se oponen a Nicodemo. Nicodemo mismo podría cambiar de opinión.

Samuel se sienta al otro lado del escritorio de Yani.

—¿Qué tenemos que hacer?

—Casi todos los miembros del Sanedrín siguen las enseñanzas ¿de quién?

—De Shamai.

—Exacto. *Quizá este ingenuo por fin comienza a entender.*

—¡Ah, y él es el intérprete más rígido de doctrina que ha conocido el Sanedrín! Y es exactamente…

—¡Ya vas aprendiendo!

—¿Puedes hacérselo llegar, Yani?

—Esa no es la parte difícil. Lo difícil es conseguir que lo haga prioritario.

—Pero si entiende el crimen…

—No tiene peso político —dice Yani. Samuel se muestra otra vez inexpresivo, de modo que Yani continúa—. Lo importante ahora para Shamai es esto: está en una pelea con Shimón, el presidente del Sanedrín, el hijo de Hillel, que es…

—El maestro más tolerante. De la escuela de pensamiento contraria a Shamai.

—Shamai tiene los votos en el Sanedrín, sí, pero Shimón tiene a la gente común *porque* es el hijo de Hillel.

—¿Shamai quiere a la gente? —pregunta Samuel.

—Y Shimón quiere los votos. Si pudiéramos ofrecer a Shimón un modo de vencer a Shamai en su propio juego rígido…

—Ponemos a la escuela de Hillel en contra de la escuela de Shamai.

—Samuel da un suspiro—. Política. —Hace una pausa—. Entonces, ¿escribes una carta a Shimón?

—Shimón está demasiado ocupado para leer nuestra carta; sin embargo, su escriba personal es un viejo amigo. Tendrá el tiempo y el oído de Shimón cuando se presente la oportunidad.

Samuel se pone de pie.

—Isaí nos dio muy poca información.

—No es del todo culpa suya. El hacedor de milagros se esfumó enseguida.

—Ese es su patrón. Nicodemo mismo sintió la misma curiosidad. Este predicador hace milagros discretamente y después se esfuma.

—¿Qué más recuerdas de Capernaúm? —pregunta Yani.

—A una mujer en el tejado, una etíope. Ella se refirió a un incidente con un leproso fuera de la ciudad. Puedo regresar a Capernaúm y buscarla.

—Excelente. Si el caso es reabierto, tendrá el apoyo completo del Sanedrín. No puede haber muchas mujeres etíopes en esos pueblos rurales de Galilea.

—Estás hablando de mi hogar —dice Samuel.

Yani está a punto de enmendarlo con una disculpa fingida, pero parece que se le ha ocurrido algo a Samuel.

—¡Primo! —exclama—. Jesús dijo que iba a ver a su primo.

Yani sacude su cabeza.

—Isaí no dejó claro ese detalle.

—¡Pero es algo! Podemos examinar los registros del censo y buscar relaciones. La población de Nazaret es tan pequeña que será fácil encontrarlo. Podemos identificar a su padre, su madre y sus parientes. Este es un año censal.

—Las cifras no han llegado aún. ¿Qué edad parecía tener?

—Unos treinta, tal vez cuarenta. Seguro que la edad suficiente para ser contado en ese último censo.

—Compruébalo tú mismo —dice Yani—. No llames la atención. Mientras tanto, necesitamos recrear los hechos. —Samuel se sienta otra vez en la silla—. ¡Uf! Shamai, Shimón, Samuel; nuestro pueblo realmente necesita una mejor variedad de nombres.

Capítulo 38

EN LAS PROFUNDIDADES

La taberna El Nómada, Jericó

María sigue al portero hacia el interior de la taberna.

—Disculpa la demora —le dice él.

—Sí, es como dijiste. Parezco una buena muchacha. ¿Cómo podrías saberlo?

El lugar es más sórdido de lo que ella recordaba, un paso por debajo incluso de El Martillo. Divisa al dueño, que está de espaldas a ella un poco más allá.

—¿Jetro? —dice ella.

Él se voltea, claramente asombrado.

—¡Lilith! —Se acerca a ella enseguida—. ¡Regresaste! ¡Pensé que estabas muerta o algo así!

Ella baja la mirada.

—Bueno, en cierto modo. —María se había sentido muerta a su vieja vida. Al menos por un tiempo.

—¡Oh! Pero ¡luces estupenda! —Se ríe y mira al techo—. ¡Que alguien me mate!

Ella necesita continuar con eso.

—Mira, estoy aquí por una cosa —le dice María—. Y esta vez tengo dinero. Puedo pagarlo yo misma.

María aborrece la mirada de duda que él muestra, y también de preocupación, pero parece que puede ver que ella está decidida. Jetro le indica con la cabeza que lo siga y le sirve una copa.

—He refinado la receta. Es aún más fuerte. —Y la conduce a una mesa de juego.

• • •

El campamento de los discípulos

Simón el pescador conduce a Simón el zelote hasta el fuego que chisporrotea, donde muchos de los otros están sentados calentándose en la oscuridad.

—Vamos, vamos —le dice—. Es un grupo pequeño y agradable. Te caerán bien. —Señala al antiguo proveedor de comida, sentado al lado de su amada—. Él es Tomás. Siempre piensa demasiado las cosas, pero me está empezando a caer bien.

—Hola —dice el zelote—. Soy Simón.

—Él es Natanael. Dice lo primero que le viene a la mente, así que no te ofendas.

Natanael saluda con su mano.

—Soy Simón.

—Ella es Rema. Es una experta viñatera, así que para cualquier pregunta que tengas sobre vino, habla con ella.

—Soy Si…

—¡Chitón! —dice el pescador—. Ya lo sabe. Todos lo sabemos. —Mira al grupo—. Otra mujer que tenemos… ¿dónde está María?

Mateo parece alarmado, como si se acabara de dar cuenta de que ella no está.

—Hablé con ella temprano —dice Rema—. No la he visto desde entonces.

Simón el pescador se aleja enseguida buscando a Jesús, a quien encuentra caminando de un lado a otro junto al río.

—La sal preserva de la corrupción —está diciendo Jesús—. Si pierde lo salado, no hace lo que… no. —Simón permanece allí cuando Jesús comienza otra vez—. Si la sal pierde su sabor, su gusto salado es…

Esto no puede esperar.

—Rabino —dice Simón—, siento... siento interrumpir. María ha desaparecido. Rema piensa que tal vez le afectó lo demoníaco. Dijo que María no se sintió bien en todo el día.

Jesús gime.

—No crees que podría haber ido a Jericó —dice Simón—. Tal vez debería ir a la ciudad, solo para asegurarnos.

Jesús asiente con la cabeza, con expresión triste.

—Sí.

Mateo llega corriendo. *Estupendo*, piensa Simón.

—Yo también voy —dice Mateo.

Simón se voltea hacia él.

—¿Estás espiando otra vez?

—Simón —dice Jesús—, lleva a Mateo.

—Rabino, creo que...

—Simón.

Algo en la expresión de Jesús lo detiene.

—Se trata de encontrar a María —dice Jesús.

Simón hace una pausa y asiente con la cabeza.

—Lo llevaré.

—¿Mateo?

—¿Sí, Rabino?

—Ese pasaje que Felipe te estaba enseñando...

—¿Sí?

—¿Cuál es?

—«Si subo a los cielos, allí estás tú. Si tiendo mi cama en las profundidades, allí estás tú».

—Mantenlo en tus pensamientos.

Jesús se voltea hacia el agua. Simón mira a Mateo y siente que el exrecaudador lo está evaluando con expresión de desesperación. Simón decide dejar a un lado su animosidad para realizar esa tarea tan importante.

—Vamos, Mateo —le dice—. Encontremos a María.

PARTE 6
Perdonado

Capítulo 39

LA PRESENCIA

Nob, Israel, año 1008 a. C.

Ahimelec, el sacerdote de la ciudad, intenta consolar a su esposa en la sala de preparación del pequeño tabernáculo mientras ella le ayuda a vestirse para su obligación durante el *sabbat*. También él está preocupado por su hijo mayor, pero no debe mostrarlo. Ella ya está lo bastante agitada por los dos.

—No le baja la fiebre —dice ella mientras ata otra capa de sus vestiduras—. Ya hace cinco días.

—Sanará, Yafa —dice Ahimelec—. Siempre lo hace.

—¿Y si no sana? ¿Eh?

Él sabe lo que ella quiere decir. El legado familiar de las tradiciones secretas del linaje sacerdotal de Aarón estaría en peligro. Y si lo malo empeora, su hijo pequeño es el siguiente en la línea. Pero solo tiene diez años.

—Hoy enseñaré a Abiatar a hacer el pan de la proposición.

Es como si ella no lo escuchara, y su mirada muestra que todavía sigue obsesionada por su primogénito.

—Es una más en nuestra cadena interminable de maldiciones familiares.

Él da un suspiro.

—Tú siempre pensando en catástrofes.

—Y tú siempre pensando en que es otro día soleado.

—Envíame a Abiatar.

Cuando el muchacho llega, parece deseoso de aprender, como si estuviera esperando ese honor. Ahimelec saca del horno una torta de pan caliente, mostrando a su hijo cómo puede sostenerla con solo una toalla por debajo, porque el calor aumenta.

—Doce tortas —le dice—. Una por cada tribu de Israel.

El muchacho parece estudiar otra docena de tortas, que hace tiempo que se enfriaron y se secaron, y que están apiladas sobre una mesa de madera y oro.

—Pero si el pan sigue estando aquí, Abba, ¿por qué Dios no lo comió?

—Dios no necesita comida, Abiatar. Se llama el Pan de la Presencia porque es un recordatorio de su presencia en nuestras vidas, un símbolo de que Él se sienta a nuestra mesa y habita en medio nuestro.

—¿Qué sucede con el pan viejo?

—En la Ley de Moisés fue escrito que «Aarón y sus hijos lo comerán en un lugar santo, pues es para Él la porción más santísima de las ofrendas de alimento a Adonai, un derecho perpetuo».

Cargando con una pila de tortas de pan ahora, el muchacho dice:

—Siempre me preguntaba a dónde iban Saba y tú cada *sabbat*.

—Sí, veníamos aquí para comer el pan que había sido sacado, siempre y cuando ninguno de nosotros se hubiera acostado con su esposa esa mañana. —Era más de lo que tenía intención de decir, pero lo dijo.

—¿No te acuestas con Ima cada noche, Abba?

—Pues... esa es una conversación para otro momento. Pero, por ahora, debemos reemplazar este pan por el caliente como una ofrenda a Adonai.

El muchacho pone las tortas sobre la mesa y, por turnos, van poniendo una encima de la otra en un plato ceremonial.

—Rubén —dice Ahimelec.

Y está orgulloso al ver que Abiatar sabe qué viene a continuación.

—Simeón —dice el muchacho, poniendo la siguiente torta.

—Leví.

—Judá.

Se abre la puerta a espaldas de Ahimelec, y él se gira y ve a un hombre angustiado que entra a tropezones. No es otro que David, de quien se rumorea que está huyendo del rey Saúl.

—¡Ahimelec!

Alterado, Ahimelec le dice a su hijo:

—Vete a casa. Dile a tu madre que yo te envié, y que todo estará bien.

El muchacho se queda mirando al hombre con los ojos muy abiertos, y se marcha corriendo.

—Escucha —dice David—, yo...

—¿Por qué estás solo? ¿Dónde está tu protección?

—El rey me ha enviado en una misión y dijo que nadie debe enterarse de nada. Lo he organizado para reunirme con mis hombres...

—¡David! Tengo entendido que el rey y tú no están en términos amigables.

—No, he sido enviado en una misión por *el* Rey —dice él deliberadamente—. Por favor. No he comido desde hace días, y sé que mis hombres tampoco. Están escondidos. Nos alcanzaría con cinco tortas de pan, o cualquier cosa.

—No tengo pan común —dice Ahimelec.

—¿Y ese? —pregunta David, señalando el montón frío—. Ese lo reemplazaste por el pan caliente.

—Sigue siendo pan santo. ¡Tú conoces la Ley de Moisés!

—Y conozco el *pikuach nefesh*. Salvar una vida anula cualquier ley religiosa.

Ahimelec da un suspiro.

—¿Los hombres se han abstenido de mujeres?

—Sí, y lo harán. Han estado escondidos en Gabaa, esperándome por dos días.

Ahimelec echa un vistazo a la puerta tras David.

—Debemos ser rápidos. —Introduce doce tortas en una tela de lino especial—. Y recuerda que lo que te estoy dando es sagrado.

—La vida es más sagrada que el pan.

—Si Saúl descubre que te ayudé, no podré mantener mi vida.

—Lo sé.

—Pero no lo siento, David. Algo surgirá por medio de ti. Puedo sentirlo. Algo más grande y más emocionante; no sé qué.

David sonríe y después se voltea para marcharse.

—No hubo nada más grande ni más emocionante que ese gigante.

—Ya veremos.

Capítulo 40

LAS ESCALERAS

Un establo en Jericó

Despertándose de una cama que él mismo preparó con paja en un establo vacío, Simón el expescador entrecierra sus ojos ante la luz de la mañana.

—¿Mateo? —pregunta, y después cierra de nuevo sus ojos y se incorpora—. Estoy agradecido ante ti, Señor nuestro Rey, porque has restaurado mi alma con tu misericordia. Grande es tu fidelidad.

Se levanta y se sacude sus ropas.

—¿Tienes hambre? —le pregunta Mateo, inclinado sobre unos pergaminos sobre una tosca mesa, aparentemente inconsciente de que sus vestiduras de exrecaudador, que antes estaban impolutas, ya están desgastadas por los días que ha pasado en el camino con Jesús y manchadas de estiércol de caballo.

—¿Qué te hiciste?

Mateo parece perplejo, y entonces observa la suciedad de sus ropas, siente náuseas y se quita su túnica.

—¡Eso es asqueroso! —exclama Simón—. ¿No pusiste paja nueva antes de acostarte?

—¡No! ¿Tú sí?

—Desde luego que sí.

—Mi mente no deja de dar vueltas —dice Mateo mientras se lava vigorosamente las manos en un lebrillo con agua—. Supongo que no estaba prestando atención. —Se seca las manos y regresa a sus pergaminos, que son mapas escuetos de la ciudad—. Si nos separamos hoy, podremos cubrir más terreno.

Eso es chistoso, piensa Simón. *¿Cree él que Jesús querría que lo perdiera de vista?*

—No nos separaremos.

—Sería más lógico.

—Jesús quiere que regreses de una pieza. —Mateo no puede argumentar contra eso—. ¿Dijiste que había desayuno?

—No —responde Mateo—. Te pregunté si tenías hambre. ¿Sabes cómo hacer huevos?

—No.

Mateo agarra una olla.

—Hierves agua y metes los huevos en el agua.

—No, no, no, no.

—¿Qué pasa?

—Bueno, para empezar, yo no soy cocinero.

—Y yo tampoco —dice Mateo—. Pero debemos sustentarnos. Mientras preparas los huevos como a ti te gusten, también puedes planificar el día; conmigo.

Simón lo mira fijamente.

—Está bien. —Después de todo, están en una misión. Pone la olla sobre un pequeño fuego—. Mira, tenemos que considerar la posibilidad de que María haya ido a otro lugar y no a Jericó.

—¿Efraín o Betel? No, hay que cruzar mucho desierto entre el campamento y cualquiera de esos lugares. Ella está más cómoda en las ciudades.

—Ah —dice Simón—. ¿Crees que sigue estando aquí?

—Sí. Debemos analizar su historia, lo que hace normalmente...

—Últimamente, antes de todo esto, lo único que hacía era estudiar la Torá contigo y Rema.

—Revisé en la sinagoga. Los oficiales dijeron que no la habían visto.

Interesante, piensa Simón.

—¿Cómo la describiste?

—¿Cómo lo harías tú?

—Tiene el cabello negro —dice Simón.

—Cabello negro y largo.

—Todas nuestras mujeres tienen...

—Algunas veces ni siquiera logra cubrirlo todo —dice Mateo—. Podría sentirse desconsolada o angustiada.

Simón mira a Mateo con nuevos ojos.

—¿Algo más?

Él parece concentrarse y finalmente dice:

—¿Excepcionalmente agradable a la vista? —Simón sonríe, pero antes de poder burlarse de Mateo, él continúa—. Debes agregar agua a la olla antes de que se caliente.

—Está bien, Mateo.

Un soldado romano tambaleante, con su casco en la mano, se acerca al establo.

Simón se pone de pie.

—¿Estás bien?

El soldado levanta la mirada y muestra una sonrisa estúpida.

—Otra noche en El Nómada.

—¿El Nómada?

—No puedo creer que pude subir las escaleras. Dionisio me cargó. —El soldado parece que está a punto de desplomarse y Simón se acerca para ayudarlo.

—¡Oye! —gruñe el hombre—. ¡Quita tus manos, rata! —Se aleja tambaleante.

Simón lo mira con furia y después se voltea hacia Mateo.

—Bueno, ¿dónde estábamos? Ah, sí, le diste una descripción de María al oficial en el...

—¿Qué dijo sobre las escaleras?

Vaya, piensa Simón, y los dos miran hacia el callejón desde el que vino el soldado. Vale la pena intentarlo.

• • •

Campiña de Jericó

Rema siente que es un privilegio que le asignaran acompañar a María, la madre de Jesús, para agarrar canastas y buscar vegetación comestible, pero está distraída. Preocupada por la otra María, tiene que obligarse a concentrarse en la tarea, pues hay muchas bocas que alimentar.

—¿Qué flores *pueden* ser comestibles? —pregunta.

—La rosa, la borraja, el diente de león —dice María—. Es un poco amargo, pero ¿quién va a quejarse?

—¿Cómo sabes tanto sobre flores comestibles?

—Mi familia ha sido pobre toda mi vida. Uno aprende lo que la tierra puede darte.

—Pero tu hijo es…

María sonríe con ironía.

—Mi hijo es un nómada sin hogar que ya no aporta ingresos de la carpintería.

—Y sonríes por eso.

—Sonrío porque él está haciendo lo que nació para hacer. Tal vez, a veces eso signifique que pasaremos hambre por algunos días, pero al menos su hora ha llegado.

Rema siente que puede aprender de esta preciosa mujer tanto como ha estado aprendiendo de la Torá.

—Si su hora ha llegado, ¿por qué no trae a María de regreso?

—No funciona de esa manera.

—¿Y cómo funciona?

María se detiene y se sitúa frente a ella. Amablemente, le dice:

—En ocasiones, él es tanto un misterio para mí como lo es para ti.

Rema piensa en eso, y después observa y exclama:

—¡Oh, bayas! —Agarra una, la presiona con un dedo y la huele—. Venenosas.

Siguen caminando en silencio. Finalmente, María dice:

—Vivimos en Egipto cuando Jesús era un niño. Uno de sus dioses se llamaba Thot, y ellos creían que podían obligarlo a otorgarles sus deseos si realizaban rituales. No es así con nuestro Dios, así que ¿por qué sería así con Jesús?

Porque él es el Hijo de Dios, sí, piensa Rema. Pero…

—Nada bueno puede resultar de que María desapareciera así.

María parece estudiarla.

—¿Sabes eso?

—Bueno, ella ya estaba molesta por algo incluso antes de que el hombre poseído llegara al campamento.

—Simón y Mateo buscarán con eficiencia.

—Tal vez sí, pero no se llevan bien.

María dice:

—Tendrán que trabajar juntos.

Rema se sorprende a sí misma con un arrebato con el que no pretende sonar tan áspera.

—¡Podría estar muerta o agonizando en una zanja en algún lugar! ¿Por qué Jesús usaría el dolor de ella para unir a dos hombres que se irritan mutuamente?

—No sabemos si ella está en peligro —dice María.

—¡Es una mujer sola! Estará en un desierto salvaje o en una ciudad depravada y patrullada por romanos.

—Rema, «algunos confían en carros y otros en caballos» —Rema la acompaña al unísono para terminar la Escritura—, «pero nosotros confiamos en el nombre de Adonai nuestro Dios».

Mientras siguen caminando, Rema dice con voz baja:

—Algún día quiero ser maestra como María. Quiero poder escribir mis pensamientos.

—Lo harás.

—No, si ella no regresa.

—No podemos solucionar nada preocupándonos —dice la madre de Jesús.

Eso es sabiduría, piensa Rema. Pura y simple.

La mujer señala:

—¡Lavanda!

—¿Se puede comer la lavanda?

• • •

El Nómada

María de Magdala está sentada en una mesa llena de jugadores que juegan a tabas. Ella apenas si puede entender cómo todo eso regresó de repente; no solo el juego y su gusto por las bebidas fuertes, sino también su tono de voz y su comportamiento. Decide que ella es una muchacha dura en una habitación llena de hombres sudorosos y de piel morena. Delante de ella tiene una pila de monedas. Un jugador dormita y otro frunce el ceño, quejándose por lo que ha perdido. Shoob y Hoj están inmersos en el juego con ella. Los demás presentan sus escasas apuestas.

—Nueve para Shoob —anuncia ella ante un coro que exclama: ¡*Oh!*

Un espectador dice:

—Nueve es demasiado.

María se voltea hacia él, mirándolo con desdén.

—Vine aquí con un solo siclo a mi nombre, y ahora mira este montón, ¿eh?

—¿Cómo conseguiste el primero, mujer? ¿Eh? —dice el espectador—. ¿Qué hiciste a cambio?

—¿No te gustaría saberlo? —La nueva María casi no se reconoce a sí misma. Pero su viejo yo la conoce demasiado bien.

Hoj, frente a ella desde el otro extremo de la mesa, dice:

—Oye, ¿vamos a jugar o qué?

—Continuemos —dice María.

Hoj agita cinco tabas en la palma de su mano.

—Miren y aprendan, muchachos. Miren y aprendan. ¡Eh! —Las lanza al aire y trata de agarrarlas de nuevo. Tres se desparraman sobre la mesa. Él da un golpe a la mesa mientras los otros se quejan.

—¡Mala madre!

María le lanza una mirada con su bebida en la mano.

—Primera vez, Hoj, ¿cierto? —Mira a Jetro y levanta su copa—. Oye, otra. —Hoj intenta lanzar con ángulo y ella dice:

—Eh, sin barridos en los doses.

—Esa es una regla flexible —dice el espectador.

—Bien —dice ella—, jugamos por…

Y de repente se queda callada, inundada por el lugar donde está; y dónde no está. Ojea la mesa y ve obreros, delincuentes, rufianes. A pesar de todas sus quejas y recelos sobre sus nuevos amigos y sus riñas constantes, al menos ellos son hombres sanos y bien intencionados que parecían cuidar de ella. ¿Cómo ha llegado a ese punto? ¿Qué está haciendo en ese lugar? Es el último lugar donde quiere estar, pero se siente indefensa, como si estuviera poseída otra vez.

Siente un nudo en su garganta; tiene que salir de allí. Los hombres la miran con expectación.

—No jugamos —dice ella—. Terminamos. —Comienza a llenar una bolsa con sus monedas.

—¡Oye! —grita Hoj—. ¡No puedes hacer eso! Voy a recuperar mi dinero.

—¿Sí? —dice ella—. ¿Cuándo?

—¡Ahora!

—Ya veo —responde ella—. Hoj quería jugar lento con todos nosotros, pero es realmente un león. —Los demás se ríen, y ella puede ver que él está furioso—. ¿Quieres recuperar tu dinero?

—¿En serio? —pregunta él.

—Sí. Estará detrás de la barra. —Vuelve a mirar a Jetro—. ¡Otra!

Hoj se pone de pie, muy serio.

—Una mujer debería saber su lugar.

María golpea la mesa con su bolsa de dinero, y con menos valentía ahora dice:

—¿Supongo que tú me lo vas a mostrar?

Hoj, con fuego en su mirada, marcha hacia el extremo de la mesa donde ella está. ¿Ahora qué? ¿Por qué ha sido tan descarada? Petrificada, ella cierra sus ojos y es transportada a su niñez cuando su querido padre la consolaba en la noche.

—¿Qué hacemos cuando tenemos miedo? —le pregunta su papá.

—Decimos las palabras —responde su yo diminuto, y la María adulta susurra ahora esas palabras.

Jetro se interpone con valentía en el camino de Hoj. María, sollozando, deja su bolsa sobre la mesa y sale de allí rápidamente.

Capítulo 41

613 REGLAS

Campamento de los discípulos en Jericó

Tomás extraña a Rema, incluso cuando ella simplemente está haciendo un recado, pero admitirlo lo dejaría expuesto a bromas interminables. Él sabe que los demás están celosos. ¿Cuál de los hombres solteros no intercambiaría su lugar con él en un instante?

Desde luego, prometió al padre de Rema que cuidaría de ella a toda costa, pero eso significa asegurarse también de que esté bien alimentada, y ahora está preocupado por la comida para todo el grupo. Como exproveedor de comida en bodas, ha recaído sobre él la tarea de mantener un seguimiento del inventario para las comidas. Está sentado al lado de Andrés, ordenando lo último que queda. Se reduce a lentejas ahora, y cada puñado es suficiente para una comida para una persona.

—Diecinueve raciones —dice—. Y somos quince.

—Catorce —dice Andrés—, si Felipe no regresa hoy.

—Es cierto. Y once si Simón y Mateo no regresan con María. Podríamos dividir el resto, pero ¿y si ellos *sí* regresan?

—Quizá Felipe se quedó una noche más para visitar a su hermano…

—¿Por qué te preocupas tanto por Felipe? Esta es literalmente nuestra última comida. Ni siquiera tenemos media *beitza* de harina o levadura.

—Rema y María podrían encontrar bayas —dice Andrés.

Tomás sacude su cabeza.

—Jesús puede hacer caminar a la gente. Puede sanar a los leprosos. ¿Por qué no puede hacer que aparezca comida?

—Cuando yo seguía a Juan —dice Andrés—, algunas veces nos pasábamos días sin comida. Otras veces, alguna persona a la que él bautizaba nos daba dinero y entonces comíamos como reyes, por un día.

—No parece que planificaba mucho —dice Tomás.

—Nunca pensábamos en ello. Juan no cree en el dinero.

—¿No cree en el dinero?

—Dice que es creación del hombre, diseñado para asignar valor y tomar posesión de cosas que pertenecen a Dios.

Tomás sonríe.

—Parece que necesita un contador. Tal vez deberíamos enviarle a Mateo.

—Este no es el mejor momento para bromas.

• • •

Al otro lado, Juan corta leña con su hermano, Santiago el Grande. Es un trabajo distinto a la pesca cada día en el mar de Galilea con su padre, Zebedeo. Pero Juan se está acostumbrando; le tomó un poco más de tiempo que a su hermano agarrar el ritmo, pero Santiago siempre ha sido más musculoso. Juan despedaza troncos, produciendo leña que Santiago parte por la mitad con destreza, enviando a volar las mitades con un golpe de su hacha.

Santiago se detiene de repente, y su atención es atraída aparentemente por Simón el zelote, a quien el resto llama Zeta para diferenciarlo de Simón el expescador. Zeta ha salido de su tienda y comienza su día realizando ejercicios vigorosos: dando giros, pateando, saltando, lanzando puñetazos. Juan comienza a observar junto con su hermano.

—Alguna vez pensé en unirme a los zelotes —dice Juan.

—¿Qué? Nunca me dijiste eso.

—Nunca me preguntaste.

—¿Y por qué no te uniste a ellos?

Juan señala a Zeta.

—Por esto mismo que él hace. Ya tenemos suficientes reglas que seguir en la Torá sin añadir todo eso.

—Seiscientas trece reglas —musita Santiago.

Juan repite la cifra y añade:

—Todas las oraciones que tenemos que recitar y todas las cosas que podemos y no podemos hacer. ¿Y añadir un montón de ejercicios físicos a eso cada mañana? No es para mí.

—Ellos tienen que estar en una forma excelente, ¿cierto? —dice Santiago.

Juan mueve su hacha.

—Para matar personas.

—Sí.

Siguen mirándolo fijamente, sudando por el trabajo que hacen, mientras Zeta parece que vuela sin esfuerzo por el aire y aterriza sobre sus pies suavemente.

—Pero cuando lo pensé bien —dice Juan—, levantarme cada mañana y tener el desayuno de Ima, y salir a la barca contigo y con Abba me pareció muy bien.

—Pero ahora que Zeta está con nosotros —dice Santiago—, ya no es técnicamente un zelote, ¿cierto?

—Yo tengo esta teoría —dice Juan—. Algunas personas, como Santiago el Joven y Tadeo, son llamadas a seguir a nuestro rabino, y de algún modo saben que este es un camino mejor que el que seguían.

—Y después está Zeta —dice Santiago. Juan asiente con la cabeza.

—¿Décadas de entrenamiento para hacer una sola cosa? No puede desaparecer de la noche a la mañana.

—Me preocupa más *nuestro* Simón que Zeta.

Juan se ríe al pensar en Simón intentando seguir el programa, y fallando a menudo.

—Nosotros también tuvimos nuestros momentos.

—Ah, sí, que Jesús nos llame Hijos del Trueno. ¿Qué pensaría Ima de eso?

—No lo sé —responde Juan—. ¡Quizá se alegrará de que tengamos un título!

Santiago se ríe y entonces se pone serio.

—Me pregunto cómo estará María.

—No entiendo por qué Jesús juntó a Simón y Mateo para ir a buscarla —dice Juan—. ¡Mateo! Es como pedir a un zorro y a un pez que se junten para hacer algo productivo.

—¿Qué?

Juan se pregunta: *¿Es tan difícil de entender?*

—Porque nunca podrían trabajar juntos. Es un dicho.

—Nadie dice eso.

Siempre el hermano mayor.

—En fin —continúa Santiago, pareciendo buscar las palabras—, en realidad no entiendo casi nada de todo esto, de lo que estamos haciendo. Solo partes aquí y allá cuando suceden cosas buenas. Pero ¿el resto? Yo solo obedezco.

Juan asiente con su cabeza, agradeciendo la sinceridad de su hermano.

—Tengo la sensación de que nos va tomar mucho tiempo entender.

—¿A nosotros?

Juan sacude su cabeza.

—A todos.

• • •

Jericó

Simón ve aspectos de Mateo que no ha visto antes. El despreciado exrecaudador de impuestos ha frotado su túnica para, por lo menos, quitar de ella el olor a estiércol de caballo, pero sigue llevando un pañuelo y está presto a taparse la nariz con él y algunas veces la boca cuando se encuentran con los olores de la ajetreada ciudad. Mateo es lo bastante joven y vivaz para seguir el ritmo, pero aun así sigue pareciendo delicado, y apenas duro y agresivo. Es como si hubiera nacido para estar en la caseta de recaudación, en una oficina, en su lujosa casa. Simón se imagina a sí mismo algún día predicando el reino como lo hace Jesús, tal vez incluso haciendo milagros como el Rabino ha prometido. Pero siempre será un hombre de exterior.

—¿Conoces El Nómada? —pregunta Simón a un mercader en el mercado mientras Mateo mantiene las distancias.

—Conozco a muchos nómadas, amigo. ¿Puedes describirlo?

—No, lo siento, me refiero a un establecimiento. Una taber…

—¿El bar? ¡Claro! Lo conozco muy bien, si soy sincero. Por ese camino y a la izquierda. Verás las escaleras. Es un poco temprano, ¿no te parece?

—¡Oh! —exclama Mateo—. Nosotros no...

Simón lo aparta, agradece al hombre, y minutos después encuentran las escaleras. En lo alto de la escalera, se para al lado de Mateo, trazando la estrategia. Si María ha estado aquí, alguien lo sabrá. ¿Debería fingir ser su hermano? ¿Un amigo a quien no ha visto en mucho tiempo?

Mateo comienza a bajar los escalones, pero Simón lo detiene de un tirón.

—Eh, eh —dice—. Conozco este tipo de lugares.

Se sitúa delante y comienza a bajar. Mateo recita:

—«Si tiendo mi cama en las profundidades, allí estás tú».

—Quédate detrás de mí —dice Simón, entrando y viendo que el lugar está lleno. Hay hombres en torno a una mesa jugando, gritando, diciéndose groserías mutuamente.

Desde una mesa llena de soldados romanos, un guardia se pone de pie.

—¡Compórtense, perros hebreos!

Los jugadores se callan, pero siguen haciendo sus apuestas. Simón está a punto de preguntar por el dueño cuando Mateo grita:

—¡Disculpen!

Oh, no. Allá vamos, piensa Simón.

El lugar queda en silencio, y los hombres andrajosos en la mesa de juego se voltean y miran fijamente.

Mateo grita:

—¿Han visto a una mujer de cabello negro y largo?

Simón agacha su cabeza, deseando poder desaparecer de allí.

Mateo añade:

—Puede que esté afligida.

—Dile, Hoj —susurra alguien, y un hombre fornido y con barba se levanta de la mesa. Cruza los brazos, y pregunta:

—¿Son amigos de Lilith?

¿Lilith?

—No —responde Simón.

—Parece ser Lilith. Esa bruja me arrebató todo lo que tengo a las tabas.

Recordando su destreza en el juego en El Martillo, Simón susurra a Mateo:

—Es María. —Se dirige de nuevo al hombre—. ¿Sabes dónde está ahora?

—Yo no la sigo. Lo único que sé es que se fue tambaleándose y dejó aquí lo que ganó. Puedes decirle que no recuperará ni un solo siclo.

Afuera, Simón no sabe dónde comenzar a buscar.

—No puede haberse alejado demasiado —dice Mateo—. Cubriremos más terreno si nos separamos…

—No haremos eso —dice Simón.

—Podemos encontrarnos en el establo.

Simón se voltea para mirarlo.

—¿No aprendiste nada ahí dentro? Es obvio que María sabe cuidarse. Pero *tú* no.

Mateo parece herido.

Estupendo, piensa Simón. *Ahora tengo que preocuparme por sus sentimientos.* El recaudador parece reunir su valentía, y dice:

—¿Y si tú te alejaras de Jesús por algo en tu pasado? ¿No querrías ayuda para regresar a él lo antes posible?

Por una vez, ese hombre pequeño y extravagante ha detenido a Simón. *¡Sí! ¡Sí que querría!*, piensa. Finalmente, cede.

—Está bien, nos separamos. —Señala al norte, al este, al sur, al oeste—. Yo voy al norte, y tú…

—¿Muchachos?

Se sobresalta por la voz de una mujer que está al final de un callejón, y que se ve andrajosa y agotada. Simón sigue mientras Mateo se acerca apresuradamente a ella.

—¡María!

—Pensé que estaba soñando con ustedes —dice, arrastrando las palabras y con sus ojos entrecerrados.

Simón no la habría reconocido, con su tierna belleza camuflada bajo un cabello enredado y ropas manchadas. Y el olor.

—¿Puedes caminar? —pregunta Simón.

Ella parece forzar una sonrisa y dice:

—No iré a ningún lugar.

—Tenemos que regresar —dice Mateo.

Su sonrisa se desvanece.

—¡No! No puedo.

—Vamos, María —dice Simón—. Él nos dijo que viniéramos a buscarte.

Su voz suena lamentable, y se le hace un nudo en la garganta.

—No. No. Él ya me arregló una vez, y me rompí otra vez.

Simón no sabe qué decir, y Mateo se aprieta las manos.

—No puedo enfrentarlo —se queja.

Mateo mira a Simón como si esperara que dijera algo. Pero Simón tampoco sabe qué decir. Mateo se acerca un poco más y susurra:

—Yo soy una mala persona, María.

Eso parece llamar su atención. Ella sacude su cabeza.

—Mateo...

—¡No! Toda mi vida, todo para mí. Sin fe.

—Yo tengo fe en él —logra decir ella—, pero no en mí.

—Estoy aprendiendo más de la Torá y de Dios gracias a ti, María. Estoy estudiando más duro porque tú eres una alumna estupenda.

El rostro de ella es una mezcla de agradecimiento y desesperación. Mateo asiente con la cabeza hacia Simón, como para decirle: «Es tu turno».

Simón cree que Mateo lo está haciendo muy bien. *¿Qué puedo añadir yo?*

—¿Recuer... recuerdas cuando estábamos en casa de Zebedeo y bajaron a ese hombre tras romper el techo? —Eso provoca realmente una sonrisa, de modo que Simón continúa—. Hicimos eso juntos. Y ellos lograron conocer a Jesús gracias a tu cuidado por ellos y a tus buenas ideas.

Mateo interviene:

—Rema está comenzando a leer y escribir gracias a ti. —Se sienta al lado de María, a pesar de todo—. Él te salvó para hacer todas estas cosas.

Ella parece sonreír ante los recuerdos, y entonces siente náuseas y ganas de vomitar. Mateo se pone de pie de un salto, pero asombra a Simón al no huir. En cambio, se acerca para apartarle el cabello y le dice:

—Está bien. Todo está bien.

Simón sugiere que Mateo use su propio pañuelo, pero Mateo le dice que vaya a buscar agua. Mientras va a conseguir agua, se da cuenta de que es un Mateo totalmente nuevo. Y no hay modo alguno de que regresen al campamento sin María.

Capítulo 42

POLÍTICA

Templo de Salomón, Jerusalén

Samuel está frustrado, intentando seguir el paso. Yani y él han llegado para hablar con un fariseo veterano, Dunash, quien claramente no tiene tiempo para ellos. Mientras el hombre de más edad camina apresuradamente entre las columnas, grita por encima de su hombro:

—Entonces, ¿lo único que hizo fue decirle a alguien que cargara su cama en *sabbat*?

—E invocó el título de «Hijo del Hombre» del profeta Daniel ¡para sí mismo! —dice Samuel.

—Sí, muchos lo han hecho. Y dicen que quizá sucedió algo en Capernaúm, pero no están seguros de que sea la misma persona.

—Yo *estoy* seguro —dice Samuel.

—Está bien —dice Dunash—. ¿Y su segundo testigo...?

—Mi colega Yusef.

—Quien no estaba en el estanque, ni tú tampoco.

—Yo estaba allí —dice Yani.

Dunash se detiene y se voltea para mirarlos.

—Lo siento, pero este caso es muy débil. El presidente Shimón no se ocupa de minucias.

—¡Minucias! —exclama Samuel.

—Si me permite el atrevimiento —dice Yani—, ¿qué violaciones de la inmutable Ley de Dios sí considera el presidente Shimón dignas de su atención?

El anciano sonríe con superioridad y sacude su cabeza, señalando a su oído.

—No estás escuchando, Yani. Como tampoco lo hiciste en el pasado. Por eso sigues teniendo un cargo inferior.

—También me gustaría saber algo —dice Samuel—. Si las violaciones del *sabbat* no son dignas de la atención de Shimón, entonces, ¿qué lo es?

Dunash da un suspiro.

—De seiscientos trece mandamientos, hay algunos que, cuando se comparan, bajo ciertas circunstancias crean dolor para la gente que ya sufre.

Samuel dice:

—Pero el salmista dice: «La Ley de Adonai es perfecta, que restaura el alma…».

—Regresemos al tema de los testigos. En la Torá, ¿cuántos testigos se requieren para establecer un hecho de modo juicioso? ¿Eh?

—Dos —responde Samuel.

—Y si un esposo muere —continúa Dunash como si estuviera enseñando a niños— y su esposa es el único testigo de su muerte, ¿en qué la convierte?

Samuel sabe dónde conduce esa conversación, pero es obvio que Yani no puede reprimirse.

—¿En una viuda?

A Dunash no le divierte, y le lanza una mirada de furia.

—Una *agunah* —dice Samuel—. Una mujer abandonada, porque no hubo un segundo testigo de la muerte de su esposo.

Dunash asiente con su cabeza.

—¿Y si ella se vuelve a casar?

—Eso la convierte en adúltera, y a sus hijos en ilegítimos.

—Bien —dice Dunash, claramente contento consigo mismo—, ¿es que no ves la crueldad de eso? Estas son las leyes que Shimón, como su padre Hillel antes, está buscando reformar. Su preocupación es por las mujeres, por las viudas, por los marginados y los vulnerables. La de ustedes parece ser por personas que cargan sus camas en *sabbat*.

Samuel sabe que están atrapados, pero Yani habla otra vez:

—La blasfemia no es inofensiva. Dunash, piensa en el valor político.

Dunash sacude su cabeza otra vez, como si ellos nunca aprendieran. Mientras se aleja a grandes zancadas, dice:

—Solo les digo que Shimón está muy concentrado, y no desgastará energía en este caso. Shalom.

Sintiendo como si le hubiera pasado por encima un vagón cargado, Samuel sigue tristemente a Yani hasta su oficina. En cuanto la puerta está cerrada, Yani, que camina de un lado a otro, dice:

—¿Débil? Ordenar descaradamente a alguien que quebrante el *sabbat*, ¡además de blasfemia! ¿El presidente Shimón diría que es un caso débil?

—Dunash fue totalmente desdeñoso.

—Es arrogante porque cree que tiene la última palabra. Cree que no hay ninguna consecuencia por despreciarnos.

—No hay esperanza —dice Samuel.

Eso hace que Yani se detenga.

—¡No! —exclama—. Recién ha comenzado. Ahora, vamos al otro lado. Al lado rígido.

¿En serio?

—¿Shamai? —Parece un movimiento radical.

Yani sigue hablando.

—Esperaba crear más caos al trabajar a través de Shimón, pero quizá Shamai responderá a nuestras historias con tal furia que terminará saliendo mejor.

Samuel no puede ocultar su angustia por la idea, pero Yani no ha terminado.

—Una vez, durante la Fiesta de los Tabernáculos —continúa—, la hija de Shamai dio a luz a un hijo. Samuel, Shamai subió hasta lo alto del tejado del cuarto donde estaban ella y el niño y abrió un agujero en el yeso solo para convertirlo en una *sucá*.

—Sí, y sus filosofías tienen peso en el Sanedrín, lo cual ayuda. Pero ¿y si descubre que acudimos primero al presidente Shimón?

—No si lo descubre, Samuel. Nosotros se lo diremos. Shamai y Shimón son rivales filosóficos. Aquí tenemos un asunto de la ley para el que el presidente Shimón no tiene tiempo. Es un asunto perfecto para Shamai. Shimón no tendrá ninguna explicación que dar de por qué no se tomó en serio el asunto.

Samuel no ve otra cosa sino interminables disputas partidistas en el futuro, cuando estas cosas deberían estar claras para todos.

—¿Por qué hay que hacer todo esto?

Capítulo 43

OLVIDADO

El campamento de los discípulos

María se siente al límite, y camina al lado de Mateo mientras Simón dirige el camino. ¿Cómo podrá enfrentar a sus amigos? ¿Cómo podrá enfrentar al Rabino? Es una medicina amarga, pero debe hacerlo o abandonar esta nueva vida para regresar a la vieja. Lo único que puede hacer es poner un pie delante del otro. Camina fatigosamente, con los brazos cruzados, sintiéndose tan baja como parece; además, huele mal. Aunque los muchachos han sido amables con ella, sigue estando mugrienta y desearía poder meterse en un río antes de ver a nadie, especialmente a Jesús.

Puede saber, incluso desde detrás, que Simón da zancadas con cierto brío, deseoso de mostrar que Mateo y él han tenido éxito en encontrarla y en hacerla regresar. ¡Cómo le gustaría desaparecer! ¿Cómo pudo meterse en este caos?

Cuando están a la vista de los demás, la confianza de Simón parece evaporarse. Debe ver lo que ella está viendo: a los demás sentados tristemente. ¿Qué ha causado eso? ¿Están lamentándose por ella, preocupados por ella?

Rema la ve llegar, se pone de pie de un salto y se acerca corriendo, con la madre de Jesús tras ella y seguidas de Juan y Santiago el Grande. Rema se acerca a María.

—¡Gracias al cielo que estás viva!

En muchos aspectos, María preferiría estar muerta. Pero se ve superada cuando la madre de Jesús se quita un chal que lleva a la cintura. Cubre amablemente el cabello de la joven María, y se ve tan preocupada y a la vez aliviada que María se siente todavía peor por causar todo ese problema. Mientras la atienden, Simón se acerca a Juan y Santiago el Grande, y María observa sus expresiones de dureza. Tiene que tratarse de algo más que su regreso.

—¿Qué sucedió? —les pregunta Simón.

—Felipe regresó con noticias —responde Juan—. El Bautista fue puesto bajo custodia.

—Está en la prisión más asegurada de Herodes —añade Santiago el Grande.

—Supongo que lo trataron bastante mal —dice Juan—. Fueron duros. Lo lastimaron.

—¿Lo sabe Jesús?

—Sí.

—¿Se ha enterado Andrés?

Ambos asienten con la cabeza y miran hacia donde Felipe está conversando con él. María puede ver que Andrés está a punto de estallar. Cuando Simón se apresura hacia él, Rema y la madre de Jesús siguen enjugando sus ojos y alisando su cabello y sus ropas.

—¿Necesitas algo? —pregunta Rema.

—No —susurra María, temiendo lo que llegará a continuación—. ¿Dónde está él?

—En su tienda —responde María.

María Magdalena sabe que debe enfrentarlo, pero se debate entre retrasarlo o acabar ya con todo eso. ¿Qué puede decir?

—¿Debería esperar?

—No —responde la madre de Jesús—. Te acompañaré a verlo.

¡Qué considerado por su parte! No tener que ir sola es lo mejor que puede sacar de la situación. Mientras sigue a la madre de Jesús, es consciente de que Mateo las sigue calladamente y espera afuera. ¡Qué amable ha sido él!

La madre de Jesús abre la tienda. Jesús está arrodillado y de espaldas a ellas. María lo oye llorar, y teme que ella sea la causa. Nunca, nunca jamás quiso convertirse en una carga para él.

—No es por ti —dice Jesús sin levantar la mirada—. Están sucediendo muchas cosas en este momento.

Se voltea para mirarla: ella nunca se ha sentido tan avergonzada. Rodea su propia cintura con sus manos, y desearía poder hacerse más pequeña.

Él resopla y se seca la cara.

—Es bueno tenerte de regreso.

Ella sabe que él lo dice de verdad, pero eso hace que se sienta aún peor. Él la mira con una mirada llena de amor y compasión; y ella se sienta indigna. Es el modo en que la miró cuando se encontraron por primera vez, cuando él la liberó de los demonios. Ella aparta la mirada.

—No sé qué decir.

—No pido mucho —dice él.

Mirando al suelo, ella dice:

—Estoy, estoy muy avergonzada. —Ante el silencio de él, ella susurra—. Tú me redimiste y yo lo tiré todo por la borda.

—Bueno —dice él jovialmente—, no es tanta redención si puede perderse en un día, ¿verdad?

Ella se ríe entre dientes, pero todavía no puede mirarlo a los ojos.

—Te lo debo todo. Pero no creo que pueda hacerlo.

—Hacer ¿qué?

—Esto. Estar a la altura. Compensarte. ¿Cómo pude irme? ¿Cómo pude regresar al lugar donde estaba antes? Y ni siquiera… ni siquiera regresé por mi cuenta. Tuvieron que ir a buscarme. —Sacude su cabeza con desesperación—. No puedo estar a la altura.

—Bueno, eso es cierto —dice él—. Pero no tienes que hacerlo. Yo solo quiero tu corazón. El Padre solo quiere tu corazón. Danos eso, lo cual ya has hecho, y el resto llegará con el tiempo.

María piensa: *¿Cómo puede él decir eso? ¿Cómo puede no mostrar su frustración, su impaciencia?*

—¿Realmente pensaste que nunca más volverías a batallar o a pecar? Eso es más de lo que ella puede asimilar.

—Sé cuán doloroso fue ese momento para ti.

Pero ¿por qué hice eso? ¿Por qué?

—No debería…

—Algún día no lo harás —dice él—. Pero no aquí.

¿Tengo que esperar a llegar al cielo antes de poder hacer esto?

—Lo siento tanto —dice ella. La madre de Jesús pone una mano sobre su espalda.

—Levanta tu mirada —dice Jesús.

—No puedo.

—Sí puedes.

—No puedo. —Las lágrimas salpican sus pies.

—Mírame.

Ella se obliga a levantar sus ojos y mirarlo a él, y se encuentra con una mirada tan tierna que apenas si puede soportarla.

—Te perdono —dice él acercándose—. Se acabó.

Llorando, ella se acerca a él. Y mientras él la abraza, susurra:

—Está olvidado.

Capítulo 44

NO QUEDA NADA

Interesante. Eso es lo mejor que Tomás puede decir sobre estos cuatro de sus nuevos amigos: Simón, Andrés, Felipe y Zeta, el recién llegado. Se acercó a ellos para conversar sobre la última crisis, por la cual de algún modo, aunque sabe que es estúpido pensarlo, se siente responsable. Tenía sentido que Jesús pusiera a un exproveedor de comida a cargo del inventario de alimentos y la planificación de las comidas; todo excepto la preparación final, que seguía siendo tarea de las mujeres, aunque Mateo y él ayudaban con frecuencia.

¿Cómo puede decirle al Rabino que se ha quedado sin comida? Bueno, *él* no necesariamente. No es su tarea comprar la comida, aunque durante días ha sido ignorada su lista de provisiones necesarias porque no hay dinero. Él nunca habría permitido que las cosas llegaran hasta este punto en su negocio, y no puede sacudirse la sensación de que seguramente hubo algo que él podría haber hecho.

Pero, claramente, ahora no es el momento de discutir eso con sus colegas. Mientras Jesús está en su tienda conversando con María, Simón masajea los hombros de su hermano, intentando consolarlo. La noticia que proviene de la corte de Herodes los tiene a todos preocupados, pero para Andrés y Felipe, que fueron discípulos del Bautista, es algo personal. Tomás está impresionado porque Simón, que se refería al primo de Jesús como Juan el Raro, es claramente sensible a la angustia de Andrés.

—¿Estás seguro de que Herodes dijo para siempre? —pregunta Simón a Felipe.

—Creo que eso significa prisión de por vida. Firmó la declaración al instante, con sangre.

Andrés sacude su cabeza.

—Nunca más lo volveremos a ver —dice, ahogado por la emoción.

—Podemos sacarlo —dice Zeta—. Conozco a algunas personas.

Felipe se voltea.

—¿Los zelotes contra el ejército de Herodes? Pagaría por ver esa pelea. Tienen máxima seguridad allí.

Zeta, que se ve más intimidatorio que nunca, dice:

—Eso lo haría más divertido.

Felipe mira a los demás y vuelve a mirar a Zeta.

—No. No. Tú ya no eres parte de esa Orden. Eres parte de nosotros.

—Lo que digo es que no deberíamos limitar nuestras opciones.

—Ahora no es el momento para eso —dice Simón.

Quizá es el momento, piensa Tomás. Ya no puede callar más.

—Me temo que la situación es peor de lo que creen.

—¿Qué podría ser peor? —pregunta Andrés, y Tomás desearía no tener que responder a eso.

Suponiendo que saben a qué se está refiriendo, dice simplemente:

—Esto nunca me había sucedido antes de conocerlos, muchachos.

Se dirige a la tienda de Jesús, donde Mateo abre una de las cortinas y dice:

—Siento interrumpir, Rabino. Parece que, bueno, hay un proble…

—Sí, déjalo entrar, Mateo —dice Jesús mientras las dos Marías se van.

Tomás entra en la tienda.

—¿Rabino?

—Tomás.

—Reconozco que están sucediendo muchas cosas, y ahora puede que no sea un buen momento.

—¿Qué sucede?

—Solo nos quedan lentejas para la cena de *sabbat* esta noche, y después nos quedaremos totalmente sin comida.

—¿No queda nada?

—Lo siento mucho, Rabino.

Jesús da un suspiro.

—Parece algo por lo que deberíamos acudir a mi Padre.

Un momento. Él convirtió agua en vino. ¿No puede hacer que aparezca comida?

—¿Orar?

—Bueno, después de todo, es casi *sabbat*. Conozco una sinagoga cerca.

—El asentamiento más cercano es Wadi Quelt, y no creo que nos den comida gratis.

—Diles a todos que salimos por la mañana.

Capítulo 45

CONFRONTACIÓN

Simón siente curiosidad. Está intrigado. Tomás parecía honrado porque Jesús directamente le había asignado transmitir un mensaje al resto. Nada del otro mundo. Solo que todos irían a una sinagoga cercana. Pero están en mitad de la nada. ¿Cuán significativa puede ser esa sinagoga?

Todo el grupo sigue a Jesús por un camino atravesando inmensos campos de trigo, maduro para la cosecha. Simón camina al lado de él, con Juan y Santiago el Grande unos pasos por detrás. Un poco más allá siguen el resto de los discípulos, y también María su madre, Rema y María Magdalena.

Cuando se ve la diminuta aldea, la sinagoga parece ser la atracción principal. Pero, como se temía, Simón descubre que no hay mucho que decir.

—¿Has estado en esta sinagoga, Rabino?

—No, Simón.

—¿Por qué esta sinagoga, Rabino? —pregunta Juan—. No está en ninguno de nuestros mapas.

—Es una buena pregunta —dice Jesús—. ¿Han notado que, sin importar a dónde vamos recientemente, nos malinterpretan cada vez más?

—Definitivamente —dicen Juan y su hermano al unísono.

—Es un tiempo muy complicado —añade Jesús—. Me entristece que no recibieran a María en la sinagoga en Jericó cuando llegó angustiada.

—¿La rechazaron? —pregunta Simón—. Ella no lo mencionó.

—Vamos —dice Jesús—. Es una mujer. Ella no esperaba su ayuda, pero la necesitaba. Y sumemos a eso el arresto de mi primo Juan. Se podría decir que siento nostalgia de un pueblo pequeño.

Entran en la sinagoga, y cuando pasan al lado de la cocina de la preparación del pan de la proposición, es obvio que el horno no ha sido encendido por años. En el santuario, el servicio de adoración ya ha comenzado. Simón no se sorprende al ver que sus compatriotas y él casi han duplicado el número de asistentes.

Se sitúan en su lugar, los hombres a un lado y las mujeres en el otro, como es costumbre. El más anciano de dos rabinos, Madai, está sentado detrás del más joven, Lamec, que está de pie tras la mesa de lectura leyendo del rollo de la Torá.

—«Nadie que haya nacido de una unión prohibida puede entrar en la asamblea del Señor. Incluso hasta la décima generación, ninguno de sus descendientes puede entrar en la asamblea del Señor».

Simón divisa a un hombre de tez morena que tendrá aproximadamente su misma edad, sentado solo y con la cabeza agachada, con su mano izquierda doblada de modo grotesco en su regazo. Jesús se acerca al hombre, y los rabinos que presiden parecen observarlo. Lamec hace una pausa y entonces continúa:

—«Ningún amorreo o moabita puede entrar en la asamblea del Señor. Incluso hasta la décima generación, ninguno de ellos puede entrar en la asamblea del Señor, ¡por siempre!».

El hombre con la mano inútil observa de repente a Jesús y a los demás, y parece perplejo, preocupado.

Lamec continúa leyendo:

—«Porque ellos no te recibieron con pan y agua en el camino. Incluso hasta la décima generación, ninguno de ellos puede entrar en la asamblea del Señor, por siempre».

Madai se levanta de su asiento. El rabino más joven se detiene y usa su puntero para señalar su punto en la lectura, mirando mientras Jesús se acerca al hombre, pone una mano sobre su hombro y dice:

—Shalom.

El hombre parece alarmado.

Jesús hace una indicación hacia su mano.

—¿Puedo ver?

Lamec grita:

—¡Disculpa! ¿Qué estás haciendo?

—¿Cómo te llamas? —susurra Jesús al hombre.

El hombre mira a los dos fariseos y otra vez a Jesús.

—Elam.

Jesús se dirige a los rabinos y dice:

—Su amigo Elam tiene una mano seca.

Madai da unos pasos adelante.

—¿Eres un sanador?

—¡No es lícito sanar en el *sabbat*! —grita Lamec.

Jesús da un suspiro, y Simón se da cuenta de que nunca ha visto al Maestro tan molesto.

—¿Quién de ustedes —dice Jesús a todos—, si tiene una oveja que cae en un hoyo en el *sabbat*, no la agarrará y la sacará?

Madai señala y grita:

—¿Quién eres tú para hablar a nuestra congregación de ese modo?

—¿Cuánto más vale este hombre que una oveja?

Lamec sale desde detrás del púlpito.

—¡Detén esto de inmediato!

—Ven aquí —le dice Jesús a Elam—. Ven, párate aquí. Está bien.

El hombre se levanta para obedecer, pero Madai grita:

—¡Elam, siéntate! No conocemos a esta persona. Podría ser un chamán.

Elam permanece parado al lado de Jesús.

—¿Es lícito en el *sabbat* hacer el bien o hacer el mal? —pregunta Jesús—. ¿Salvar la vida o matar?

—Esta aflicción no amenaza su vida —dice Madai.

—¡Ni siquiera le afecta la salud! —añade Lamec.

—Levántala —le dice Jesús a Elam. Jesús toma entre sus manos la mano seca y respira profundamente. Entonces suelta la mano—. Estírala. Bien, ¿no?

La sala se llena de un silencio de asombro, y Elam está feliz. Lamec grita enfurecido:

—¡Si él debía ser sanado, Dios mismo lo habría hecho!

Ojalá supiera, piensa Simón.

—Una observación interesante —dice Jesús.

—¡Sal de aquí! —grita Madai.

—Con gusto —dice Jesús.

Mientras Simón y los demás lo siguen, Lamec grita:

—¡Blasfemo!

—¿Qué te pasa? —añade Madai.

Jesús se voltea hacia ellos.

—Al parecer, todo.

Un momento después, Lamec grita:

—¡Espera! ¡Regresa! ¿Cómo te atreves?

Simón y el resto siguen a Jesús de regreso al camino que atraviesa los campos de trigo. Rema pregunta:

—¿Enviarán a los guardias del pueblo tras nosotros?

—Creo que esos hombres *son* los guardias del pueblo —dice Tomás.

Simón, en el frente con Jesús pero caminando hacia atrás para mirar a los otros, no puede dejar de hablar.

—Bien, para los que no estaban lo bastante cerca para verlo, primero Jesús interrumpió la lectura simplemente al pararse al lado de ese hombre que tenía una mano paralizada. —Se ríe y agarra unas espigas de trigo de una de las plantas, metiéndolas en su boca —. Y entonces el sacerdote, se enfure…

Se detiene de repente, a medio masticar, al darse cuenta de lo que ha hecho. Los otros se quedan mirando con los ojos muy abiertos.

—¿Qué? —pregunta Mateo a Felipe.

—Sembrar o cosechar en *sabbat*.

—Ah, sí.

Humillado, Simón lo escupe todo y se voltea hacia Jesús.

—Lo siento. Tenía tanta hambre que olvidé el día que es.

Todos parecen paralizados mientras Jesús parece estudiarlos. Finalmente, dice:

—Pueden comer.

Simón duda, y entonces se mete en la boca otro montón. El resto inmediatamente agarran espigas de trigo y las mueven entre sus manos para obtener los granos. Mientras comen, Madai y Lamec llegan hasta ellos. Se abren paso entre las mujeres a codazos y se abren camino hasta Jesús. Madai dice:

—¡Te has burlado de nuestra pequeña sinagoga y de la Torá!

Señalando la cara de Jesús, Lamec dice:

—Nos dirás tu nombre, tu linaje, tu… —Se voltea, mirando fijamente a los seguidores de Jesús—. Primero tú, y ahora tus discípulos, ¡están haciendo lo que no es lícito hacer en el *sabbat*!

—¿Acaso no han leído lo que hizo David cuando estaba necesitado y tenía hambre? —dice Jesús—. Entró en la casa de Dios, en tiempos del sacerdote Ahimelec, y comió el Pan de la Presencia, que no le era lícito comer a él, sino solo a los sacerdotes.

—¿Te comparas tú mismo con David? —dice Lamec.

—¡Era una emergencia! —dice Madai.

—¿O no han leído en la Ley cómo en *sabbat* los sacerdotes en el Templo profanan el *sabbat* pero son inocentes?

—¡Eso es para los levitas! ¿Eres tú un levita? ¿De linaje sacerdotal?

—Escuchen con atención. Algo más grande que el Templo está aquí. Y si hubieran sabido lo que significa «misericordia quiero, y no sacrificio», no habrían condenado a los inocentes. El *sabbat* fue hecho para el hombre, no el hombre para el *sabbat*. Por lo tanto, el Hijo del Hombre es Señor incluso del *sabbat*.

Madai parece asombrado.

—El Hijo del Hom…

—Vámonos —dice Jesús, y Simón y los otros dejan a los sacerdotes corriendo por el camino de regreso a su sinagoga.

• • •

Esa noche

Madai camina de un lado a otro ante el escritorio de Lamec mientras el hombre más joven escribe furiosamente.

—Probablemente ni siquiera la lean —dice Madai—. Esto es Wadi Quelt, no Betania o Jericó. Olvidan regularmente enviarnos información sobre cambios litúrgicos para la práctica en la sinagoga.

Lamec levanta su mirada.

—¿Y si no alertamos al Sanedrín?

—Entonces pecamos por omisión.

—Incluso tenía mujeres siguiéndolo. ¡Tres!

—Asegúrate de añadir eso.

—Si eso no capta su atención...

—Pero el Sanedrín está distraído entre Roma, las divisiones, las reformas y las protestas —dice Madai—, y los zelotes, Herodes y César; su atención está rebajada.

—Quién habría soñado que alguien que afirma ser el Hijo del Hombre... —dice Lamec.

—Aquel que se acerca al Anciano de Días...

—Y Señor del *sabbat*, entrara en nuestra pequeña sinagoga.

—Wadi Quelt contra Jerusalén es como David contra Goliat. Quizá *hay* esperanza para los pequeños, los ignorados.

—O quizá lo descarten como otro lunático en el desierto —dice Lamec—, que escupe blasfemias e intenta llamar la atención.

—Y terminará al final del montón en el escritorio de algún secretario. —Madai hace una pausa—. Podríamos ir a Jotapata, donde está previsto que hable este hombre. Habrá personas de importancia entre quienes protestan. Podríamos decirles también.

—Sí, haremos las dos cosas. ¿Quién sabe? Lo único que podemos hacer es cumplir con nuestra obligación de reportar los hechos. Y orar.

—¿Para qué?

—Justicia.

PARTE 7

Ajuste de cuentas

Capítulo 46

PREPARACIÓN

Capernaúm

Aticus, de la *Cohortes Urbana* de César, se abre paso entre el gentío del mercado, ataviado con una capa que cubre la insignia SPQR sobre su pecho que lo identifica con el *Senatus Populace Romanus* (el Senado y el pueblo romano). El alborotador al que ha estado siguiendo podría ser de Nazaret, pero es aquí donde todo pareció comenzar: donde el predicador y aparente mago comenzó a reclutar a su pandilla de pescadores, un cojo, un mercader, una mujer con una reputación lejos de ser perfecta, uno de los seguidores de su propio primo extraño, e incluso un recaudador de impuestos.

¿Dónde acabaría todo? El hombre había añadido a su manada de inadaptados a un proveedor de comida en bodas, un arquitecto fracasado, e incluso un zelote. ¿Qué se traería entre manos? No hay duda de que ha hecho cosas impresionantes: hay rumores acerca de sus sanidades y todo lo demás. ¿Serían trucos? ¿Juegos mentales? ¿Cómo saberlo? A pesar del grupo dispar que ha escogido, el resultado es un conjunto creciente de seguidores que creen que él podría ser el Mesías de las antiguas profecías judías.

El hecho de que este al que llaman profeta y maestro haya demostrado ser lo suficientemente interesante como para atraer la atención de

Roma, hace que ahora sea responsabilidad de Aticus. Estar en la misma ciudad en la que podría encontrar y entrevistar a los padres de dos de los pescadores que lo siguen, a la esposa y a la suegra de otro, incluso tal vez hasta al guardia que había sido asignado al recaudador de impuestos… Bueno, como poco, Aticus podría ir preparando su lugar al lado del emperador. Además, no puede negar su propia curiosidad. ¿Podría haber algo más profundo, algo real acerca de este extraño itinerante?

Deseosos por agradar a Aticus, los guardias romanos vestidos con sus brillantes túnicas rojas clavan carteles en paredes y en postes. Él espera a que uno de ellos termine para acercarse a leer el anuncio: *Se busca a Jesús de Nazaret para interrogarlo.* Se añade también que, cualquiera con conocimiento acerca de su paradero, debe comunicarlo al pretor local.

¡Ah, el pretor! El escurridizo Quintus, que lleva su título y su cargo como si fueran plumas de pavo real pero que, en realidad (y Aticus lo sabe), lo entregaría todo con tal de ser un verdadero confidente del mismísimo soberano, Tiberio César Augusto. En resumen, como todos los demás operativos romanos de nivel medio, Quintus no puede ocultar su envidia del *Cohortes Urbana*. Aunque todos los que están por debajo de Quintus lo adulan o tiemblan a sus pies, Aticus no lo hace.

Arranca el cartel y lo arruga al meterlo bajo su capa. ¡Cómo irritará a Quintus que sea él quien entregue en bandeja al nazareno!

Momentos más tarde, se acerca al escritorio de un atareado subordinado que ni se molesta en levantar la mirada.

—¿Sí?

—Estoy aquí para ver a Quintus.

Finalmente, el hombre se digna a dejar de escribir.

—Es pretor Quintus, y solamente puede tener una audiencia con él a través de una solicitud…

Aticus golpea el cartel fuertemente sobre el espacio de trabajo del hombre.

—…formal. —El lacayo parece horrorizado.

—¿Dañaste y quitaste un anuncio público?

Aticus, con el inmenso placer que le produce hacerlo, levanta su capa para mostrar su insignia.

—¿Y ahora?

El hombre se levanta de un salto, escoltando a Aticus hasta la oficina de Quintus, donde el pretor está de pie mirando por la ventana. Se da la vuelta y, al hacerlo, abre más sus ojos.

—¿Aticus Aemilius Pulcher? ¿Enviado hasta el norte de Galilea?

—Te has quedado atrás, Quintus. He estado por toda Judea, prácticamente debajo de tus narices.

—Pensé que te habías retirado.

—Los *Cohortes Urbanae* no se retiran.

—Es cierto —dice Quintus con mirada alegre—, los envían a Galia.

—Tengo una pregunta para ti: ¿cómo sostienes esa armadura con tan poco carácter?

—No te enojes, Aticus. Galia no es un mal lugar para retirarse. He oído que todas las mujeres tienen el cabello pelirrojo, y la música…

—No estoy aquí para hablar de mujeres y de música, aunque estoy seguro de que tú sí que tienes tiempo de sobra para las dos.

—Sí, lo tengo porque mantengo las cosas a raya por aquí —dice Quintus—. Por eso tengo tiempo para ti. Ah, y ¡ave César! ¿Ya lo dije? ¿Cómo puedo servir al César hoy?

Es el momento de entrar en materia.

—Tengo información para ti.

Esto parece captar la atención del pretor.

—Yo tengo oídos.

—Bueno, pues ábrelos bien, Quintus. Tengo noticias sobre Jesús de Nazaret.

Por fin, una sonrisa del pretor que parece genuina. Aticus le da a Quintus información acerca de dónde poder localizar a Jesús y a sus discípulos a cambio del privilegio de acompañar al *contubernium* al que le ha sido asignado arrestarlo.

—Simplemente no interfieras —dice Quintus—. Asignaré al *primi* Gayo para que se encargue del arresto.

—Espera —dice Aticus—, el mismo Gayo que…

—Había sido asignado a mi mejor recaudador de impuestos, sí. Haces bien tu tarea, tengo que admitirlo. Me gustaría estrangular a este Jesús por el simple hecho de haber robado a ese pequeño estrafalario.

• • •

Costa sudoeste, mar de Galilea a las afueras de Tiberias

Estar aquí con su hermano Andrés y los hermanos Juan y Santiago el Grande, hace que Simón recuerde su casa. Intenta reprimir la nostalgia para evitar pensar demasiado en lo mucho que extraña a su amada Edén. Los días (las vidas, realmente) de pescar se han terminado para estos cuatro hombres, pero la barca anclada, las olas y los olores traen muchos recuerdos. Los días al sol con el padre de Juan y Santiago, el extrovertido Zebedeo...

Sin embargo, él no está aquí para pescar, sino para no tener que hacerlo. Cada uno de los cuatro ha escogido una piedra de la playa, habiendo acordado que cualquiera de los dos pares de hermanos que tire la piedra más lejos puede regresar al lugar donde Jesús está preparando a los demás para su próximo gran sermón. La otra pareja debe completar la tarea que Jesús les ha asignado: reponer las reservas de comida de los discípulos.

—Está bien, yo primero —dice Juan. Da un paso atrás para lanzar.

—¡Espera, espera! —grita Simón, y Juan se detiene visiblemente molesto—. ¿Cómo vamos a medir la distancia si la lanzas al mar?

—Por la salpicadura.

—Lánzala a la orilla —dice Andrés.

—Voy a ganar de todos modos —dice Santiago el Grande.

—Ya veremos —dice Simón—. Si se trata de pescar o escuchar las instrucciones del Rabino acerca del sermón, lanzaré esta cosa hasta el Mediterráneo.

—¡*Todos* deberíamos pescar! —exclama Andrés—. Intentar evitar que ocurra algo como lo de Wadi Quelt.

—Entonces arrójala, grandullón —le dice Juan.

Andrés se prepara y lanza una piedra al mar. Simón tira una aún más lejos. Juan y Santiago el Grande lanzan las suyas casi a la vez, y sus dos salpicaduras superan en distancia, con mucha diferencia, a las de Simón y Andrés. Los hijos de Zebedeo se ríen y alardean.

—¡Los hijos de Jonás pescarán hoy! —dice Santiago, el ganador.

—Perfecto —dice Simón mientras recoge otra piedra—. El mejor de tres.

Los demás lo miran con tal desdén que la deja caer

—¿Y si echamos un pulso de brazos? —dice Simón.

—¿Por qué estamos decidiendo? —grita Andrés—. ¡Todos deberíamos pescar como pidió Jesús! No podemos arriesgarnos a arruinar sus planes para el sermón.

—¡Andrés! —dice Juan con una sonrisa irónica—. Nunca pensé que fueras tan mal perdedor.

—Cuidado, Pequeño Trueno —dice Simón—. Ustedes dos vayan a escuchar al Rabino y nos ponen al día cuando regresemos.

—¡No! —dice Andrés—. ¡Lo digo en serio! El Rabino nos dijo a los cuatro que busquemos comida. Deberíamos hacer como él dijo o pasarán cosas malas.

Santiago cruza los brazos.

—Tiene mal perder *y* además es supersticioso —dice—. Eso no es bueno.

Mientras Juan y Santiago se van, habla Juan.

—Ah, y Simón, podemos echar un pulso de brazo la próxima vez.

—¡Ningún problema! —añade Santiago.

Cuando están lo suficientemente lejos, Andrés habla.

—Eso fue una idea pésima.

—¿No crees que podría ganar al menos a uno de ellos? Ten algo de fe, hombre.

—¡La fe no es mi problema! —dice Andrés mientras marcha hacia la barca.

• • •

Una colina a las afueras de Jotapata

Mateo siente que está mejorando en su rapidez al tomar notas, aunque todavía son un conjunto de garabatos poco inteligibles. Aun así, hay otros del grupo, como Simón, que le advierten constantemente de que esa documentación, si cae en las manos equivocadas, podría arruinarlo todo. Pero ¿a quién le van a interesar las anotaciones de un exrecaudador de impuestos, que aún viste las ropas de su antigua profesión, y que ahora están desgastadas y malolientes por estar caminando por la polvorienta campiña?

Jesús les está diciendo a su madre, a Felipe, a Natanael y a Mateo que todos tienen una tarea que hacer en la realización del próximo sermón, que él espera que reunirá a un grupo más grande que nunca. Eso demuestra cuán rápidamente se está difundiendo la voz acerca de Jesús; que no solo hace algún milagro aquí y allá, sino que sana a *todos* dondequiera que va.

Cuando llegan Juan y Santiago el Grande, Jesús se dirige a ellos.

—¡Hijos del Trueno! ¿No deberían estar pescando aún?

—Decidimos que ellos podían encargarse —dice Santiago—. Nosotros queríamos aprender más sobre lo que estás planeando.

—Mmm —susurra Jesús—. Ganaron una competencia, ¿no? —Ellos asienten con la cabeza y todos se ríen—. ¿Cómo está Andrés?

—Lo superará —dice Juan—. Entonces, ¿qué nos perdimos?

Ahora es cuando Mateo se siente valioso. Lee de sus notas.

—Zeta esta creando un plan de seguridad. María y Rema están en el campamento trabajando en…

—Gracias, Mateo —dice Jesús—. No necesitan todos los detalles. Esto es lo que quiero que cada uno de ustedes comprenda, y que se aseguren de que todos comprendan también: se trata del *porqué* de este sermón, ¿sí? No es porque necesitamos hacer sentir nuestra presencia aquí en la región, ni para hablar de los detalles de cómo lo haremos.

Mira a Mateo como para tranquilizarlo.

—Los detalles importan, sí, y todos ustedes se asegurarán de que se realice bien. Pero lo que hace que este sermón sea tan importante es cada persona que estará ahí. Felipe, ¿qué hace que los sermones de Juan sean tan memorables?

—El volumen.

Jesús se ríe.

—Bueno, sí, eso también.

—Él hablaba directamente a quien estaba allí. Era personal.

—Sí, bien. Pero en este sermón habrá miles de personas, así que no podré dirigirme a un grupo más que a otro. Lo que diré será para todos y cada uno de ellos. Vienen porque se está corriendo la voz de las señales y prodigios. Pero lo que les daré será mucho más importante: la verdad. Esto definirá todo nuestro ministerio. En eso debemos enfocarnos.

Capítulo 47

PELIGROSO

Sinagoga de Capernaúm

Yani acuerda con Samuel que ambos deben encontrar a la mujer que llevó a su amigo a Jesús para ser sanado. Insiste en que Yusef sabrá quién es, así que convence a Samuel para que regresen a la sinagoga donde crecieron.

—¿No es costumbre avisar con tiempo? —pregunta Samuel.

—Veamos qué ocurre.

Juntos, entran a una habitación escasamente iluminada en la que los fariseos de la localidad están sentados orando o conversando en voz baja. Yani carraspea.

—¡Rabino Samuel bar Yosef de Capernaúm! —anuncia.

Para su satisfacción, se escucha un murmullo general entre los allí reunidos, y a continuación se levanta un aplauso lleno de entusiasmo. Samuel parece avergonzado… y aliviado.

Yusef aparece por un pasillo.

—¡Samuel!

—¡Shalom! —dice Samuel.

Yusef se dirige a los asistentes.

—¡El instruido Samuel regresa de Jerusalén! No sabemos la razón, ¡pero nos sentimos honrados!

—¡Por las sardinas! —dice Samuel con alegría—. ¿A dónde más iría?

Los dos se ríen y se abrazan mientras los demás parecen entender la conversación.

—En la Ciudad Santa también las tenemos en escabeche —dice Yani.

Yusef se ríe.

—Creo que Nicodemo también hizo una broma sobre pescados en su última visita. —Se voltea para hablar a un subordinado—. Prepara el asiento de honor...

—No, no, Yusef, no he hecho nada para...

—Fuiste aceptado por el Gran Sanedrín de Jerusalén para hacer investigaciones especiales; un privilegio que a pocos se les concede. Por favor...

—Me halaga tu gesto, Yusef, pero este no es momento para sentarse. ¿Puedo hablar contigo en privado?

Yusef parece desconcertado.

—Claro, por supuesto.

Samuel lo lleva a la sala de estudios, el *bet midrash*, y Yani los sigue, detectando curiosidad en los rostros de los demás.

En cuanto están sentados en privado, Samuel le recuerda a Yusef la hermosa mujer etíope que consiguió bajar a su amigo paralítico por el tejado de una casa del barrio para que Jesús de Nazaret pudiera sanarlo.

—Sí, Tamar —dice Yusef—. En la casa de Zebedeo el pescador. ¿Qué ocurre con ella?

—Ese día, ella apeló a Jesús diciendo que lo vio sanar a un leproso en el camino. ¿Recuerdas?

—Sí, pero no hay ninguna ley contra sanar a un leproso.

—Pero si fue en *sabbat*, como Yani lo vio hacer en el estanque, entonces ha surgido un patrón. Ella podría ser la clave para confirmar dos incidentes.

—Pero el testimonio de una mujer se descarta automáticamente.

—No si nos lleva hasta el leproso.

—¿Crees que alguien que ha sido sanado de lepra daría información condenatoria sobre quien lo sanó?

Yani se suma a la conversación.

—Si no lo hiciera, estaría violando el mandamiento contra dar falso testimonio —dice.

Yusef parece discrepar.

—Con el debido respeto, maestro, pensé que fuiste a Jerusalén a investigar la falsa profecía, no a perseguir a un hombre procedente nada menos que de Nazaret.

—Es la misma misión, Yusef —dice Samuel.

—Sé que él pasa tiempo con pecadores, pero…

—La etíope, ¿está aún en Capernaúm?

—No está en Capernaúm. Lo último que supe de ella fue por Yehuda. La vio en Migdal.

—¿Y por qué se molestaría Yehuda en mencionarlo? —dice Samuel.

—Ella estaba testificando en la calle.

Yani sacude la cabeza a la vez que habla.

—¿Una mujer?

—¡Blasfemia! —exclama Samuel—. Este hombre es como un fuego descontrolado. ¡Dondequiera que va! Debemos encontrarla.

—¿Y si descubres que la sanidad no fue en *sabbat*? —pregunta Yusef.

Yani y Samuel se miran incómodamente. Eso sería desastroso, además de hacerles quedar como tontos.

A Yusef se le ilumina el rostro.

—Espero que consideres compartir con nosotros tu experiencia en Jerusalén.

—Me encantaría, Yusef —dice Samuel—. Pero hay otra persona con la que debo hablar.

• • •

El mar de Galilea

Aunque Simón discute mucho con su hermano, no hay otra persona con la que preferiría pasar la tarde pescando que con Andrés; incluso cuando está más inquieto que nunca.

—No sé por qué lo del trigo te molesta tanto —dice Simón—. A Jesús no le importó.

—¡A los fariseos de Wadi Quelt sí que les molestó! Y ya sabes que ahora lo denunciarán.

—Jesús sabe lo que hace. No tienes que correr a su rescate todo el tiempo.

Andrés levanta la mirada de su red.

—¿En serio? ¿Tú? ¿El rey de correr a su rescate?

—Sí, está bien, lo hice algunas veces. Sé que no ayuda.

Andrés hace una pausa.

—Ya sabes lo que le están haciendo a Juan. No podemos dejar que le hagan lo mismo a Jesús.

—¡No los dejaremos!

—¡Entonces no hagamos un drama dondequiera que vamos! Es lo único que digo; es sentido común.

Su hermano parece más agitado que nunca.

—Creo que él no se guía por el sentido común, ¿no crees? —dice Simón—. Acostúmbrate a lo diferente, hermano.

—Estoy siendo inteligente.

Simón le lanza una mirada.

—¿Qué?

—Deja la inteligencia a Mateo y Tomás —le dice Simón.

—¿Mateo es inteligente ahora? ¡Realmente ha venido el Mesías!

—Olvida lo que he dicho. Mejor pesquemos.

• • •

Sede de las autoridades romanas

Yani y Samuel se acercan al recepcionista en un escritorio en el vestíbulo. Hay un guardia estacionado a unos metros.

—Estoy aquí para solicitar una audiencia con el pretor —dice Samuel—. Es urgente.

El recepcionista se voltea hacia el guardia mostrando una sonrisita de superioridad.

—Dice que es urgente, Marcus. —Se dirige a ellos de nuevo—. Eso es lo que todos dicen.

—Bueno, hay carteles por toda Capernaúm que dicen que se busca al hombre conocido como Jesús de Nazaret para interrogarlo.

Eso parece hacer que tanto Marcus como el recepcionista se pongan serios.

—Yo puedo tomar tu declaración —dice el recepcionista.

Yani esperaba poder hablar con Quintus directamente, pero eleva una ceja, como indicando a Samuel que debería seguir hablando.

Samuel duda un instante, pero prosigue.

—Creo que fue visto por última vez en Jerusalén en una de nuestras fiestas de peregrinaje.

—¿Cuando fue eso?

—Hace cinco días.

Tanto el guardia como el recepcionista se relajan.

—Eso es información obsoleta —dice el recepcionista.

—¿Qué?

—Lo tendremos bajo custodia mañana —interviene Marcus.

—¿Qué sucedió? —pregunta Samuel.

—¿Por qué cargos? —dice Yani.

—¿Tienen algo más que reportar? —pregunta Marcus.

—Con todo respeto, oficial —dice Samuel—, debo conocer la naturaleza de los cargos. Si quebrantó la ley judía, entonces nosotros debemos saberlo.

—¿Nosotros? —dice el recepcionista.

—¿Qué saben de la Orden de los zelotes? —pregunta Marcus.

—¿La Cuarta Filosofía? —dice Samuel—. No comprendo.

—Historias y rumores —interviene Yani—. Son forasteros.

—¿Qué tienen que ver los zelotes con Jesús de Nazaret? —pregunta Samuel.

—Gracias por venir —dice Marcus—. ¿Pueden salir solos o necesitan que les muestre la salida?

—No, no, están equivocados —dice Samuel—. Jesús *sí* es peligroso, pero no es…

—Nosotros mismos podemos decidir quién es peligroso —dice el guardia—. Gracias.

Yani no está dispuesto a darse por vencido.

—¿Podemos interrogarlo cuando lo tengan bajo custodia?

—Sí —añade Samuel—. Me gustaría mucho hablar con él en nombre de la sinagoga de Capernaúm.

—Lo dejaremos anotado —dice el recepcionista inexpresivamente.

—¿De verdad lo hará? —dice Samuel.

—No.

Marcus da un paso hacia ellos.

—¡Fuera!

En la puerta, Samuel se da media vuelta.

—Recuerden mis palabras: no lo subestimen.

Marcus desenfunda su espada.

—No subestimen esto.

Capítulo 48

UNA PALABRA PARA LOS SABIOS

En las afueras de Jotapata

Gayo y su pequeño grupo de legionarios dejan sus caballos en el bosque y marchan por el campo hacia el lugar en el que le han dicho que tal vez encuentre a Jesús. Que un miembro de la mismísima *Cohortes Urbanae* del César de algún modo haya conseguido acompañarlos es para él una distracción política más con la que debe lidiar. Por ahora, Aticus está al final del grupo.

Gayo no tiene ni idea de qué esperar del supuesto profeta itinerante, pero más allá de la amenaza potencial de un exzelote y un expescador más fornido de lo habitual, vaticina pocas dificultades para sus nueve soldados musculosos, armados y uniformados. Será rápido y actuará con autoridad, dejando al predicador sin otra alternativa que la de rendirse.

Gayo se gira al escuchar pasos. El intruso se acerca. Perfecto. Adelanta a Gayo.

—¿Cual es tu plan entonces, *primi*? —El hombre parece realmente interesado, no con ánimo altivo.

—¿Plan? —dice Gayo—. Vamos a cruzar esa ciudad como si fuera nuestra, arrestaremos a nuestro hombre y estaremos de regreso en casa antes del desayuno, *Cohortes*. Ese es el plan.

—¿Has estado alguna vez en Jotapata?

—He visto planos.

—Es un lugar muy... intenso.

—¿Qué significa eso?

—Bueno —dice Aticus—, digamos que el pretor en Jotapata no tiene el mismo control que Quintus tiene en Capernaúm.

—¿Cómo sabes eso?

—Tenía unos informantes confiables allí.

—¿Tenías? ¿Qué ocurrió? ¿Dejaron de hablar?

—Dejaron de vivir. Fueron torturados hasta morir. Uno por uno. Roma es el enemigo en Jotapata, *primi*.

—Pero si lleva el nombre de un emperador romano.

—Exactamente —dice Aticus—. Herodes la construyó sobre tumbas judías, nada menos, y forzó a muchos judíos a asentarse allí en contra de su voluntad. ¿Cómo crees que sienta eso?

—No muy bien.

—Exacto. ¿Conoces a los hombres de blanco y negro?

—Los fariseos.

—Hay muchos de esos. ¿Y los otros?

—Saduceos —dice Gayo.

—Sí, también hay algunos. Y predicadores, como este Jesús, por todas partes. Prácticamente todo el mundo en el pueblo vive en son de protesta. ¿Sabes a lo que me refiero?

—Comienzo a hacerme una idea.

—El campamento de Jesús está justo al sur de la ciudad.

—Tal vez tomaremos el camino más largo —dice Gayo, haciendo que Aticus sonría.

—*Eso* sí que es un buen plan.

—¿Por eso viniste?

—Quería hacer ejercicio. Pero, sobre todo, tu pretor es el tipo más detestable en toda Galilea.

Gayo no puede rebatir eso, pero a la vez también se ha ganado la vida al subordinarse a Quintus.

—¿Seguro que esa es la única razón por la que viniste? Para hacer ejercicio podrías haber caminado por la orilla de la playa. Si querías evitar a Quintus, también tenías muchos lugares para beber en una ciudad de pescadores.

Eso hace reír a Aticus.

—Tienes buenos instintos, *primi*. Está bien, si quieres saberlo, he de admitir que me intriga tu presa.

¿En serio?

—¿Te intriga Jesús de Nazaret?

—Vi a un hombre que no se había parado sobre sus pies en décadas dar saltos como un niño. Vi a un zelote rendir su arma y arrodillarse. Y déjame decirte esto, Gayo: observé en secreto cómo un loco atacaba a ese mismo exzelote en el campamento del grupo, y lo dominó fácilmente con fuerza sobrenatural hasta que el maestro simplemente le habló. Los ojos de aquel lunático se aclararon, e inmediatamente se llenó de gozo. Jesús de Nazaret hizo todo eso. Él no me parece amenazante en absoluto, y *eso* me asusta.

Pues claro, piensa Gayo, *yo mismo vi a un judío ridículamente rico abandonar en un solo instante su posición privilegiada y su estilo de vida opulento para seguir a este hombre.*

—Tal vez solo estoy interesado en ver cómo reaccionará cuando lo arresten —añade Aticus.

Si los rumores acerca de los milagros de sanidad tienen algún tipo de validez, Gayo tendrá que ejecutar su arresto de manera completamente legal y ver qué ocurre.

Capítulo 49

CAPTURADO

El mar de Galilea

Incluso con lo agitado que parece su hermano, Simón aún disfruta de trabajar con él. Con Jesús y algunos de los demás a la vista, en dirección contraria a la playa y cerca de la colina, Simón y Andrés desenredan sus redes hábilmente. Si hay alguien que pueda llevar el pescado para seguir teniendo sustento, son ellos.

—Como los viejos tiempos, ¿no? —dice Simón.

—Como dice Jesús, nadie nunca tiene que adivinar lo que hay en tu cabeza.

—No hay nada en mi cabeza. Este tipo de trabajo lo llevamos en la sangre. No hace falta pensar.

—Debe de ser agradable no tener nada en la cabeza —dice Andrés.

—No te hagas el listo, tan solo es un modo de hablar.

—Pues sí que pasó cuando arrancaste las espigas de trigo en Wadi Quelt.

—¡Vamos! Todos lo hicimos… bueno, excepto María.

—Ella ya había hecho su parte —dice Andrés, con evidente indignación.

—¿Crees que nunca cometerás otro error en tu vida?

—¡Ella se fue por días!

—Dos días —dice Simón—. No exageres.

—¿Que *yo* no exagere? ¿Me estás diciendo a *mí* que no exagere? Eso es... vaya.

—Mira —dice Simón—, ella pasó por algo horrible y aterrador, y lidió con ello de la mejor manera que pudo.

—Debió haber acudido a Jesús.

—¡Ella ahora lo sabe, Andrés! Si recuerdas, Jesús estaba atareado quitándole la daga al loco de Simón.

—Ah, ¿*él* es Simón el loco?

—¿Comparado conmigo? Soy un hombre casado y trabajaba en un oficio honrado...

—¡Trabajabas en un oficio honrado deshonestamente!

—Así conocí a Jesús —dice Simón—. Caminos inesperados.

—Apuestas. Peleas. ¿Eso también era inesperado?

—Tú también apostabas, hermano.

—Y nunca más lo haré. Y si alguna vez soy tentado, le pediré ayuda al Rabino. Por supuesto que no haré algo egoísta que deje al grupo tirado en el campamento y con hambre dos días, o que haga que Jesús esté tenso y enoje a los fariseos, ¡que por cierto nos persiguen!

—Estaba afligido por el arresto de su primo, y no nos están persiguiendo. Qué dramático eres.

—Cuando en Jerusalén se enteren de que afirmó ser el «Hijo del Hombre» y «Señor del *sabbat*» —dice Andrés—, lo perseguirán y lo meterán en la cárcel. Y eso podría arruinar los planes para el gran sermón y eliminar todo el impulso que hemos conseguido hasta ahora. Eso es lo que me asusta.

Simón sacude la cabeza.

—Jerusalén ni siquiera abre el correo que recibe de Wadi Quelt. Andrés, solo es tu temor el que habla.

—He estado metido en esto más tiempo que tú. Cuando deciden que no les agradas, se terminó. ¡Juan el Bautista podría pasar el *resto de su vida* en prisión!

—Pero Herodes arrestó a Juan, no el Sanedrín.

—¡El Sanedrín arresta a personas todo el tiempo!

Simón estudia a su hermano.

—Tú eres quien me dijo que él era el Mesías. ¿Tendré que recordártelo yo a *ti* ahora?

—El simple hecho de que él es el Mesías significa que habrá problemas, ¿lo entiendes? Tal vez hasta una guerra.

¿Una guerra? ¿Está hablando en serio?

—Andrés, ¿si estuvieras creando un ejército, comenzarías con Santiago el Joven y Tadeo?

—¡Simón!

—¿Crees que va a trazar planos militares cuando se va a lugares solitarios?

—Nunca regresa con nada.

¿Cómo puede decir eso?

—¿Sabes qué? Solo pesquemos. ¿Está bien? ¿Podemos hacer eso?

Como si no pudiera soportar ver a su hermano, Andrés rápidamente se mueve al otro lado de la barca. Simón amarra sus redes y suspira profundamente. Bendito silencio. Pero entonces, algo en la orilla capta su atención, y ve que el exguardia asignado a Mateo marcha rápidamente con un grupo de soldados y un civil hacia el lugar donde Jesús y los demás están reunidos.

—¿Andrés? Mi querido hermano pequeño a quien amo mucho…

—¿Qué?

—Necesito que respires profundamente. ¿Puedes hacer eso?

—¿Qué? ¿Por qué?

—Por favor, simplemente hazlo. Pídele a Dios que te dé paz antes de…

Pero Andrés finalmente se da media vuelta y ve lo que Simón está viendo.

—¡Lo sabía! —exclama furioso—. ¡Lo sabía!

—¡Oye! ¡Mantén la calma, hombre!

Juntos, preparan la barca frenéticamente para dirigirse hacia la orilla.

• • •

Sentado ante Jesús con Santiago el Grande, junto a María su madre, Mateo, Felipe y Natanael, Juan se siente culpable por habérselas ingeniado para librarse de la tarea que el Rabino les había asignado a ellos y a la otra pareja de hermanos. Pero, por otro lado, nunca se cansa de escuchar a Jesús dar instrucciones y planear.

—Ahora —dice Jesús—, unos pocos días será tiempo más que suficiente para asegurarnos de que todo salga bien. Natanael, llévate a Tadeo y a Santiago el Joven para buscar un lugar adecuado, y decidan si vale la pena construir algún tipo de plataforma.

Deja de hablar de repente, mirando más allá de sus seguidores. Juan se voltea y ve a Gayo acercarse junto con sus tropas. Santiago el Grande y él se ponen de pie de un salto mientras los demás se quedan mirando, con el miedo visible en sus rostros.

Jesús pone una mano en el hombro de Mateo y les habla a él y a Felipe.

—No teman. Digan a todos que sigan planificando. Yo voy a regresar.

Los dos parten rápidamente hacia el campamento.

Jesús levanta las dos manos para calmar a todos, y Juan siente el terror reflejado en la madre de Jesús. Natanael se acerca a ella mientras llegan los soldados y forman un círculo alrededor del Rabino y sus seguidores. Juan y Santiago el Grande flanquean a Jesús.

—Jesús de Nazaret, una autoridad romana te busca para ser interrogado —dice Gayo—. ¿Te rindes pacíficamente?

—Sí.

—Jesús, ¡no! —susurra Juan.

Jesús le indica que calle.

—¿Estás armado? —pregunta Gayo.

—Yo no, pero algunos de mis seguidores sí.

Los soldados desenfundan sus espadas al unísono.

—Diles a tus seguidores que tiren sus armas —continúa Gayo— y que retrocedan diez codos.

—Lo haré. ¿Puedo despedirme de mi Ima?

Gayo se queda mirando fijamente.

—*Mater mea* —añade Jesús en latín (*mi madre*).

Gayo parece intentar mantenerse serio sin parecer un monstruo.

—Sí —dice inexpresivamente.

Jesús la abraza.

—No temas, Ima.

Ella asiente, pero Juan puede notar que está petrificada. Jesús se da la vuelta.

—Santiago y Juan —les dice—, tiren sus armas y retrocedan diez codos.

Gayo hace una señal con la cabeza a dos de los soldados, que recogen los cuchillos. Uno de los soldados ata las manos de Jesús a su espalda.

El *primi* parece tener sentimientos encontrados, como si simplemente quisiera que todo esto terminase. Jesús parece mirarlo y saberlo, y Gayo claramente está incómodo.

—Mateo está a salvo y está muy bien —le dice Jesús—. Está en el campamento.

Gayo se acerca.

—Todos ustedes parecen mal alimentados. Sucios.

—Pasamos un tiempo de hambre —dice Jesús—, pero tenemos hombres en el agua ahora para abastecernos de alimento.

Gayo se acerca aún más.

—Mateo está acostumbrado a comer bien —dice susurrando—. ¿Qué tienes tú para ofrecerle?

—¿No deberíamos hablar de eso más tarde?

Gayo hace una pausa, como si estuviera evaluando al hombre, y levanta su voz.

—¡Vamos!

Y se llevan a Jesús.

Capítulo 50

DESESPERACIÓN

El campamento de los discípulos

Simón no puede creer que Andrés tuviera la razón. Él esperaba dificultades en el camino, pero supuso que sería más probable que llegaran por las grandes multitudes de gente que esperaban en el próximo sermón. Ver cómo se llevaban al hombre al que literalmente habían entregado sus vidas, con las manos atadas a la espalda, es más de lo que puede soportar. Andrés y él corren hacia el campamento. Santiago el Grande y Juan habían estado entre quienes aparentemente se habían quedado de brazos cruzados cuando se había ejecutado el arresto.

Simón nunca ha sido capaz de seguirle el ritmo a su hermano pequeño, y mientras lo sigue, decide qué dirá a los demás. De una cosa está seguro: él *nunca* abandonará a Jesús en una situación como esa. ¿Acaso nadie tiene ni una pizca de valentía y carácter?

Encuentra al grupo reunido bajo la cubierta donde habitualmente comen juntos. Incluso desde la distancia parecen conmovidos y aturdidos, con sus cabezas agachadas. Simón y Andrés llegan corriendo a donde están todos.

—¿Qué sucedió? —reclama Andrés.

—¡Estuvieron ahí parados sin hacer nada mientras lo arrestaban! —grita Simón.

Felipe levanta la mano.

—Él fue claro —dice.

—Detenido —dice Santiago el Grande—. No arrestado.

—¡Eso son solo palabras! —dice Simón—. ¿No tienen experiencia con Roma?

Andrés parece estar a punto de explotar.

—Debemos ir tras ellos.

—Se entregó pacíficamente —dice Juan.

—¡No! —exclama Andrés enfurecido—. ¡No! ¿Y si cambian de opinión? ¿Ya han olvidado lo que le están haciendo al Bautista?

María pone una mano sobre el hombro de María, la madre de Jesús.

—¡Andrés! La estás asustando.

—Estaré bien —susurra ella.

—Pues yo voy —dice Andrés—. Se dirigen al norte. Los alcanzaré en Jotapata y pediré su liberación.

—Andrés —dice Juan—, él no pidió tu ayuda.

—¡No debería tener que hacerlo! —exclama Andrés casi llorando—. No reconozco a ninguno de ustedes.

Simón se acerca a él y le susurra.

—Hermano, no estás siendo tú mismo.

Andrés lo aparta.

—Tal vez yo debería ir contigo —dice María Magdalena—. Me siento responsable.

Andrés se voltea rápidamente hacia ella.

—Puede que *sí* seas responsable.

—¡Andrés! —lo reprende Simón.

Pero su hermano sigue.

—¿Cómo *pudiste* irte?

—¡Basta ya! —grita Simón.

Andrés lo mira con enojo y se marcha ofendido a su tienda.

—No es culpa de nadie —dice la madre de Jesús.

Felipe se dirige a María Magdalena.

—Por favor, quédate —le dice—. Yo acompañaré a Andrés. Tengo mucha experiencia en esperar a mi Rabino fuera de prisiones.

—¿Por qué esperar? —dice Zeta—. Liberémoslo.

Andrés pasa con prisa en medio de ellos, con un bolso de viaje al hombro.

—No esperen despiertos.

• • •

Jotapata

Guiando a Yani por el interior de la ciudad, Samuel se encuentra con que el lugar es un bastión de ortodoxia, con fariseos rezando en todas las calles y esquinas, recitando a gran voz oraciones litúrgicas y balanceándose desde la cintura. En una esquina ve a un sacerdote ataviado con adornos recitando la Amidá como si estuviera actuando sobre un escenario.

—¡Tú favoreces al hombre con conocimiento y enseñas entendimiento a los mortales! Otórganos con favor de tu parte sabiduría, entendimiento y conocimiento…

—Disculpa, amigo —dice Samuel suavemente—. Shalom. Estamos intentando…

Pero el hombre levanta la mano pidiendo silencio y continúa.

—¡Observa nuestra aflicción y vindica nuestra causa, pues tú, Dios nuestro, eres el poderoso Redentor!

—Somos de Jerusalén y buscamos a…

Otra vez la mano.

—Haznos volver, Padre nuestro, a tu servicio y devuélvenos…

—Hace esto todos los días —les dice una mendiga desde la entrada del callejón, con su vaso de monedas en la mano.

—Está bien —le dice Samuel al hombre de la oración—. Encontraremos a otra persona.

Se acerca a la mujer.

—Son todos así en esta ciudad —dice ella.

—¿Has visto a algún etíope por aquí? —pregunta Yani.

—No muchos —responde ella, apartando la mirada pero acercándoles su vaso.

Samuel introduce un siclo.

—¿Y una mujer? Es imposible pasarla por alto. Con muchas joyas, muy llamativa y ruidosa.

—¿Que enoja a hombres como ustedes?

—Sí —dicen Samuel y Yani al unísono.

—Si hablan de la mujer que no deja de hablar sobre un sanador de Nazaret, probablemente no está lejos.

Samuel le da otro siclo.

—Dinos todo lo que sabes.

• • •

El campamento de los discípulos

La joven María se preocupa pensando en cómo debe de estar procesando la madre de Jesús todo esto de los hombres discutiendo qué hacer ahora.

—No sé qué podría ser más claro que las tres palabras que dijo: «Yo voy a regresar» —dice Natanael.

—Eso son cuatro —dice Mateo.

—¿Cómo puedes discutir eso? —pregunta Santiago el Grande.

—Tal vez era una pista de que *nosotros* debemos ser el cumplimiento de esas palabras —dice Zeta.

—Ustedes los zelotes —responde Natanael—, ¡siempre con sus saludos y códigos secretos!

—Ya no soy un zelote —dice Zeta—. Tan solo soy celoso; hay una diferencia.

Natanael no está de acuerdo.

—¡Interpretaste una conversación clara sobre confianza y paz como un código clave para la rebelión!

—Yo creo que tiene razón —interviene Santiago el Grande—. El Rabino nos dijo cuán importante es este sermón. No podemos dejar que nada lo detenga. Tal vez *sí* era una pista.

—No me impedirán otra pelea obvia, ¿verdad? —dice Zeta.

—Con las habilidades de Zeta —dice Juan— podríamos hacerlo.

—Santiago y Juan —dice la madre de Jesús—, recuerden el nombre que les puso.

—Parece perfecto para un momento como este —dice Juan.

La joven María está alarmada.

—Yo creo que deberíamos hacer lo que él dijo y esperar aquí hasta que regrese.

—Oh, sí —dice Juan—, un gran consejo viniendo de alguien que desapareció por dos días.

—¿Cómo te atreves? —dice Rema.

—¡No le hables así! —interviene Mateo.

Juan se voltea para mirar a Mateo.

—Vaya, ahora sí que habla. De repente tiene voz cuando se trata de ella.

—Tú también has cometido errores, Juan —murmura Simón.

María está dolida, pero agradecida de que hasta Simón la defienda.

—¡Muchachos! —dice la madre de Jesús—. ¡Ya basta!

—¿*Muchachos*? —dice Juan.

—Se comportan como niños —responde ella.

—Natanael tiene razón —dice Mateo—. Las palabras de Jesús fueron claras.

—Tú no estabas en ese momento —dice Zeta.

Mateo parece dolido.

—O sea, ¿ahora es cuestión de qué testimonio es más creíble?

María, la madre de Jesús, se cubre el rostro con las manos.

—Mira —dice Simón—, has entristecido a la *ima* de nuestro Rabino.

—Solo hice una observación —dice Zeta.

La joven María siente la necesidad de intervenir.

—Cometí un error al dejar el campamento. Me equivoqué. Siento haber confiado tanto en mi propio juicio, en mi propio entendimiento. Jesús dijo que regresaría.

Las dos Marías y Rema dejan a los hombres, dirigiéndose hacia la fogata de las mujeres.

Capítulo 51

TESTIGOS OCULARES

Jotapata

Felipe no tiene ni idea de qué podría hacer Andrés, tan fácilmente irritable, si él no estuviera. Le intriga el joven pescador y admira su pasión, aunque no su irascibilidad. Felipe es muy consciente de la afición por el entusiasmo que tiene también el hermano mayor de Andrés, pero al menos Simón muestra evidencias de algunas cualidades de liderazgo latentes. Si tan solo pudiera lograr dominarlas, podría ser valioso.

En cuanto a Andrés, él mismo necesita control.

A pesar de la urgencia del viaje y las críticas que salen de la boca de Andrés con cada paso, cuando llegan a la ciudad es evidente que se siente intimidado por todos los fariseos y saduceos, y la cacofonía de recitaciones. Por lo visto, Capernaúm, su ciudad natal, no era así, y parece buscar apoyo en Felipe.

—No te preocupes por ellos —dice Felipe—. Están aquí por Dios o por presumir. Tú no te interpones en el camino de ninguno de los dos.

—¿Dónde deberíamos ir primero?

Felipe no puede creer que eso sea una pregunta. ¿En qué otro lugar cree Andrés que encontrarán a Jesús?

—A la prisión. Vamos, es por aquí.

Felipe se mueve entre el ruido de la ciudad con indiferencia, porque ya lo ha escuchado todo antes. Por eso le había resultado tan refrescante escuchar a Juan el Bautista. Por supuesto que reverenciaba las Escrituras, pero él también predicaba un mensaje nuevo, preparando el camino del Mesías Señor. En cuestión de segundos, Felipe se da cuenta de que Andrés se ha quedado atrás, aparentemente aún conmocionado por la naturaleza calamitosa de los oradores. Le hace señas al expescador.

—Y dicen que *nosotros* somos extremos.

Pasan apresuradamente al lado de una multitud en la plaza que parece ensimismada con una mujer y su acompañante.

—¡Mírenlo! —dice ella—. ¡Puede estar de pie! La fe le dio a este hombre un milagro.

—Esto me gusta más —le dice Felipe a Andrés.

Pero a medida que la mujer y su compañero se hacen más claramente visibles, Andrés tira de Felipe para que se detenga.

—¡Yo la conozco! ¡Y a él también! ¡Es Tamar y… Etán, que antes era paralítico!

La mujer es fascinante, y su colorido atuendo hace lucir su piel oscura y su joyería exquisita.

—¿A quién le importa? —dice Felipe—. Tenemos un Rabino que encontrar.

—¡Hemos oído que se junta con samaritanos! —grita un hombre desde la multitud.

—No puedo confirmar eso personalmente —dice Tamar, radiante—, pero no me sorprendería.

—¿Qué importa a quién le ministre? ¡Yo estuve paralítico por veintitrés años y ahora estoy aquí de pie ante ustedes!

—Están hablando de Jesús —susurra Andrés.

Otro de ellos levanta la voz.

—Pero ¿es cierto que dijo que tenía autoridad para perdonar pecados? ¿Quién en la tierra puede hacer eso?

Como si estuviera esperando que alguien hiciera esa pregunta, Tamar responde.

—El tipo de persona que puede decirle a un hombre paralítico que se levante y ocurra un milagro delante de decenas de testigos.

—¡Podría ser brujería o hechicería!

—¡Las brujas y los hechiceros piden un pago por sus servicios! —dice Etán.

—Y él lo hizo gratis —añade Tamar.

—Entonces, ¿por qué se esconde?

—No lo sabemos —responde Etán.

—Le dijo a un leproso que sanó en el camino que mantuviera el milagro en secreto —dice Tamar.

—Entonces, ¿por qué se lo están contando a la gente?

—A *nosotros* no nos ordenó eso. Creo que él se dará más a conocer pronto. ¡Puedo sentirlo en mi espíritu!

Andrés se separa de Felipe y sube a la plataforma.

—¡Tú! —dice Tamar—. ¡Tú estabas allí! ¡En Capernaúm!

—¿Puedo hablar contigo? —dice Andrés en voz baja.

—¡Este hombre puede dar testimonio! —dice Etán—. ¡Él fue testigo!

—¿Dónde está? —pregunta en tono demandante alguien de la multitud.

—¿Conoces a este Jesús de Nazaret? —pregunta otro.

—¿Está aquí en Jotapata?

—¡Diles! —exclama Tamar.

Andrés se acerca a ella.

—¡Por favor! —le dice—. Vengan conmigo, los dos. —Los conduce fuera de la plataforma y se sitúa de frente mientras Felipe observa—. ¡Deben dejar de atraer la atención hacia Jesús!

Tamar parece aturdida.

—¿Cómo podemos no hablar de lo que hemos visto? ¿Cómo pueden *ustedes* mantenerse callados?

—¡Los romanos! —grita Andrés, con la voz quebrada y sin poder continuar.

—¡Oh, no! —dice Tamar—. ¿Qué sucedió?

—Se lo contaremos todo —dice Felipe—. ¿Por qué no vamos a un lugar más privado?

Mientras siguen a Felipe y Andrés, las personas de la multitud demandan saber a dónde se dirigen.

Capítulo 52

DIVERSIÓN

Sede de las autoridades romanas, Capernaúm

A pesar de lo escéptico que se ha vuelto con los años, Aticus sigue sirviendo a Roma con sinceridad y cierta pasión. Claro que, sobre todo en la última década, se le han abierto los ojos a las realidades de las trampas, la corrupción, las motivaciones políticas de las altas esferas y el resto de cosas. Y sería fácil invertir la última parte de su estelar carrera puliendo su impecable reputación. Pero debe admitir que es difícil que sea más venerado o más recompensado por su trabajo.

Últimamente trabaja hasta el atardecer, y a veces hasta altas horas de la madrugada, impulsado por un sentimiento de deber, de llamado. Sabe que podría dejar de hacer cosas y seguir viviendo de la alta estima, pero le hace sentir mejor seguir ganándose la reputación que ha trabajado tanto tiempo por conseguir. No, él no es el típico recluta ilusionado que cree que Roma merecía su lugar de poder y dominio en el mundo; sin embargo, sigue creyendo en sus ideales, aunque en privado no esté tan convencido de la deidad del emperador.

Su monólogo dirigido al *primi* Gayo en el camino hacia el arresto de Jesús de Nazaret, sin embargo, cuyo interés había sido simplemente hacer consciente al célebre guardia de que su cometido debía ser valorado como mucho más que otra tarea que le hubiera encargado el pretor

Quintus, ha hecho detenerse y pensar al propio Aticus. Utilizó su persuasión y la coherencia de la que tanto presume para ganarse la atención de Gayo, pero ahora se da cuenta de que no había exagerado ni una sola vez para establecer su punto.

Este supuesto hacedor de milagros es diferente a los numerosos charlatanes con los que Aticus se ha encontrado en su largo recorrido. Ha visto trucos de magia con anterioridad; tantos, que muchos de ellos ya era capaz de verlos llegar y predecir su influencia sobre las masas. Algunos de estos personajes demostraron tener tanta habilidad en sus engaños que con el simple poder de la sugestión podían convencer a los demás de que habían sido sanados, restaurados, o lo que fuera. Cuando Aticus escuchó por primera vez los rumores de la influencia de Jesús, no tenía razones para creer que este hombre era diferente. ¿Cuánto tiempo pasaría antes de que sus sanidades se desvanecieran y las personas que aseguraban haber sufrido por años, y ahora estaban sanas, se deslizaran de nuevo hacia su miserable *statu quo*? Sí, Aticus había visto a los sordos y mudos aparentemente escuchar y hablar hasta que la histérica euforia de la novedad se acababa.

En este punto, las cosas que Aticus ha oído y visto por sí mismo no se pueden rebatir. Él no es creyente, ni en este hombre ni en el Padre al que él se refiere a menudo. Tampoco se traga el cuento de los dioses romanos, aunque conoce suficiente jerga como para fingir con éxito cuando la ocasión lo requiere. Pero los incidentes a los que Aticus se refirió cuando persuadió a Gayo del peligro potencial, o incluso la veracidad, de las afirmaciones de este hombre siguen atormentando sus pensamientos.

Acompañar a Gayo y a Jesús a ver al pretor fácilmente podría haberse convertido en uno de esos eventos clave en la carrera de ambos. Parece que Gayo no puede ocultar su orgullo al haber ejecutado esta orden sin altercados, pero Aticus está emocionado por estar presente por otras razones. En primer lugar, el insoportable pretor podría por fin encontrar en el nazareno un rival digno. ¿Cuántas veces no habrá visto Aticus a Quintus en una actitud tan condescendiente que con solo su sarcasmo parecía dejar a las víctimas llorando por los rincones?

Si este predicador se parece en algo a lo que sus seguidores apasionados creen acerca de él, y si mantiene el tipo que ha mostrado en todas sus apariciones públicas hasta ahora, bueno... Aticus está agradecido por tan solo tener un asiento en primera fila para presenciar el inminente conflicto de personalidades. Por lo menos, Jesús no se rebajará al nivel del carácter de Quintus. ¿Cómo reaccionará el pretor, por decirlo de alguna manera, ante la indiferencia hacia su poder, su posición y su autoridad? Sobre todo, ¿cómo responderá Jesús ante el inefable orgullo de Quintus? Aticus está ansioso por verlo.

No puede negar el empujón de confianza que le da pasar al lado de los recepcionistas de medio nivel tan respetados por quienes quieren una audiencia con el pretor, incluso los fariseos. Pasan de puntillas con sombreros metafóricos en las manos, rogando para obtener favor, solo para ser mirados con desprecio y rechazados rápidamente.

Sin embargo, mientras Aticus sigue a Gayo y al detenido, ni siquiera se detienen para identificarse, sino que pasan con rapidez en medio de guardias y burócratas de nivel inferior. Como es natural, todos saben de esta cita, y Gayo no tarda en quitarle las ataduras a Jesús con el objetivo de dar a entender al pretor, de manera visual, que todo está bajo control. Los guardias se retiran de la oficina de Quintus a medida que los tres se acercan, y los susurros no pasan desapercibidos para Aticus.

—Primi...

—Aticus...

—Jesús...

Esta breve charla, cualquiera que sea su resultado, correrá por Capernaúm como la pólvora en cuestión de minutos. Pero esa es la pregunta: ¿qué se puede esperar? ¿Le reprochará el pretor a Jesús? ¿Le advertirá? ¿Lo sentenciará? ¿Lo enviará directamente al calabozo? ¿Qué ocurrirá con la secta emergente si tanto el Bautista loco como el hacedor de milagros son encarcelados?

Mientras Gayo guía al prisionero hacia el interior, Aticus pone una mano sobre la espalda de Jesús, aunque solo sea para indicar que ha estado involucrado en el arresto. Aticus pasa al lado de ellos y se posiciona detrás y a un lado de Quintus, que parece impresionado y entusiasmado. Un subordinado que secaba los pies del pretor es despachado.

Con Jesús y Gayo delante, Quintus habla.

—¿Se resistió?

—No, *dominus* —responde Aticus con un tono que denota mucho más respeto que el de su última reunión.

—¿Y sus seguidores?

—Pacíficos —dice Gayo—. Y obedientes.

—Toma asiento —dice el pretor señalando una silla. Jesús se sienta y Gayo se posiciona detrás de él—. Déjanos solos —dice Quintus. Gayo parece dolido, pero obedece inmediatamente.

Jesús mira a Aticus como si fuera cualquier lugareño, pero refleja una confianza silenciosa. La mirada de Quintus está fija sobre Jesús. El pretor muestra una sonrisa que no puede contener.

—¡Jesús de Nazaret! —anuncia—. ¡Por fin nos conocemos!

—Aquí estoy —dice Jesús, claramente no tan entusiasmado por la situación como Quintus.

Quintus agarra un vaso con aceitunas y se lleva una a la boca.

—Pensé que serías más…

—¿Alto? —dice Jesús.

—Extravagante.

—Ah…

—Ya sabes, con el cabello alborotado y pieles de animales.

—Me alegro de haberte decepcionado —dice Jesús.

Con una aceituna en la boca, Quintus lo señala.

—La primera historia que escuché sobre ti —dice, escupiendo un hueso en un vaso—, no la creí.

—Eso es lo que suele ocurrir.

—Oh, no era sobre religión o predicación, ni sobre Dios. Era sobre peces.

—Ah, otro de mis temas recurrentes.

El pretor se voltea hacia Aticus.

—Fue una pesca imposiblemente grande. Saldó la deuda más grande en la historia del libro de contabilidad de Capernaúm.

Se voltea de nuevo hacia Jesús.

—Oh, ¿ya conociste a Aticus? Es parte de la *Cohortes Urbanae*. Son como los detectives personales de César. Sobre todo en Roma, pero van a todas partes, y está especialmente interesado en ti.

Aparentemente esperando una respuesta, el pretor se queda mirando al arrestado.

—¿Alguna vez has visitado el Lejano Oriente, Jesús? —pregunta finalmente.

—He recibido visitantes de allí, pero yo mismo nunca he ido.

—Ellos comen el pescado crudo. Le quitan las escamas, le cortan la cabeza y la cola y... ¡dan un bocado! —dice mientras exagera un escalofrío.

Jesús parece fingir interés.

—Eso es interesante.

—Se comen toda la carne y escupen los huesos.

—Por supuesto.

—Si Simón no hubiera pagado su deuda, podrían haberme degradado. Eso era carne. —Se acerca a Jesús y deja de sonreír—. Creaste un desorden público que resultó en daños en la propiedad, una estampida y una mancha en mi reputación personal... mmm, huesos. Sedujiste al recaudador de impuestos más brillante y más efectivo de toda Galilea; también huesos. Y ahora, el *Cohortes Urbanae* con más experiencia de la historia del Imperio romano me dice que fue testigo personalmente de cómo desarmaste a un zelote sicario. Bueno, eso es carne.

La sonrisa de Quintus ha regresado a su rostro, y se mueve para dirigirse a Aticus y enfatizar su punto.

—Eso es carne.

—Disculpa por haberte causado tanta confusión entre carne y huesos —dice Jesús.

—¿Confusión? —dice Quintus—. No, no. ¡Si tu raza no fuera tan repugnante y odiosa, te ofrecería un empleo!

—No puedo tomar eso como un halago —dice Jesús, a pesar de la sonrisa del pretor.

—Jesús, todo esto es muy simple. Pareces dividir tu tiempo entre causar dolores de cabeza a Roma y obtener victorias que no podríamos lograr nosotros mismos.

—Eso es un poco reduccionista —dice Jesús.

Aticus toma la palabra.

—Doblaste el número de tus seguidores desde que dejaste Capernaúm. Por otro lado, hiciste volver a sus cabales a un hombre violento que aterrorizaba Jericó.

—Pero las noticas de tus *milagros*, o lo que sean, se han extendido por toda Siria —dice Quintus— y ahora comienzan a llegar aquí. ¿Ves mi problema? No sé si comerte o escupirte, por seguir con la metáfora de los peces.

Se voltea otra vez para dirigirse a Aticus.

—Pero seguramente ya terminamos con eso.

De nuevo mira a Jesús.

—Lo que digo es que no sé qué pensar de ti.

—Ese será el problema de muchas personas conmigo.

Quintus se inclina hacia adelante de nuevo, tan serio como un centurión.

—No más huesos, Jesús. ¿Lo entiendes? Nada de seguir llevándote a mis talentos, crear espectáculos, multitudes. No más interferencias, ¿sí?

—No puedo prometer ninguna de esas cosas.

Aticus se pregunta si alguna vez alguien le había hablado así a Quintus, especialmente después de haber recibido sus advertencias.

—Entonces no puedo prometer que no dejarás de respirar.

De nuevo, Jesús parece tomar esas palabras al pie de la letra.

—Bueno —dice—, parece que somos claros entonces sobre lo que podemos y no podemos prometer.

Eso parece divertir infinitamente a Quintus, quien comienza a reír a carcajadas.

—¡Honestamente! Jesús de Nazaret, ¡me agradas! Estamos en el mismo equipo. Solo no me obligues a matarte.

—Yo no te obligaré a hacer nada —dice Jesús—. Pero mi Padre, sin embargo...

—No sé lo que eso significa, pero terminemos en un tono optimista. Creo que hemos llegado a un acuerdo. Eres libre para irte.

Jesús parece igual de sorprendido que Aticus. Se pone de pie y se gira para marcharse.

—Oh —añade Quintus—, lamento lo de tu primo, por cierto.

Jesús se voltea para mirarlo a la cara y el pretor continúa.

—Entrar a la corte de Herodes y dar lecciones de moralidad no fue muy sabio ni valiente.

—Él sabía en lo que se estaba metiendo —dice Jesús.

—¿Y tú? ¿Sabes en lo que te estás metiendo?

—Fue un privilegio hablar contigo hoy, Quintus.

El pretor parece contento, como si se lo creyera. Mientras Jesús sale, Quintus se dirige a Aticus.

—Bueno, ¡eso fue divertido!

—Entonces, ¿nada sobre él te preocupa?

—Si así fuera, no lo habría dejado ir. Será una buena distracción para el pueblo por un tiempo.

Aticus toma una aceituna de la mesa de Quintus y se ríe mientras se marcha.

Capítulo 53

FALSA PROFECÍA

Plaza del pueblo, Jotapata

Samuel y Yani se encuentran con una multitud que habla con algarabía.

—¿Qué hacen todos aquí? —pregunta Samuel.

—Oyendo historias sobre un hombre de Nazaret —dice uno de ellos.

—De una mujer etíope y un hombre que dice haber sido sanado.

—¿Dónde han ido? —demanda Yani.

—Todos desaparecieron siguiendo a un hombre de cabello rizado.

—Creo que sabían que iban a ser descubiertos.

—¿En qué dirección han ido? —pregunta Samuel.

Un hombre señala hacia la prisión.

—Más allá de esos arcos.

Yani tira de Samuel.

—¡Deprisa!

—¡Hermanos! —grita un anciano sacerdote—. ¡Esperen!

Le acompaña un fariseo más joven.

—¿Buscan a un hombre que realiza sanidades en *sabbat*?

—Sí —dice Yani con cara de sorpresa y sospecha—. ¿Quiénes son ustedes?

—¿Y que se apropió del título «Hijo del Hombre» del profeta Daniel? —pregunta el anciano.

—¿Cómo sabes eso? ¿Estuviste presente cuando lo dijo? ¿Está aquí?

—Somos de Wadi Quelt —dice el anciano.

—¿Por qué no presentaron un reporte? —pregunta Samuel.

—Lo hicimos —dice el joven—, pero somos un pueblo pequeño. Él sanó en *sabbat* en nuestra sinagoga, y a partir de ahí todo fue a peor.

—Y hay mujeres entre sus seguidores —añade el anciano—. Tres, para ser exactos.

—Dígannos todo —dice Samuel.

• • •

Cerca, al otro lado de la calle

Andrés desearía que Felipe se quedara con él mientras le explica a Tamar y Etán por qué es tan crucial dejar de atraer la atención hacia Jesús. Pero el exdiscípulo de Juan el Bautista se escabulle para visitar la prisión cercana en la que Jesús podría estar retenido.

A decir verdad, Andrés desearía que cualquiera de los otros discípulos estuviera con él también, y se siente frustrado por su falta de acción. Incluso su hermano sería de gran ayuda. Pero Andrés nunca ha sido de los que esperan a tener refuerzos, ni tampoco se le conoce como una persona paciente. Aunque admira el fervor de Tamar y, por supuesto, entiende la pasión de Etán, les cuenta rápidamente todo lo que ha pasado: desde el escándalo de sanidad en la sinagoga en *sabbat* hasta el arresto de Jesús.

—Pero afirmar ser el Señor del *sabbat* o incluso el Hijo del Hombre son escándalos *religiosos* —dice Tamar—. ¿Por qué le importa eso a Roma?

—No sabemos por qué fue arrestado —les dice Andrés a ella y a Etán—. Puede que Roma se sienta amenazada porque se está corriendo la voz, no sé. Pero no pueden hacer esto. Ahora no.

—No puedo permanecer callada sobre lo que sé en mi interior —dice Tamar.

—¿No entiendes lo que te estoy explicando?

—¡No soy una niña!

—¡Te digo que es peligroso!

—Más de lo que creen —dice un hombre.

¿Quién es este? Se voltean y ven a un desconocido con ropas de civil.

—No se alarmen —dice el hombre—, me llamo Yusef…

—Eres un fariseo de Capernaúm —dice Andrés, asustado. ¿Qué podría significar esto?

—Te hablé duramente en la casa de Mateo —dice Yusef.

Ese es el menor de los problemas de Andrés ahora.

—No te preocupes —dice.

—No lo estoy —dice Yusef. Se voltea hacia Tamar y le susurra con urgencia—. Te buscan para interrogarte.

—¿Para qué? —dice ella.

—Para dar testimonio sobre Jesús de Nazaret.

—¡Te lo dije! —exclama Andrés.

—Uno de los exalumnos de Nicodemo, un hombre llamado Samuel, ha llegado buscándote —continúa Yusef—. Torcerá tu testimonio para construir un argumento contra la falsa profecía.

—¿Falsa? —dice ella.

—Personalmente no me importan tus convicciones, y como mujer, tu testimonio no tiene valor, de todos modos. Pero Samuel quiere información sobre otra sanidad y sobre el origen de Jesús.

Tamar se encoge de hombros.

—Los dos crecimos en Egipto…

Yusef hace una mueca de asco.

—Eso lo empeora todo. Andrés, sácala de aquí.

—No confío en ti —dice Andrés—. ¿Por qué nos ayudas?

—Eso es asunto mío. Pero para que hagas lo que te digo, creo que mi rabino, Nicodemo, vio algo extraordinario en tu maestro. Samuel se siente amenazado por lo que no puede comprender. Y, peor aún, es ambicioso. Samuel no honra las enseñanzas de Nicodemo.

Yusef se queda mirando a Etán como si acabara de percatarse de su presencia.

—¡Tú eres el paralítico al que sanó Jesús!

—Sí.

—¡Ambos deben marcharse de aquí!

—Deberías irte con Andrés —le dice Etán a Tamar.

—¿Y qué harás tú? —dice ella.

—Pasaré desapercibido, desapareceré hasta que las cosas se calmen.

Ella está al borde de las lágrimas.

—¿Y si las cosas no se calman? —Él sonríe.

—Espero que no. Pero es una buena idea que nos separemos por ahora. —Se dirige a Andrés—. Llévala contigo.

¿Conmigo? ¿Tiene permiso para añadir nuevos integrantes al grupo?

—No sé si…

—Yo *sí* quiero seguir a Jesús —dice Tamar.

Conociendo a Jesús… Andrés se encoge de hombros.

—Hablaremos con él.

—Márchense ya —dice Yusef.

Justo entonces aparece Felipe.

—Jesús no está aquí —dice, y luego se percata de la presencia del desconocido—. ¿Quién eres tú?

Los demás se miran entre ellos incómodamente.

—Está bien —dice Felipe—. Ponme al día en el camino.

Capítulo 54

«PADRE NUESTRO...»

El campamento de los discípulos en Jotapata

Mientras los dos están de pie a ambos lados del campamento, antorcha en mano, Zeta piensa que es irónico que les haya tocado en el sorteo a él y a Simón hacer guardia a la vez. La mayoría de los discípulos y las mujeres se preparan sombríamente para irse a la cama, cada uno en su tienda, y Zeta imagina que el otro Simón está tan calificado para ser guardia como cualquiera de los demás integrantes del grupo, excepto tal vez Santiago el Grande. Zeta ya no lleva un arma, y Simón, aunque no es muy alto, es enérgico y fuerte, y oculta un cuchillo.

Zeta no espera problemas, pero ha estado tan ansioso como el resto por lo que ha ocurrido con Jesús. ¿Acaso los romanos ya tienen suficientes cosas en su contra para encarcelarlo? Zeta no lo ha visto quebrantar ninguna ley romana, al menos no intencionalmente. No hay duda de que incumple leyes farisaicas, y parece ser que eso ha resultado en algunas multitudes difíciles de manejar. Pero los romanos tendrían que estirar la verdad para poder realmente acusarlo de algo.

María, la madre de Jesús, recoge la zona donde ella y las otras mujeres han preparado la cena. Mateo escribe en su diario, y Juan y Santiago el Grande se ocupan de la pequeña fogata que hay fuera de su tienda. Simón, al otro lado, parece examinar algo en el horizonte.

Zeta concluye que esa manera de vigilar, iluminándose ellos mismos, es bastante extraña. Bien podrían pintar unas dianas grandes en sus túnicas para cualquier intruso que quisiera crear problemas. Pero una parte de él desea que alguien lo intentara. Nunca antes ha estado más preparado para enfrentarse en combate mano a mano con tan pocas probabilidades de que eso ocurra.

La luna se refleja sobre una silueta que parece acercarse por su lado del campamento. Zeta reconoce los andares inmediatamente.

—¡Regresó! —grita, mientras los demás se asoman y siguen a Zeta en la oscuridad. Él sale corriendo hacia un descampado, antorcha en mano—. Maestro, ¿estás herido? ¿Qué ocurrió?

—Bueno —dice Jesús—, supongo que no debería sorprenderme de que *tú* me vieras.

Su madre adelanta rápidamente a Zeta y corre a los brazos de Jesús.

—Hola, Ima —dice él, levantándola del suelo mientras la abraza.

—¡Rabino! —grita Simón, que llega apresuradamente desde su puesto—. ¿Estás bien? ¿Alguien te siguió?

—Sí, estoy bien; ellos solo querían hablar.

A Zeta le divierte ver que todos se quedan boquiabiertos, y Mateo muestra una gran sonrisa.

—¡Estoy muy feliz! —dice Mateo.

Jesús se ríe.

—Me alegro, Mateo.

—¿Solo hablar? —insiste Simón.

—Quintus quería hablar, sí, pero los romanos no me ven como una gran amenaza, lo cual es bueno.

—Esperemos que eso cambie pronto —murmura Zeta.

—Entonces, ¿qué hacías por ahí? —pregunta Juan.

—Orar, Juan. Recuerda que hay un gran evento que preparar.

—Rabino —dice Santiago el Grande—, con todo respeto, ¿no podrías habernos dicho que habías regresado? ¡Te llevaron preso unos soldados romanos con armas! Estábamos todos muy preocupados.

—¿Acaso no les dije que regresaría y que siguieran planificando? Todos tendrán que aprender a hacer esto, sin importar lo que suceda, sea bueno o malo. Las cosas se pondrán aún más difíciles. No pueden paralizarse cuando sienten miedo. ¿Qué harán cuando yo ya no esté aquí?

—Sí —dice Juan—, aún estamos aprendiendo.

—Pero podemos hacerlo mejor —dice Simón—. Lo haremos mejor.

—Rabino —dice Juan—, Felipe dice que tu primo dio a sus seguidores una oración además de las oraciones tradicionales diarias. ¿Tal vez podrías hacer lo mismo con nosotros?

—Sí —dice Santiago el Grande—, me gustaría aprender más sobre lo que dices cuando estás por ahí solo.

Jesús de repente parece complacido. Los señala con ambas manos.

—Ahora se están comportando como verdaderos estudiantes. Esto es lo que me gusta ver. Y la oración es el primer paso para asegurarse de que la mente y el corazón estén bien. Por eso me ven ir a hacerlo tan seguido.

—Entonces —dice Simón—, enséñanos a orar como tú lo haces. Por favor.

Jesús parece analizarlos unos instantes.

—Cuando oramos —dice finalmente—, nos aseguramos de reconocer a nuestro Padre en el cielo y su grandeza. Así que pueden decir: «Padre nuestro que estás en los cielos, santificado sea tu nombre». Y siempre queremos asegurarnos de hacer la voluntad de Dios y no la nuestra, así que decimos: «Venga tu reino, hágase tu voluntad en la tierra como en el cielo...».

• • •

Dos horas después

Mateo se ha quedado dormido profundamente, arropado por la oración y la enseñanza de Jesús, pero sobre todo aliviado de que su Maestro está a salvo. ¿Es eso una mano sobre su hombro o está soñando?

—Mateo. ¡Mateo!

—¿Rabino?

—Disculpa por despertarte.

No es un sueño. Mateo se incorpora.

—¿Hay problemas?

Jesús lo manda callar.

—No despiertes a los demás. Todo está bien.

—¿Por qué me despertaste a mí y no a ellos?

—He formado fragmentos de enseñanza en mi mente por algunos meses como preparación para este sermón. Estoy listo para organizarlos.

¿Y necesita mi ayuda?, se pregunta Mateo.

—Iré por mis materiales de escritura. Pero acabas de regresar de ser detenido. Estas enseñanzas ¿empeorarán las cosas?

—Estoy aquí para mejorar las cosas, no para empeorarlas, Mateo.

—Me refiero para nosotros. Para todos los que te amamos.

Jesús parece dudoso.

—No puedo prometer nada. Vamos.

—¿Debe ser esta noche?

¡Había estado durmiendo tan plácidamente! *¿Cómo es posible que preguntara algo así? ¿Quién rechazaría un privilegio tan grande?*

—La hora ha llegado —dice Jesús.

Mateo se levanta rápidamente de la cama. Mientras Jesús se aleja para esperarlo, Mateo prepara todos sus materiales, arregla su ropa y sale gateando de la tienda. No tiene ni idea del lugar al que Jesús lo llevará esta noche, ni tampoco le importa. Ha dejado toda su vida a un lado para seguir a este hombre, y lo seguirá a cualquier parte.

PARTE 8

Más allá de los montes

Capítulo 55

EL ACUERDO SOBRE EL TERRENO

Un desierto rocoso

Husham, un hombre fornido de unos sesenta años, nunca se refiere a sí mismo como terrateniente, aunque lo es. No, el apodo le haría parecer mejor de cómo realmente se ve a sí mismo. Sí, es dueño del terreno, pero en su gran parte es desierto y arenoso, prácticamente dejado de la mano de Dios. Y él es un hombre de Dios, pero, sobre todo, es pobre. ¿Cómo se dice cuando un hombre tiene abundancia de hectáreas pero escasez de siclos?

Husham no puede evitar sentirse un fracasado. Su familia lo ama y sabe que tiene siempre en mente los mejores intereses para ellos, pero últimamente ha sido cada vez más difícil seguir llevando comida a la mesa y conservar un tejado sobre su cabeza. Hace lo mejor que puede, pero la vida es dura.

Por lo tanto, ahí está, en su extenso terreno; y a pesar de lo inútil que es, nunca se ha planteado desprenderse de él. Hasta ahora. Parado frente a un astuto hombre de negocios y su joven ayudante, que parece entusiasta, Husham es plenamente consciente de lo que está ocurriendo. El emprendedor quiere este terreno. Básicamente quiere robarlo, a pesar de su intento aparentemente honrado de persuasión.

¿Qué debería hacer Husham? ¿Qué opciones tiene? Cientos de años de tradición le dicen que uno simplemente no puede vender la tierra, ni siquiera propiedades desoladas como esta; simplemente no es así como se hace. Se apoya sobre su bastón, en conflicto consigo mismo. Su corazón le dice que mantenga el terreno como propiedad familiar, pero su cabeza le dice que una entrada de dinero en efectivo es lo mejor para solventar su crisis actual: dar de comer a su familia. Husham ha invertido la mayoría de la parte inicial de esta negociación hablando con entusiasmo sobre este lugar, y eso no ha sido parte de su estrategia de negociación. Lo dice en serio.

—Cuarenta talentos —dice con una sonrisa el empresario bien vestido—, y puedes quedarte con la cumbre oeste, ya que te gusta tanto.

¿La cumbre oeste? Está claro que se quedará con eso. Ni siquiera estaba contemplada en la negociación. Husham cruza los brazos y contempla el horizonte.

—Hay una vista hermosa del amanecer.

—No puedes comerte un amanecer —dice el hombre.

Sabe exactamente dónde dar para que duela, y aún muestra esa insoportable sonrisa, como si fuera el mejor amigo de Husham. ¿Qué clase de ejemplo de respeto es este para su aprendiz, que observa con los ojos bien abiertos?

—Créeme, lo sé —dice Husham mientras analiza al hombre, intentando descifrar sus intenciones—. ¿Cuál es tu linaje?

—Estamos aquí para hablar de precios, no de historia familiar.

—Esto *sí* que es sobre mi familia. ¿Cuál es tu tribu?

—Simeón —dice el hombre, como forzado a tener que admitirlo.

—Estas tierras han pertenecido a la tribu de Rubén por cuarenta generaciones. No estoy dispuesto a entregarlas al hermano menor.

Esto hace reír al hombre.

—Podemos hablar del antiguo orden de nacimiento todo lo que quieras, pero eso no pondrá comida sobre la mesa de tu familia.

Es cierto. Husham debe sacrificar su herencia, pero no la regalará.

—Cincuenta y cinco talentos.

—Cuarenta y cinco —dice inmediatamente el hombre—, y enviaremos a un equipo de sirvientes para que les ayuden a mudarse.

¿Por qué está tan empeñado?

—¿Por qué quieres estas tierras? Son todo rocas y no crece casi nada.

—Es cierto. Pero las cosas que *sí* crecen, ¿qué sucede con ellas? Con el tiempo... ¿qué ocurre?

—Mueren —admite Husham.

Esa parece ser la señal para que el aprendiz intervenga.

—Queremos cavar tumbas dentro de estas rocas para la clase media.

¿Quieren hacer un cementerio del lugar?

—¿Tan lejos?

—Solo los ricos pueden pagar tumbas cerca de las ciudades, y cada vez más personas de clase media mueren ahogadas en impuestos.

—Exacto —dice el negociante—. Sin dinero para un entierro apropiado, esas familias dejan a sus seres queridos en tumbas para indigentes.

—Estamos aquí para dar una solución asequible —añade el aprendiz—. Incluso si es lejos, es mejor que una fosa común llena de otros huesos en descomposición.

—¿Y qué nos impide a mí y a mis hijos poder cavar las tumbas? —pregunta Husham.

El hombre de negocios abre los brazos y pregunta:

—¿Por qué no lo han hecho? ¿Acaso tienen las herramientas y el conocimiento? ¿Tienen el capital necesario para contratar obreros y decenas de canteros?

—Cincuenta talentos —dice Husham.

—Cuarenta y siete, última oferta.

—Cuarenta y nueve. Imagina que encuentran cobre y plomo al cavar.

—Dije cuarenta y siete. Puedes contactarme mañana cuando cambies de parecer. —Se voltea para marcharse.

—Espera —dice el aprendiz—. Tiene razón, el terreno podría valer más si hay algo debajo, como él dice. Cobre o sal. No está equivocado.

Por fin, alguien que escucha y entiende.

El negociante se gira para mirarlo de frente y da un profundo suspiro.

—Nuestro negocio tiene la reputación de hacer las cosas de manera correcta. Estaría dispuesto a desprenderme de algunos talentos más teniendo en cuenta la posibilidad remota de que haya algo de valor debajo de estas rocas.

—Todo esto es parte de la tierra prometida, sin importar cómo la vean —dice Husham.

—Cuarenta y nueve. Es más de diez años de salario, Husham. Cerremos el pacto.

Husham pone una mano sobre su boca y mira fijamente al horizonte, contemplando las vistas.

—¿Qué ocurre? —dice el negociante.

—Esa palabra, *pacto* —dice Husham—. Pensaba en la promesa hecha a Abraham, y en todas las demás promesas.

—Puedes hablar con tu rabino sobre eso. Por ahora, cerremos el pacto y brindemos por un acuerdo justo para todos.

Husham duda. ¿Realmente va a dar el paso? Solemnemente, golpea el suelo tres veces con su bastón, indicando que está de acuerdo. El trato está hecho.

Capítulo 56

SIN ERRORES

Campos de Jotapata

Zeta termina su carrera matutina en buena forma. Entra al campamento
de los discípulos y se encuentra con los hermanos Santiago el Grande y Juan
cortando troncos y partiéndolos con un hacha respectivamente, mientras
Andrés los apila. Zeta se dobla hacia delante, jadeando.

—Ustedes tres van a despertar a todo el campamento con todo
este ruido.

—Ponte una camisa, hombre, antes de que se levanten las mujeres
—dice Juan.

—Ya se levantaron. Las escuché estudiando en su tienda.

Andrés se incorpora, dejando un momento su trabajo.

—¿Por qué las mujeres tienen tanto interés en estudiar? ¿Acaso no
es suficiente con escuchar a nuestro Rabino?

—¿Y cuándo pueden hacer eso? —dice Santiago el Grande—. Él
nunca está aquí.

Zeta recoge una tira fina de madera y corta el aire como si fuera
un arma. Extraña sus vigorosos entrenamientos en grupo, pero mientras
pueda mantenerse activo...

Juan lo señala.

—Mira, tu obsesión con el ejercicio huele a helenismo.

SIN ERRORES

Zeta se burla.

—¿Me vas a comparar con los griegos? Solo intento mantenerme listo. ¿Y si los romanos cambian de opinión y le hacen a Jesús lo que le hicieron a Juan el Bautista, el exrabino de Andrés y Felipe?

—¿Puedes no hablar de eso, por favor? —dice Andrés.

—La mente y el espíritu son más importantes que el cuerpo, Zeta —dice Juan.

—¿Ah, sí? ¿Cómo puedes tener una mente sana si no tienes un cuerpo sano?

—¡Hablo de dar importancia a uno más que al otro!

—Intenta comerte un arbusto entero de bayas venenosas y después dime cómo se encuentra tu mente.

Simón aparece saliendo de su tienda, con los ojos medio cerrados y el cabello hecho un desastre.

—¿Por qué tanto hachazo?

—¡Ah! —dice su hermano—. ¿Interrumpimos tu sueño?

—Sigues igual de pesado por lo que veo, Andrés.

Simón vierte un vaso de agua sobre sus manos para el lavado ritual y susurra:

—Bendito eres tú, Señor nuestro Dios, Rey del universo, quien nos ha santificado con sus mandamientos y nos ordenó sobre el lavamiento de manos.

Tomás y Felipe salen de entre los árboles, sonriendo y con fruta en las manos.

—¿Quién quiere desayunar? —grita Felipe, y lanza una manzana a cada uno.

Todos oran al unísono:

—Bendito eres tú, Señor nuestro Dios, Rey del universo, quien crea el fruto de la tierra.

Como si acabara de darse cuenta, Simón dice con la boca llena:

—Tenemos suficiente leña, muchachos.

—Y un poco de más para los próximos viajeros —dice Santiago el Grande.

—Esta será nuestra última semana aquí —dice Juan.

—¿Ah, sí? —pregunta Simón.

309

—Sí, el Rabino me lo dijo ayer.

—Se lo dijo a todos —añade Andrés.

Simón mira a su alrededor.

—¿Dónde está Mateo?

—Salió temprano esta mañana con el Rabino —dice Zeta.

—¿Por qué siempre se lleva a Mateo? —pregunta Santiago el Grande.

Juan mira fijamente a Simón.

—¿Y desde cuándo te importa a ti dónde está Mateo?

—El Trueno Grande acaba de preguntar lo mismo.

—No preguntaste por los demás que no están —dice Andrés.

Felipe parece preocupado por Andrés.

—¿Dormiste bien?

—Ya estaba así cuando yo desperté —dice Simón.

—Jesús envió a Santiago el Joven, a Tadeo y a Natanael a buscar un lugar para el sermón —explica Zeta.

—Está bien —dice Simón—. ¿Todos sabemos lo que tenemos que hacer?

—No lo sé, Simón —responde Andrés—. ¿Tal vez escuchar?

—¡Sigue hablándome así!

Estos hermanos, piensa Zeta.

—Sé que necesitaremos seguridad en los cuatro puntos cardinales.

—Sabemos cómo hacer eso, Zeta —dice Simón.

—La multitud será más grande esta vez por cómo se está corriendo la voz —dice Santiago el Grande.

—¿Qué hacemos con los que interrumpan? —pregunta Zeta. Él tiene algunas ideas.

—Bueno, algunos fariseos solían aparecer en este tipo de cosas —dice Felipe—. Siempre solían estar en los sermones de Juan.

—Juan los interrumpía a *ellos* —dice Andrés.

—Por eso lo dije en pasado —dice Felipe.

—Jesús puede manejar a los fariseos —dice Simón.

—Necesitamos hacer esto bien, ¿sí? —añade Juan—. Sin errores.

• • •

No muy lejos, en una de las tiendas de las mujeres, María Magdalena escribe en un pergamino y luego lo pone sobre otros, haciendo una torre. Rema lee despacio de los Salmos. Cuando la joven parece atascarse, María la ayuda con la siguiente palabra.

—¿Cómo memorizaste todo esto? —pregunta Rema.

—He estado memorizando el resto de ese canto de David. Necesito más palabras, más herramientas. No puedo permitir que vuelva a ocurrir.

—María, debes dejar de pensar en…

—Continúa. «Tus ojos vieron mi sustancia no formada…».

A medida que Rema continúa, la emoción sobrecoge a María.

En la siguiente tienda, la recién llegada Tamar le dice a la madre de Jesús:

—Tú y María han sido muy buenas conmigo.

—Por supuesto. Estamos contentas de que estés aquí.

Tamar puede escuchar las dificultades de Rema al intentar leer el texto. Se acerca a María y susurra:

—Mmm, ¿todos tenemos que aprender a leer?

—No. El padre de María le enseñó hace mucho tiempo, y Rema simplemente quería aprender. Yo creo que se sentían excluidas. Tal vez contigo aquí aliviará la presión.

—Bueno, yo estoy dispuesta a aprender, si hace falta.

Desde fuera escuchan:

—¡Shalom! ¡Traigo duraznos!

—¡Ah! —dice la madre de Jesús—. Hoy es un buen día. Mientras acompaña a Tamar al exterior, dice:

—¡Shalom, Tomás!

Él le da dos piezas de fruta.

—¡Están deliciosos!

Tamar y Tomás se saludan, y él le da dos también a ella.

—¿Saldrá Rema? —dice.

—No, no creo —dice Tamar—. Está bastante decidida a estudiar.

—Ah —dice Tomás, claramente decepcionado.

—María está escribiendo anuncios e invitaciones para el sermón. —Se acerca un poco más y susurra—. Y a veces llora.

—Pasó por algo difícil —dice él—. Creo que solo necesita tiempo.

Tamar asiente y mira hacia los demás discípulos, que riñen a todo volumen.

—¿Y qué pasa con ellos?

Tomás se encoge de hombros.

—En el sentido más generoso posible, diría que eso es amor.

Tamar se ríe.

—Eso no me parece amor.

—Bueno, todos aman a nuestro Rabino y quieren seguirlo de la manera correcta.

Simplemente no pueden ponerse de acuerdo en cuál es esa manera.

—Bueno, gracias.

Extiende los brazos para llevarse el resto de la fruta y dice:

—Llevaré estos a Rema y María.

—Ah, y dile a Rema que Felipe encontró manzanas, pero yo quise traerle duraznos porque sé que son sus favoritos.

—Se lo haré saber —dice Tamar con una sonrisa.

Capítulo 57

ILUSIONES

Taberna de Jotapata

El negociante está sentado frente a su joven aprendiz mientras disfrutan de unas bebidas. Está celebrando la compra del terreno del viejo Husham.

—¡Fue perfecto! ¡Hiciste muy bien tu papel! ¿Y no crees que mi mirada de fastidio fue la mejor que he dado nunca? Sófocles, Eurípides, Esquilo… todos ellos matarían por tener nuestras habilidades actorales.

El joven no parece compartir su entusiasmo.

—Realmente fue un tipo de tragedia.

—Para él sí, claro. Pero ¿para nosotros? ¡Para nosotros fue un triunfo! Toda tragedia tiene ganadores y perdedores.

El aprendiz no puede discutir con eso.

—Realmente fue *él* quien mencionó lo de los minerales.

—¡Sí! Y después tú reconociste la posibilidad de encontrar sal, sin revelar nada, y yo accedí al aumento de precio. Quedamos como los buenos de la historia.

—Sí —dice el joven, aparentemente todavía en conflicto.

—¡Compramos una mina de sal a precio de un terrero rural!

—Pero ¿viste sus lágrimas? —pregunta el joven.

—Eso es común, las personas tienen vínculos emocionales con la tierra.

—Entonces, ¿nosotros nos volvemos insensibles?

—Oye, ¡alégrate! Hicimos la mejor compra de nuestras vidas.

Eso parece callar momentáneamente al otro hombre. Finalmente, dice:

—La verdad es que consiguió una ganancia importante por una tierra que ni siquiera sabía que tenía valor.

Ahora sí que está pensando de la manera correcta. Realmente le hicimos un favor a ese hombre.

—No tendrá que trabajar ni un solo día de su vida. Mira, cuando te invité a trabajar conmigo, nadie me dijo que no tenías sentido del humor.

—Sí que lo tengo.

—Estás a punto de convertirte en un hombre muy rico. Cuando nuestros mineros encuentren la sal, viviremos como reyes.

—¿Reyes de qué? Solo hay un verdadero Rey, en el cielo. Todos los demás, incluido César, disfrutan solo ilusiones de poder y riqueza. Tarde o temprano, todos nos convertimos en polvo.

—Ahí está ese sentido del humor —murmura el negociante—. Oye, no soy indiferente, ¿de acuerdo? Sé que eso es cierto. Pero tenemos muy pocas oportunidades de avanzar en este mundo.

—¿Oportunidad? Fue un engaño cuidadosamente calculado. Y no… no fue agradable.

—¡Utilizamos lo que Dios nos dio! Y ahora tendremos mejores opciones, viviremos vidas mejores… ¡Más devoción! Termina tu trago.

Pero el aprendiz no parece haber terminado.

—El hombre fue formado de la tierra y finalmente regresa a ella. El tiempo intermedio… La vida tiene que ser más que esto.

—Además de huérfano, eres poeta.

—¡Te dije que no me llames huérfano!

—Oye, está bien. Lo siento. Ha sido una larga semana. Tomemos un tiempo para descansar.

—Lo que necesito, jefe, es una vida de la que pueda sentirme orgulloso. ¿Acaso no quieres hacer algo que realmente importe y que sea recordado a lo largo de la historia?

Vaya, ¿de donde está saliendo todo esto?, se pregunta el hombre de negocios.

—Aprecio tu ambición, de veras, y veo potencial en ti. Lo veo cada día—.

Saca una bolsa llena de monedas y la pone sobre la mesa—.

Aquí tienes un adelanto. Tomemos un par de semanas libres. Descansa, sal a caminar... haz algo nuevo, ¿eh?

El joven levanta la bolsa.

—¿En serio?

—¿Por qué no? Tú eres quien dijo que la vida es más que ganar dinero.

—Gracias, no sé qué decir.

• • •

Cerca de allí, Natanael guía a Santiago el Joven y a Tadeo por la ladera. Jesús les ha dicho el tipo de lugar que está buscando, así que ahora solo queda encontrarlo.

—¿Y la colina que está al este del río Nahal Kur? —pregunta Natanael.

—Es que una colina no será lo suficientemente alta como para que las personas lo vean y escuchen bien —dice Tadeo.

—Y los árboles al sur impiden la vista del mar de Galilea —dice Santiago el Joven—, lo que él pidió específicamente.

—¿Por qué necesita que se vea el mar? —pregunta Natanael.

—Creo que quería estar bien alto —responde Tadeo.

—¿Y las colinas al norte de Corazín? —dice Santiago el Joven—. Hay suficiente altura y su voz resonaría.

—Demasiado empinado —dice Natanael.

—Y queda muy lejos para las personas que vienen de Tiberias y Magdala —añade Tadeo—. Dijo que estuviera como máximo a un día de camino.

—Tal vez estamos buscando muy al norte —dice Santiago el Joven.

—¿Qué fue lo que pidió? —pregunta Natanael—. ¿Una arboleda de juníperos o eucaliptos en la parte de atrás donde podamos acampar la noche antes?

—Es como si ya conociera el lugar —dice Tadeo.

—Sí —dice Natanael—, solo tenemos que encontrarlo.

Cuando llegan a la meseta de Corazín unos instantes más tarde, suben a la cima de una pequeña cumbre y vislumbran un monte rodeado de árboles. Un pequeño muro los separa de una amplia explanada de pasto, y una señal de piedra desgastada por el tiempo advierte: «Prohibido el paso. Los intrusos serán denunciados».

A medida que se acercan, Natanael grita «¡Shalom!» a una pastora.

—¡Somos inofensivos, hermana! ¡Venimos de manera amistosa!

Ella se acerca cautelosamente.

—Detrás de ti, ¿hay una buena vista del mar de Galilea? —pregunta Natanael.

—¡Váyanse! —grita ella.

—Eso no suena muy amigable.

—Disculpa —prueba Tadeo—, ¿eres la dueña?

—¡No se admiten visitantes!

—¡Es muy importante que hablemos con el dueño! —dice Santiago el Joven.

Ella se da media vuelta y se marcha.

—Probablemente, este sea el lugar —dice Tadeo.

Natanael no se lo puede creer.

—¿Cómo? ¿Por qué? Es completamente repulsivo.

—Por eso —dice Santiago el Joven.

Natanael aún no puede imaginarlo, pero confía en sus compañeros. Mientras se van por el mismo camino por el que llegaron, se pregunta en voz alta:

—Si uno de nosotros se acerca en solitario, ¿no podríamos al menos conseguir una reunión con el dueño del terreno?

—Vale la pena intentarlo —dice Tadeo.

—Seguro que tú ya lidiaste con este tipo de personas antes, Natanael —dice Santiago el Joven.

—Yo estaba pensando en uno de ustedes…

Pero los dos lo miran con expectativa.

La mujer no es mucho más sociable cuando Natanael se acerca solo, pero al menos no lo evita. Ella promete decirle a su jefe, que es el dueño del terreno, la propuesta que traen.

—Se lo diré antes de que se dirija a la taberna, como hace cada día.

—¿La taberna? —replica él, preguntándose si es el tipo de lugar que los seguidores de un rabino deberían frecuentar—. ¿Te refieres a una taberna, una casa de apuestas?

—¡No! —responde ella—. Tú y tus compañeros podrán refrescarse allí, pero es un lugar respetable, abierto a todos.

Capítulo 58

ESPECULACIÓN

Samuel ha conseguido para él y Yani una reunión con el legendario Shamai, y ahora está preocupado porque no sabe si estará a la altura de la ocasión. El hombre fue presidente del Sanedrín por años antes de que el hijo de Hillel, Shimón Gamaliel, se hiciera cargo, pero la postura estricta de Shamai sobre la doctrina de la Torá predomina en este organismo de autoridad religiosa. El joven Gamaliel y Shamai son las dos personas con más autoridad en el judaísmo, y están enfrentados. Todo el mundo sabe que el rabino Shamai detesta lo que él considera revisiones radicales y mundanas de la Ley que ha hecho Gamaliel. De hecho, el Sanedrín y, según parece, todos los fariseos, se han dividido en dos bandos: la escuela de Hillel y la escuela de Shamai. Por ahora, esta última parece tener más peso.

Samuel y Yani son escoltados a la oficina lujosamente decorada de este hombre tan importante y se sientan al otro lado de su escritorio. Entre los dos, cuentan su versión completa de la historia de Jesús de Nazaret, y aunque Samuel lleva la voz cantante, depende de su socio para asegurarse de no olvidar nada. El hombre, sin embargo, es difícil de analizar. Parece tener un don para escuchar, excelente contacto visual e indicadores físicos de que puede que esté escuchando y entendiendo, pero se queda completamente callado hasta que terminan.

—¿Ya está? ¿Esa es su historia completa?

—Eso es todo lo que sabemos con certeza —dice Samuel—, confirmado por testigos oculares de acuerdo a la Ley.

Eso parece ser la gota que colma el vaso. Shamai parece entretenido y sonríe, para después comenzar a reírse en voz alta. Samuel no puede entender cómo un asunto tan serio le ha podido parecer gracioso. Mira a Yani, que parece igual de sorprendido, y continúa:

—Podríamos haber especulado también, pero queríamos honrar su tiempo, rabino, mencionando solo hechos confirmados.

Samuel añade:

—Sé que no puedo probar que es la misma persona, pero el patrón es demasiado notable como para ignorarlo.

El viejo estudioso se pone serio.

—No *necesita* ser la misma persona, eso es lo maravilloso. Arruinaré a Gamaliel con esto.

—Para ser justos —dice Yani—, fue el secretario quien desestimó los cargos diciendo que eran minucias, no Shimón Gamaliel mismo.

—Los secretarios no ponen palabras en la boca de sus rabinos, sino al revés. Minucias. Mi congregación y mis estudiantes echarán espuma por la boca cuando oigan esto. Escriban un registro de su conversación con el secretario de Shimón; de cada palabra. Después, archívenlo con el encargado del consejo especial de falsas profecías en el Archivo. Debe estar fechado y firmado por un levita de rango. ¿Entienden mis instrucciones?

—Sí —responde Yani—, pero ¿por qué tanta exactitud?

—Porque cuando este Jesús de Nazaret atraiga a un número suficiente de seguidores y detractores, llamará la atención de Roma, no solo la nuestra. Y entonces todos lo sabrán.

—¿Qué sabrán, rabino? —pregunta Samuel.

—Que Shimón estaba al tanto de estas ofensas y las desestimó. Su obsesión por reformar la ley inmutable de Dios será expuesta como la abominación negligente, vaga y peligrosa que es.

—No solo Shimón —dice Samuel, deseoso de hacer aún más atractivo su relato—. Abrimos un caso con el Sanedrín y Nicodemo lo desestimó como «irrelevante».

Shamai asiente con la cabeza.

—Nicodemo. Hace tiempo que sospechaba que las lámparas se estaban apagando en esa casa, si entienden lo que quiero decir.

—Bueno, no sé si se podría decir… —dice Samuel, pero un sutil codazo de Yani hace que se detenga.

—Corran la voz —continúa Shamai—. Díganselo a todo escriba, fariseo, saduceo, esenio, sacerdote, maestro y levita que conozcan.

—¿Por qué, rabino? —pregunta Yani.

—Primero, los hechos. —Mira a sus notas y continúa—. Se identifica a sí mismo utilizando un título divino del profeta Daniel…

—Hijo del Hombre —dice Samuel.

—Dice que tiene autoridad para perdonar pecados. Quebranta el *sabbat* en múltiples ocasiones y *además* les dice a otros que hagan lo mismo. Come con recaudadores de impuestos y pecadores.

—¡Degenerados! —añade Yani.

—Ahora, ¿y la especulación que mencionaron? —pregunta, mientras saca una hoja nueva de pergamino y levanta la mirada.

Samuel titubea porque no está seguro de comenzar a especular, al menos formalmente, y Yani también se queda en silencio.

—Hablen, no tengo todo el día.

Samuel intenta pensar en lo que más podría impresionar a Shamai.

—Uno de los estudiantes de Juan el Bautista está entre sus seguidores, y hay rumores de que podrían ser dos.

—Delicioso —dice Shamai mientras escribe—. Ese loco no nos molestará más.

Samuel intenta pensar en algo más.

—En Capernaúm se vio a mujeres de mala reputación sentadas con él a la mesa en la casa del recaudador de impuestos.

—¿Me están diciendo que hay mujeres entre sus seguidores? Samuel titubea.

—Usted pidió las especulaciones.

—Continúen.

—Se junta con gentiles —dice Yani—. Específicamente la mujer etíope, que sabía su nombre y sus orígenes.

Samuel siente que han ido demasiado lejos.

—Esto último es muy vago e insignificante —dice.

—Nada es demasiado insignificante —dice Shamai— cuando se trata de fidelidad a la Ley de Dios.

Samuel, en un intento por encubrir su vergüenza, añade:

—El pretor de Capernaúm ordenó la detención de Jesús. Cuando hablé con su oficina mencionaron la Cuarta Filosofía.

—¿Los zelotes?

—Solo fue un comentario fugaz.

—¡Debe de estar loco! —exclama el viejo rabino poniéndose de pie—. Deben hacer que estos hechos confirmados, y también las conclusiones que han sacado acerca de ellos, sean conocidos en todo lugar. Pero nunca mencionen que Shimón o Nicodemo desestimaron el caso. Las masas crédulas se rendirán a su supuesta sabiduría. Pero entonces, cuando revelemos que existe documentación fechada que muestra que Shimón fue avisado y no hizo nada, la escuela de su despreciable padre Hillel caerá y la escuela de Shamai se levantará.

Esto es mucho más de lo que Samuel esperaba, y de nuevo teme haberse excedido. ¿Han puesto en marcha, sin querer, un complot que producirá daños irreparables en el Sanedrín?

—Rabino Shamai —dice—, con el debido respeto, no vinimos aquí hoy buscando influenciar a una escuela de pensamiento u otra. Vinimos buscando a alguien a quien le importe que un falso profeta esté engañando a nuestro pueblo.

—Si esa era su intención, lo lograron. Todo lo que me han contado lo expresaré en mi próximo sermón de *sabbat*.

Capítulo 59

SIMETRÍA

Un mirador desde el cual se ve el campamento de los discípulos

Por un lado, Mateo siente más paz que en cualquier otro momento de su vida. Pero, por otro lado, a veces todavía se siente inseguro de sí mismo, sin tener ni idea de qué hacer. No se ha arrepentido ni una sola vez de su decisión de dar la espalda totalmente a su vida pasada y seguir a Jesús; sin duda, seguiría al Rabino a cualquier lugar. En su presencia se siente… bueno, más bien cree con todo su corazón que su vida está completa y que su propósito y su futuro están a salvo.

El problema es cuando Mateo está con los demás, cuando Jesús se va solo a algún lugar, entonces sí que se siente un poco perdido. Extrañamente, incluso admira a sus antiguos conocidos: los cuatro pescadores con los que hacía negocios cuando era recaudador de impuestos. Ellos le odiaban, sí, como la mayoría de los judíos, pero ahora ve en ellos un destello de lo que debió de ver Jesús cuando decidió juntarse con ellos. Simón es un líder nato. Impulsivo, sí, pero con una voluntad de hierro y sin reservas en cuanto a su fe. Su hermano Andrés tiene un temperamento que denota pasión.

Y los hermanos Juan y Santiago el Grande son testarudos los dos, lo cual les viene bien para las tareas que Jesús reparte.

Esos cuatro no pueden ocultar sus sentimientos hacia Mateo, y por alguna razón son incapaces de ver que él ya no es la persona que era antes. Ellos tampoco lo son, y él puede verlo, pero no consigue saber por qué no es recíproco. Es como si estuvieran esperando una disculpa por su parte, y en su interior él siente que se la debe. Pero ni siquiera le dan ocasión de comenzar a expresar su remordimiento antes de que uno de ellos, normalmente Simón, le diga que se lo ahorre porque no quiere escucharlo.

Mateo no puede negar que está enamorado de María de Magdala. No sabe si es una atracción romántica, porque tampoco sabe si lo reconocería si lo fuera. Lo único que sabe es que le encanta estar en su presencia y escuchar su voz. Ella le importa, la cuida, y por supuesto que sufrió cuando ella estuvo en un tiempo de angustia. Ella es amable con él, pero también un poco distante. Lo trata como un hermano menor y le muestra paciencia. Tal vez sí que la ama, no lo sabe.

Pero, ahora mismo, desde antes del amanecer cuando él y el Rabino comenzaron a trabajar en la tienda del Maestro, Mateo está con Jesús y todo parece ir bien. Se trasladaron a este lugar cuando comenzó el amanecer, y él encontró una piedra ancha donde poder extender una manta y colocar todas sus herramientas para escribir: un tintero, varios estiletes y una reserva de tabletas para escribir hechas de madera de tilo cortada en hojas finas. Mateo había aprendido a fabricar sus propias tintas para escribir cuando trabajaba como recaudador, mezclando carbón y goma arábiga con agua. Otros de sus dípticos tenían una base de cera en la que podía grabar sin tinta.

Sentado, revisa los muchos párrafos que ha documentado meticulosamente en las últimas horas, agradecido por el momento de descanso. Jesús, como ya ha hecho muchas veces, pasea hasta el borde de las rocas para asomarse al campamento. Está parado con la espalda hacia Mateo y las manos agarradas detrás.

—Mateo, ven a ver.

Mateo agarra una tablilla nueva, por si acaso, y se sitúa a su lado.

—María ha terminado los anuncios —dice Jesús—. Ya se van para correr la voz.

Mientras los discípulos se agrupan por parejas, Mateo dice:

—Espero que puedan encontrar la manera de trabajar juntos.

—¿A qué te refieres?

—Últimamente parecen no poder ponerse de acuerdo en nada. Incluyéndome a mí, a veces.

—Ah, me he dado cuenta. En cierto modo, es de esperar.

—Pero no es lo ideal, ¿verdad? —dice Mateo.

—No, pero es lo que siempre ocurre cuando comienzas algo que está realmente abierto a todas las personas. Zelotes, e incluso recaudadores de impuestos —Jesús se ríe—. Quienes han pasado por tiempos difíciles. Personas que dudan y son escépticas, y también personas valientes y seguras de sí mismas. Personas con hambre de aprender, así como eruditos y entendidos.

A medida que los hombres desaparecen y las cuatro mujeres comienzan a caminar, dejando atrás el campamento vacío, Jesús dice:

—Regresemos al trabajo.

Se dirigen al escritorio de piedra improvisado de Mateo y Jesús pregunta:

—¿Cuántas secciones llevamos?

—Diecinueve —responde Mateo, y por alguna razón inexplicable el número impar le molesta.

—Parece un poco incompleto, ¿no? —dice Jesús.

Contento por la oportunidad de exponer su argumento, Mateo dice:

—Hay algo en el número veinte que lo hace más simétrico. También podrías reducirlo a dieciocho.

—Normalmente se prefiere la brevedad.

Mientras Mateo se sienta delante de sus numerosas notas, Jesús se queda de pie junto a él y pregunta:

—¿Qué sección te llama más la atención?

Mateo no sabe si se atreve a decirlo. Bueno, es obvio, y seguramente a Jesús no le agarrará por sorpresa.

—«No estés ansioso por tu vida», por supuesto.

—¿Hay alguna sección que te preocupa?

Mateo titubea. Ahora sí que se siente entre la espada y la pared, porque la verdad es que sí…

—Dame tu opinión sincera —dice Jesús—. Sé que *yo* no tengo que decir eso, pero…

—¿Toda la verdad?

—Sabes que no me ofenderé.

Mateo habla con cautela.

—Es todo muy… impresionante. Pero, si hago los cálculos, en cuanto a buenas y malas noticias, parece que no hay muchas… buenas noticias. Por ejemplo: «Cualquiera que mira a una mujer con lujuria, ya ha cometido adulterio». ¿No convierte eso a todos en adúlteros? Y esto: «Si tu ojo derecho te hace pecar, sácatelo». ¿Eso no haría que una población entera caminara con un solo ojo? Ah, y esto también: «Si alguien te demanda y te quita la túnica, dale también tu capa». También hablas de árboles que dan frutos malos y deben ser cortados y arrojados al fuego. «La puerta que conduce a la vida es estrecha». «Apártense de mí, nunca los conocí». ¿Te das cuenta de lo cargado que está tu sermón con este tipo de declaraciones amenazantes? Ni siquiera he mencionado la mitad.

—Es un manifiesto, Mateo. No estoy aquí para ser sentimental y reconfortante. Estoy aquí para iniciar una revolución.

—Bueno, «Ama a tus enemigos y ora por aquellos que te persiguen» no es exactamente…

—Dije una *revolución*, no una *revuelta*. Me refiero a un cambio radical. ¿Creías que solo iba a llegar y decir: «Hola a todos, sigan haciendo lo que han hecho por los últimos mil años, ya que les ha ido tan bien»?

Mateo reconoce el sarcasmo, y es consciente también de que hace poco tiempo no hubiera podido reconocerlo. Aunque no puede argumentar en contra de la lógica de Jesús, ha visto algo más.

—También está el principio y el final.

—¿Qué pasa con el principio?

—Lo que me preocupa del principio es de tipo logístico. Ahora mismo, comienzas con: «Ustedes son la sal de la tierra». Me preocupa, especialmente si hay viento o si la multitud es más grande de lo que esperamos, que las personas que estén atrás oigan «salen la tierra», lo cual tendría una connotación negativa.

—¿Las Guerras Púnicas?

—Sí, cuando Roma destruyó Cartago, echaron sal en la ciudad para hacerla infértil y maldecir a cualquiera que intentara reconstruirla.

—Comparto tu preocupación por la frase inicial, pero por otras razones —dice Jesús—. Creo que el sermón necesita algún tipo de introducción, una invitación a lo que, como tú bien has señalado, será un conjunto de enseñanzas complejo y, en ocasiones, desafiante.

—¿Qué significa «Ustedes son la sal de la tierra»? No se me dan muy bien las metáforas.

—La sal conserva la carne para que no se pudra, Mateo. Retrasa su proceso de descomposición. Quiero que mis seguidores sean un pueblo que refrene el mal sobre el mundo. La sal también potencia el sabor de las cosas. Quiero que mis seguidores renueven el mundo y sean parte de su redención. La sal también se puede mezclar con miel y untar sobre la piel para tratar dolencias. Quiero que mi pueblo participe en la sanidad del mundo, no en su destrucción.

Mateo, escribiendo rápidamente, levanta la mirada.

—¿Y por qué no dices eso?

Jesús se ríe.

—Vamos, Mateo, permíteme un poco de poesía, ¿no? No todos son como tú. A algunas personas les gusta un poco de sabor. Lee los cantos de David o Salomón. Ni siquiera me estoy acercando al nivel de las metáforas que usaba Salomón.

—Es lo siguiente que voy a leer.

—Pues buena suerte. Probablemente, él es *¡fiuuu!* —dice Jesús, haciendo un gesto con la mano sobre su cabeza.

—Sí.

—Ya te dije. Estas cosas tendrán sentido para algunos, pero no para otros. No quiero seguidores pasivos. Los que estén realmente comprometidos profundizarán en ello, buscando la verdad. Pero estoy de acuerdo contigo; no deberíamos empezar con la sal. Hiciste un argumento válido. Buen trabajo.

Jesús se acerca de nuevo al borde de las rocas, y Mateo se levanta y lo sigue.

—Podrías simplemente cambiar el orden con la próxima imagen: «Ustedes son la luz del mundo. Una ciudad situada sobre un monte no se puede esconder».—Sí, podría.

—O «Todo lo que desees que otros te hagan a ti, hazlo con ellos». Esa es atractiva.

Jesús contempla el paisaje monte abajo como si su mente estuviera a kilómetros de distancia.

—Maestro, ¿puedo preguntar por qué sigues asomándote para ver el campamento? Todos se han ido, ¿no es así?

—Así es —dice Jesús con tristeza—. Necesitaré tiempo.

Capítulo 60

CONVENCIDO

La taberna de Jotapata

El lugar parece respetable, para deleite de Natanael. De hecho, los clientes son, por lo general, hombres bien vestidos, y por algunas conversaciones que ha escuchado de pasada, muchos hablan de negocios. Él, Tadeo y Santiago el Joven encuentran al terrateniente en cuestión y lo invitan a sentarse con ellos en una mesa cercana a una ventana. Parece amable pero reservado, tal vez incluso desconfiado.

—Mi cuñada me contó sus planes. Para ser honestos, no parece una buena idea.

—Tenemos en marcha medidas para mantener a la multitud bajo control —dice Natanael.

—Y podemos asignar a algunos de nuestros hombres para que ayuden a sus cabreros y pastores a mantener a los animales acorralados al otro lado del monte —añade Tadeo.

—Es que no me gustan los predicadores —dice el hombre—. Y no me importan las multitudes. Ni siquiera me están ofreciendo un pago por el uso de mi terreno.

—No tenemos dinero que ofrecerte —dice Santiago el Joven.

—Tal vez podríamos conseguir un préstamo —dice Natanael, consciente de la presión del tiempo. Necesitan este espacio, y si tan solo es cosa de dinero…

—¿Tal vez? —dice el terrateniente.

—Tenemos algunas personas en nuestro grupo que tienen habilidades de negociación —dice Tadeo, mientras Natanael intenta hacerle señas para que baje la voz. Los dos que están sentados en la mesa de al lado, un hombre de mediana edad y su joven acompañante, han dejado de conversar y ahora parecen estar escuchando.

El terrateniente reacciona al comentario de Tadeo.

—¿Habilidades de negociación? ¿Por qué no los trajeron?

Natanael sabe por qué, pero no quiere entrar en detalles.

—Señor, ¿sabes de algún pasto cercano similar al tuyo? ¿Alguien con quien podamos hablar?

—Miren, yo solo vine porque ella me dijo que me pagarían la bebida si escuchaba lo que tenían que decir, y eso he hecho.

El terrateniente agarra su bolsa y comienza a levantarse, pero se vuelve a sentar cuando el hombre de más edad de la otra mesa interrumpe.

—¿Y qué hay de la asociación de productos? Si este hombre es tan importante como dicen, y el sermón tan significativo como predicen...

—No me importa ningún maestro vagabundo —dice el terrateniente.

El joven se dirige a Natanael.

—Este hombre es el que ha sanado a muchos, ¿no es así? ¿Del que hemos oído tantas cosas?

—¡Sí!

El hombre de más edad continúa:

—Piensa en todos los peregrinos que lo ven como algo más que un maestro. ¿Cuántos han dicho? ¿Cientos? ¿Tal vez miles?

—Multitudes —dice Natanael.

El joven añade:

—Miles de personas tendrán experiencias transformadoras en su tierra; quizá hasta experimenten milagros.

—Sí —dice el de más edad—, ¿y qué ocurrirá cuando esos peregrinos vayan al mercado a comprar víveres? Imagina la cantidad de viajeros. Asociarán tus productos con los sentimientos que tuvieron ese día. Personas de todas partes...

Santiago el Joven interviene:

—Tu leche, tu queso, tu lana... ¿eh?

—Tu nombre será el único nombre que les ofrecerá confianza —añade el desconocido.

El semblante del terrateniente parece relajarse, y mira a los tres discípulos.

—¿Multitudes?

Ellos asienten con la cabeza.

—Está bien. Pero si encuentro un solo trozo de basura cuando termine todo, los demandaré por daños.

—Tienes nuestra palabra —dice Natanael—. Lo dejaremos mejor que como lo encontramos.

—Bien —dice el hombre mientras se levanta y se marcha.

—¡No puedo creerlo! —dice Santiago el Joven con una sonrisa.

—¿Acabamos de conseguir el terreno? —dice Tadeo—. ¡Creo que acabamos de conseguirlo!

—¡Lo conseguimos! —dice Natanael.

Tadeo levanta su vaso para brindar con los dos extraños.

—Cómo podemos agradecerles…

Pero ya se han ido.

• • •

Afuera, mientras se alejan de la taberna, el negociante pone un brazo sobre el hombro de su aprendiz.

—¿Lo ves, muchacho? No te he llevado a la ruina. La vida es una negociación.

—Oye, tenías razón.

—Las oportunidades están por todas partes, mirándonos a los ojos. Y la única diferencia entre nosotros y la mayoría de personas es que nosotros tenemos las herramientas para aprovecharlas.

—Estoy aprendiendo.

—Y te digo que no quiero hacer negocios toda mi vida. Solo quiero ganar dinero suficiente para poder tomar mis propias decisiones. Yo soy como tú; creo que la vida es mucho más que solo acuerdos y títulos. Mira, ¿sabes lo que sería realmente interesante? Ver a ese predicador en persona.

—Me alegra mucho oírte decir eso —dice el aprendiz—. Yo también quiero verlo.

Capítulo 61

LA INTRODUCCIÓN

El oeste de Galilea

Los discípulos y las mujeres están más ocupados que nunca. Reparten hojas en el camino, por el campo y en los pueblos y aldeas, clavando anuncios en las paredes de los mercados, en las plazas, e incluso en los muelles de pesca. Muchos desconocidos, que han visto y escuchado a Jesús o saben quién es, les piden algunos de más y ayudan a hacer publicidad del próximo sermón en el monte cercano.

Natanael supervisa la fabricación de un telón de fondo que se abre para dar paso a una progresión ascendente de piedras anchas que crean una plataforma improvisada en la que Jesús podrá ser visto y escuchado mejor. Natanael ha dibujado varios esquemas cuidadosamente, que los demás siguen para construir el marco de cuerda y madera del aparato. A pesar de que Jesús parece verse motivado por las multitudes y los individuos, será bueno que pueda tener algo de privacidad tras el telón antes de empezar el día del sermón.

Mientras tanto, Mateo está sentado ante sus notas y materiales de escritura en el acantilado desde el que se ve el campamento de Jotapata. Ha pasado a limpio todos los escritos de lo que Jesús le ha ido dictando para hacer más legible lo que tuvo que garabatear rápidamente. El Rabino rechazó educadamente su sugerencia de usar notas mientras hablaba.

—No necesitaré que me recuerden todo lo que he estado pensando durante días.

Aun así, Mateo sigue nervioso. Jesús se aleja unos metros, orando, aunque no lo suficientemente fuerte como para que Mateo pueda saber lo que está diciendo. Con cada día que pasa, el Maestro parece más cargado, como si el peso del mundo lo estuviera aplastando. Tal vez su pesar se disipe cuando el sermón sea predicado. Mateo está ansioso por que las multitudes lo escuchen, pero lo que más le emociona es que sus nuevos amigos puedan asimilarlo. Aunque su mente enfocada nunca ha sido lo suficientemente ágil para comprender las metáforas y las sutilezas, haber repasado este material tantas veces como Jesús mismo ha hecho que quede grabado en su corazón. Reconoce la profundidad de su naturaleza, y el Maestro aún trabaja en el principio y el final. ¿Cómo será la majestuosidad del resultado final?

• • •

Simón guía a varios del grupo de regreso al campamento después de la campaña publicitaria: Andrés, Santiago el Grande, Juan, Zeta, Tomás, Rema y la joven María. Simón revisa la tienda de Jesús y después la de Mateo. En privado, lucha con la envidia. ¡Cómo le gustaría que Jesús lo escogiera como confidente! Es cierto que se siente amado y sabe que Jesús confía en él. También, por lo general, se siente incluido; excepto ahora.

—Todavía no han regresado —le dice a Juan.

Andrés lo escucha y, cuando todos se juntan, dice:

—¿Hemos estado anunciando algo que tal vez no suceda? ¿Y si nunca regresa?

—Nos vamos a dormir y no está —dice Santiago el Grande—. Nos despertamos y no está.

—Corrección —dice Zeta—. Cuando *tú* despiertas, él no está. Lo he visto irse con Mateo cada mañana esta semana.

—Yo creo que solo está intentando que salga bien —dice María.

Rema parece confundida.

—¿Acaso puede hacer algo mal?

—Lo digo por las personas que vendrán.

—¿Y si todos hemos sido engañados? —pregunta Tomás.

—¿Cómo puedes decir eso? —dice Rema—. ¡Tú mismo viste lo que ocurrió en Caná!

—¡Todos! —dice Simón—. Cálmense.

—Lo siento —dice Tomás—. Solo estoy nervioso.

Simón quiere razonar con todos de manera lógica, aunque tiene sus propias dudas.

—Estamos todos cansados después de un día largo. Tenemos que descansar para mañana, e iremos al monte temprano para ayudar con todo.

—¿Y si no viene nadie? —pregunta Juan.

—¿Y si vienen *todos*? —dice María.

—En todo caso —dice Santiago el Grande —, Simón tiene razón. Deberíamos descansar.

—¿Crees que voy a poder pegar ojo? —dice Tomás—. Solo quiero asegurarme de haber hecho por él todo lo que puedo.

Rema lo mira fijamente.

—Siempre lo haces.

Simón le susurra a Andrés:

—Ahora sí que dormirá bien.

• • •

El día llega a su fin, y Mateo enciende una lámpara para poder seguir trabajando mientras Jesús sigue paseándose en la lejanía, gesticulando y ensayando. Los ojos de Mateo comienzan cansarse, y se sienta con la espalda apoyada en la piedra para reposar por un momento. Solo un momento.

Sueña con una mano sobre su hombro.

—Mateo.

No es un sueño. Se despierta y responde:

—Rabino.

—La tengo.

—¿La introducción?

—Sí.

—¿Qué es?

—Un mapa.

—Un ¿qué?

—Instrucciones. Dónde deberían buscar las personas para encontrarme.

¿Qué rayos está diciendo?

—Está bien —dice Mateo—. Dame un momento.

Bebe un trago de agua de su odre y se frota la cara. Una vez que ha agarrado un díptico y un estilete, se acerca a Jesús en el borde del altiplano, quien está mirando otra vez hacia el campamento de los discípulos.

—Estoy listo —dice Mateo.

Pero parece que Jesús no lo está. Por lo menos, todavía no. Su semblante parece afligido a la luz tenue del atardecer, y Mateo sigue su mirada hasta la fogata central del campamento, donde los discípulos están reunidos. Está claro que están discutiendo por algo… otra vez.

—¿Rabino? —dice Mateo.

Y el hombre que Mateo ha llegado a conocer y cree que es el Mesías comienza una recitación inolvidable tan llena de melancolía y evocadora en su ternura, que a duras penas puede asimilarla. Lo único que puede hacer es su trabajo y anotarla.

• • •

—Bienaventurados los pobres en espíritu —dice Jesús, mientras su mente viaja al momento en el que Natanael lloraba debajo de la higuera, rogándole a Dios que lo escuchara—, porque de ellos es el reino de los cielos.

Jesús reflexiona en el precioso Andrés, sollozando por la frustración y el temor de saber que su anterior rabino, Juan el Bautista, había sido capturado.

—Bienaventurados los que lloran, porque ellos recibirán consolación.

Pensando en Santiago el Joven y el Tadeo, Jesús continúa:

—Bienaventurados los mansos, porque ellos heredarán la tierra.

Al recordar a sus amados Hijos del Trueno, Juan y Santiago el Grande, dice:

—Bienaventurados los que tienen hambre y sed de justicia, porque ellos serán saciados.

Jesús piensa en Rema y en su propia madre atendiendo a la joven María cuando regresó.

—Bienaventurados los misericordiosos, porque ellos alcanzarán misericordia.

Recuerda a Tomás y Rema el día que dijeron adiós al padre de ella.

—Bienaventurados los de limpio corazón, porque ellos verán a Dios.

Jesús recuerda cómo Felipe, en medio de las discusiones, siempre levanta la voz para razonar.

—Bienaventurados los pacificadores, porque ellos serán llamados hijos de Dios.

Mientras piensa en su propio primo, tan valiente, Jesús dice:

—Bienaventurados los que padecen persecución por causa de la justicia, porque de ellos es el reino de los cielos.

• • •

Jesús se voltea para observar a Mateo, quien levanta la mirada de sus notas, encontrándose con una expresión de profunda compasión.

—Bienaventurados son cuando por mi causa los insulten, los persigan y digan toda clase de mal contra ustedes, mintiendo. Gócense y alégrense, porque su recompensa es grande en el cielo.

¿Cómo puede conocer los pensamientos, los sentimientos y el dolor más interno de un hombre? Mateo se percata de que el Rabino ha hablado palabras de verdad a su alma, la mejor declaración de amor y afirmación que alguien podría haberle hecho.

—Sí —dice sonriendo. No puede hacer otra cosa que gozarse y alegrarse.

Pero, sin embargo, esa parte persistente de su cerebro no le deja en paz el tiempo suficiente para disfrutar del momento.

—Pero ¿cómo es esto un mapa? —pregunta.

—Si alguien quiere encontrarme —dice Jesús—, esos son los grupos que debe buscar.

Eso tiene sentido, reflexiona Mateo, *incluso para mí.*

—¿Y entonces?

—Ustedes son la sal de la tierra.

Mateo piensa que es perfecto. Incluso la metáfora tiene más sentido. No puede evitar sonreír, pero tampoco se avergüenza cuando a continuación empiezan a caer lágrimas por sus mejillas. Si no puede llorar sin temor en presencia de Aquel que lo ama tanto…

Capítulo 62

COLOR

El monte

Mientras todos los discípulos y las mujeres están ocupados tras el telón que los separa de la planicie donde la multitud se juntará, si es que llegan, Jesús se aleja algunos pasos, ensayando.

—Por tanto, no estén ansiosos por su vida, qué comerán o beberán; ni por su cuerpo, qué vestirán…

—¡Jesús!

Es la bendita voz de su madre. Si fuera cualquier otra persona, le diría que esperara hasta después del sermón. Junto con ella se encuentran la otra María, Rema y Tamar.

—¿Sí?

—Por favor, ven. Queremos enseñarte algo.

Seguro que esto puede esperar.

—Me estoy preparando, Ima.

—Está bien, iremos nosotras. —Lo dice con tanta alegría que él no puede decirle que no. Pero no viene sola; las cuatro mujeres se acercan, cargando cada una un rollo de tela colorida. Su madre lo mira detenidamente de arriba abajo, contemplando su sencilla túnica de color blanco crudo.

—Esto no servirá.

—¿Qué? ¿Por qué no?

—Te confundirán con las piedras.

Tamar añade:

—Para los del fondo, serás como una voz sin cuerpo que viene de una cantera de pizarra.

¿Y cuál es el problema con eso?

—Necesitas un toque de color —dice Rema.

—Sé lo que dicen las profecías acerca de mi apariencia. ¿Es este su intento de cambiarlo?

Su madre asiente, y María Magdalena da un paso al frente, acercándole su tela.

—Azul —dice—, el símbolo de la paz, como el agua y el cielo.

Tiene buenas intenciones, igual que las otras tres, pero...

Tamar continúa, poniendo su tela sobre su hombro.

—Rojo, el símbolo de la pasión, la sangre, el sacrificio y el amor.

No sabe cuán precisa está siendo.

Tamar se retira mientras se acerca Rema.

—Púrpura. Realeza y majestad.

Ojalá estuvieran de acuerdo más personas, aparte de mis seguidores más devotos.

Su madre presenta su tela.

—Dorado. Calidez, sabiduría, luz; el sol.

Ella da un paso atrás.

—¿Y bien?

—Bueno —dice él—, no tenemos un espejo o aguas quietas para ver mi reflejo. Pero, aunque los tuviéramos, no saben lo poco que me importa cómo me veo.

Las mujeres se ríen, pero es obvio que no puede convencerlas. Así que les pide que voten.

—¿Ima?

—Azul, símbolo de la paz. Nuestro Príncipe de paz.

—Rema...

—Púrpura, por la noche en que te conocí. Uvas. Vino.

Ese es un recuerdo precioso.

—¿María?

—También púrpura. Realeza.

—¿Tamar?

—Azul, es un color que transmite calma. Suaviza tus rasgos duros.

Eso es nuevo.

—¿Tengo rasgos duros?

—Eres conocido por decir cosas duras —dice María.

—¡Vaya! Solo esperen.

• • •

Desde el otro lado del telón se oye el sonido de un número incontable de pisadas. Simón consulta con su hermano, que le dice:

—¡Tomás dice que ya vamos por tres mil personas!

—Al ritmo que está llegado la gente, serán cuatro mil dentro de poco.

—¿Deberíamos decírselo? —dice Andrés.

—No quiero que se sorprenda cuando venga a su lugar.

—¿Crees que es capaz de sorprenderse o confundirse?

—Esto no es bueno —dice Simón—. Si aparecen más personas o algo más sale mal, esto podría ser un desastre.

—¿Puedo entrar?

Simón se voltea rápidamente y se encuentra con Edén. Se acerca corriendo a ella; no tenía ni idea de que iba a venir, y se abrazan. Él solo espera que el día sea un éxito, especialmente con ella aquí. ¡Cuánto le gustaría cubrirla de besos!—Más tarde —le susurra él—. ¿Dónde está Dasha?

—Está con Zebedeo y algunos otros. Consiguieron un lugar al frente.

Este podría ser un día muy especial para ella también. Simón está agradecido de que su suegra se haya animado a venir.

—¡Edén!

Es Jesús.

—¿Sí?

—¡Ven aquí! Necesito alguien que desempate.

A Simón no le gusta rendir la atención de su amada a nadie. Excepto al mismísimo Jesús, por supuesto. Él detecta el gozo de ella por haber sido llamada.

Capítulo 63

LA MULTITUD

El negociante y su aprendiz se encuentran rodeados por miles de personas mientras suben el monte.

—Esto es más grande de lo que pensé —dice el hombre de más edad.

—Yo tenía un presentimiento —dice el joven.

—Un presentimiento, ¿no?

Se pregunta dónde se pueden sentar para ver bien al predicador.

—Quiero verlo.

—Quiero encontrar un lugar desde el cual podamos por lo menos oírlo —dice el aprendiz.

—Volveré para buscarte —dice su jefe—. No tardaré. Mira a ver si puedes encontrar a alguno de sus seguidores; uno de los hombres que conocimos, y diles que podemos ayudar. Claramente lo necesitan.

Ve a algunas personas dando la bienvenida a varios miembros de la multitud.

—Ellos parecen estar con él.

Se acerca a uno de ellos y dice:

—¡Disculpa, muchacho! ¿Podemos hablar brevemente?

—Por supuesto. Me llamo Felipe. ¿Cómo puedo ayudarte?

• • •

Ya a solas, el aprendiz murmura: «Esto es asombroso». Ha escuchado muchas cosas acerca de este predicador. ¿Es posible que los rumores sean ciertos? Tantos no pueden negarse. Y son más que historias de milagros y sanidades; son relatos de testigos oculares, incluso testimonios de los propios beneficiarios. Familiares y amigos juran que sus seres queridos han sido sanados de enfermedades de toda la vida, y el hombre no puede sino anhelar que esto sea cierto.

El hacedor de milagros parece que nunca ha dejado de sanar a alguien. Un solo error demostraría que no es quien las personas esperan que sea: el Mesías mismo. ¿Podría ser? Parece demasiado bueno para ser cierto; sin embargo, el joven ha deseado esto y ha soñado con ello toda su vida. Se ha esforzado por vivir correctamente y hacer lo bueno, siguiendo las instrucciones de la Torá. Su jefe lo ha convencido para exagerar la verdad, pero siempre con alguna justificación racional. No ha hecho daño a nadie, ¿no?

Aun así, su conciencia lo recrimina. Quiere vivir una vida de pureza, no una dedicada a buscar una manera de apaciguar la culpa por sus mentiras piadosas y medias verdades. ¿Qué tendrá que decir este predicador itinerante acerca de estas cosas?

Un hombre con una sola pierna cojea ayudado por una muleta, agarrando con un brazo a una mujer ciega.

—Disculpen —dice el aprendiz—, ¿saben dónde debería ponerme para escucharlo?

—¿Para escuchar al maestro de Nazaret?

—¿Nazaret? —dice el joven. ¿Ha oído bien? Seguro que alguien tan famoso no puede ser de allí.

—Hace milagros —dice el hombre.

—Dicen que podría ser el Elegido —dice la mujer ciega.

—No nos perderemos ni una palabra —añade el hombre—. Si quieres, puedes seguirnos.

Es justo lo que quería oír.

—Muy amables, gracias.

Pero cuando los sigue, parecen dirigirse en dirección contraria a la multitud. ¿Serán ciegos los dos?

La mujer dice:

—Sabes, Bernabé, hoy es uno de esos días en los que definitivamente es mejor estar ciego que sordo.

—Oh, Shula… —dice el hombre cojo.

—Disculpen —dice el joven—, pero si vamos a un lugar donde poder escuchar al maestro, ¿por qué van en esta dirección?

—Regresaremos —dice Bernabé—. Es que primero vamos a saludar a unos amigos antes del espectáculo.

—No es un espectáculo, Bernabé —dice la mujer.

—¡En casa de Zebedeo sí que fue un espectáculo! —responde él, riéndose a carcajadas.

El aprendiz no tiene ni idea de a qué se refieren, pero le causa curiosidad la relación que puedan tener con estas personas y este evento.

• • •

Aticus, el *Cohortes Urbana*, aparece en escena desde un claro y observa la multitud. No quería perderse esto, y tiene que admitir que hay más peregrinos de los que él pensaba que fuera posible. Tiene trabajo que hacer, con una responsabilidad ante el mismo César, pero no puede negar que se ha obsesionado con esta tarea. Al principio estaba seguro de descubrir que este nazareno era como cualquier otro de una larga lista de farsantes, pero ahora está convencido de que es, como mínimo, el más convincente y esquivo de su carrera. ¿El Mesías? Eso tendrían que determinarlo los fariseos, pero los que están bajo su influencia sí que están convencidos.

Un caballo se sitúa a su lado y se detiene, cargando a sus lomos al *primi* Gayo. Los hombres se miran con complicidad y observan a los numerosos soldados romanos, ataviados con sus elegantes ropas rojas, posicionados entre los plebeyos por toda la ladera. También hay varios fariseos, vestidos con sus atuendos blancos y negros. Aticus se siente tentado a mencionar a Gayo el tema de la autenticidad de Jesús, pero no se atreve a revelar su propia incertidumbre.

• • •

Juan y Zeta intentan controlar a la multitud que ha llegado hasta el frente, gritando a todos que den un paso atrás.

—¡No empujen! —grita Zeta—. ¡Esta es la fila!

Juan grita:

—¡Retrocedan todos cinco codos, por favor!

—¿Y qué pasa si no lo hacemos? —exige un hombre.

Vaya, justo lo que necesitaba ahora mismo, piensa Juan, mientras agarra aire para contestar. Pero cuando se voltea, se encuentra con su padre, bromista como siempre.

—¡Abba! —espeta mientras se abrazan y se dan palmadas en la espalda, riendo.

—¿Creías que nos quedaríamos en casa y nos perderíamos esto?

Juan divisa a su madre, que llega corriendo hacia él.

—¡Ima!

Ella interrumpe el abrazo que se dan y lo mira.

—Te ves delgado.

—No, estoy…

—¿Estás comiendo?

—Sí, sí, estoy bien.

—¿Dónde está Santiago?

—Está al otro lado. De hecho, tengo que ir allá ahora.

—Está bien —dice ella, radiante—. ¡Ve!

Mientras se retira, él los señala y dice:

—Y sin interrumpir ustedes dos, ¿eh?

—¡No prometo nada! —grita su padre.

—¡Zebedeo! —lo regaña la madre de Juan.

Juan sacude la cabeza mientras sonríe.

• • •

Jesús y su madre están solos, y ella coloca de nuevo la tela azul que Edén escogió.

—¿En qué piensas, Ima?

—En tu padre —dice ella con la voz quebrada—. Él nunca llegó a ver nada de esto.

—¿Mi padre? ¿Cuál?

Los dos se ríen.

—Sabes a qué me refiero.

—Sí que lo extraño —dice Jesús, con labios temblorosos—. Pero me alegro de que tú estés aquí.

Ella lo mira fijamente.

—Estoy orgullosa de ti.

—Mejor espera a que termine para decir eso, en caso de que me equivoque delante de una multitud tan grande.

Ella sacude la cabeza.

—Lo que sea que digas será hermoso.

Él sonríe.

—La verdad es que es bastante bueno.

Los dos se ríen.

Cómo se alegra de la elección que su Padre celestial hizo de una madre para él. Por supuesto, no es ninguna sorpresa que Dios eligiera a una mujer con un carácter tan sólido, pero ¡que devoción mostró ella a una edad tan temprana! Y ahora, a sus cuarenta y muchos años, se ha convertido en una mujer tan llena de sabiduría, incluso gozo en medio de las pruebas, que todos los que se relacionan con ella la veneran. Ella es la máxima expresión de la amistad, la confianza y la sabiduría.

—Maestro —dice Simón, con los ojos brillantes de emoción—, es la hora.

Jesús junta su frente con la de su madre y recuerda con un profundo cariño su conversación casi veinte años atrás. Ella lo había estado buscado frenéticamente cuando se había separado del grupo con el que regresaban de Jerusalén, para descubrir que estaba ocupándose de los asuntos de Dios en el Templo.

—Si no es ahora… —empieza él.

—¿Cuándo? —dice ella.

• • •

Natanael ve a Bernabé y Shula que aparecen desde detrás de la cortina, seguidos de un hombre joven.

—¿Oímos que alguien va a contar chistes en un monte o algo así?
—grita Bernabé.

—¡No son chistes! —dice Mateo, mientras todos los demás se ríen y corren a abrazar a sus viejos amigos.

Natanael mira fijamente al joven.

—¡Espera! ¡Eres tú! Eres el hombre del bar, el que…

—Tan solo los seguí, realmente no sé qué hago aquí.

—¡Ven! Por favor, quédate. ¡Simón! ¡Este es el hombre que nos consiguió el monte y la pradera! Convenció al dueño del terreno de que valía la pena.

—¡Ah, buen trabajo! Soy Simón.

—Judas —dice el joven mientras se dan un apretón de manos.

—Bienvenido, Judas. Estoy seguro de que te va a encantar este sermón.

—Oh, no me lo perdería por nada.

Simón le da una palmada en la espalda y se va rápidamente.

La multitud, ahora de más de cinco mil personas, parece impaciente, y Simón teme que ya no puedan esperar más. Mientras se aproxima a Jesús de nuevo, piensa en que este Judas parece un tipo agradable, además de espabilado y entusiasta. Y si es quien ayudó a asegurarles el lugar… Simón se pregunta qué podría hacer Jesús de él. ¿Tal vez será otro de los seguidores escogidos?

Simón no quiere interrumpir al Rabino y a su madre, pero a él se le ha asignado la tarea de que todo se haga de acuerdo al horario.

—¿Vamos? —dice.

• • •

La madre de Jesús le recoloca la tela una última vez, y él comienza a caminar hacia las cortinas, que ondean al viento. Aunque ella sabe, sin lugar a dudas, que está siguiendo su llamado y haciendo lo que el Padre le ha pedido que haga, la mamá que hay en su interior se pregunta si dirigirse a una multitud tan grande es lo correcto. Hasta ahora, su fama se ha extendido, es cierto, pero parecía manejable. ¿Qué ocurrirá cuando miles de personas le cuenten a otras lo profundo que fue su mensaje?

Porque será profundo, ella está segura. Por lo menos, hoy solo va a predicar y no hay sanidades programadas, hasta donde ella sabe. Ojalá este espectáculo pudiera mantenerse en cierto modo discreto. Pero ella no se engaña a sí misma. Roma está presente, así como el Sanedrín, y ¿quién sabe quién más?

El hecho de que Jesús evite la ira del gobierno y del Templo parece menos probable cada día, y María no quiere pensar mucho en lo que eso podría significar para él. Su sobrino ya está tras las rejas.

• • •

Mientras Jesús sigue a Simón hacia la escalinata de piedras improvisada desde la que hablará, su madre le sonríe una última vez, llena de amor y orgullo. Él pasa lentamente al lado de todas las personas a las que ama. Pensativos, sonrientes, dispuestos, ansiosos, todos permanecen inmóviles, como intentando comunicarse con él a través de la mirada. Él se toma el tiempo de mirar a cada uno directamente a la cara.

La joven María, que antes se escondía tras un seudónimo pero a quien él llamó por su nombre.

Rema, la viñatera que dejó su hogar y a su padre para seguirlo a él.

El querido Mateo, que aún sostiene sus notas.

Tadeo, a quién Jesús conoció inicialmente como un obrero común.

Santiago el Joven, alegre e incansable a pesar de sus dificultades físicas.

Natanael, el talentoso arquitecto al que vio sufrir debajo de la higuera y que ha diseñado este mismo recinto.

Un joven desconocido parado detrás de los demás, con ojos curiosos y expresión sincera.

El amado Simón, que abraza orgulloso a su querida Edén, la cual mira a Jesús con gratitud por todo lo que significa para ella, su madre y su esposo.

Felipe, el antiguo discípulo de su primo Juan que rápidamente se ha convertido en un mentor para los seguidores de Jesús.

Tamar, la hermosa creyente etíope que no se achica ante nadie, leal hasta el final.

Pronto, Jesús se ve flanqueado por los hermanos Juan y Santiago el Grande, los Hijos del Trueno, que prometen protegerlo a toda costa.

Tomás, el angustiado proveedor de comidas que dejó atrás una profesión lucrativa sin pensárselo dos veces.

Simón el exzelote, que aún sigue lleno de fervor.

Al principio de los escalones, el hermano pequeño e impetuoso de Simón el pescador, Andrés, que nunca tiene miedo de decir lo que piensa.

Jesús comienza a subir los escalones solemnemente, con su mensaje ardiendo en su corazón. Al atravesar las cortinas, hechas a mano, examina la inmensa multitud, que comienza a sentarse lentamente. Los extremos de la multitud están bordeados por soldados romanos a caballo, y también ve a los fariseos.

Pero él ha venido para hablar al pueblo, y es consciente del gran peso de la responsabilidad. Hoy tiene pensado cambiar mentalidades y hablar por medio de paradojas que podrían poner su mundo patas arriba. Un corazón cada vez.

FIN

PERO AHORA, OH JACOB, ESCUCHA AL SEÑOR, QUIEN TE CREÓ.
OH ISRAEL, EL QUE TE FORMÓ DICE: «*NO TENGAS MIEDO, PORQUE HE
PAGADO TU RESCATE; TE HE LLAMADO POR TU NOMBRE; ERES MÍO.*»

ISAÍAS 43:1 NTV

¡USTED ES UN ELEGIDO!
¿ESTÁ VIVIENDO ESTE LLAMADO?

ENCUENTRE RECURSOS PARA CAMINAR CON DIOS
COMO LO HICIERON LOS DISCÍPULOS EN LOS TIEMPOS DE JESÚS

ENFOQUEALAFAMILIA.COM/SOYELEGIDO

JESÚS TE ELIGIÓ
Y A TU FAMILIA TAMBIÉN

SIMÓN, EL PESCADOR DE HOMBRES, MATEO RECOLECTOR DE IMPUESTOS, MARÍA, UN ALMA ATORMENTADA Y JESÚS LOS LLAMÓ A TODOS POR SU NOMBRE.

SIN IMPORTAR LO QUE HAYA SUCEDIDO EN SU HISTORIA O LA DE SU FAMILIA, CREEMOS QUE LA GRACIA DE JESÚS NOS ALCANZA Y NOS BRINDA LA OPORTUNIDAD DE SEGUIRLE.

MATRIMONIO Y CRIANZA　　**ENFOQUE KIDS**　　**PASTORES Y LÍDERES**

EN SU MATRIMONIO, CON SUS HIJOS Y EN SU CRECIMIENTO ESPIRITUAL,
HAGA QUE SU CAMINAR CON JESÚS SEA UNA HISTORIA
QUE SU FAMILIA VAYA A QUERER CONTAR.

RECONOCIMIENTOS

Dar meramente las gracias parece insignificante cuando se
compara con lo que yo debo a:
Mi asistente, Sarah Helus
Mi agente, Alex Field
Mis editores, Larry Weeden y Leilani Squires
Steve Johnson y el equipo de Enfoque
Carlton Garborg y el equipo de BroadStreet
Y al amor de mi vida, Dianna